民國文化與文學^{研究}文叢

十 編

李 怡 主編

第 9 冊

知識分子與「大衆化」革命（1937～1949）
——以丁玲、趙樹理的寫作爲中心

吳舒潔 著

國家圖書館出版品預行編目資料

知識分子與「大眾化」革命（1937～1949）——以丁玲、趙樹理的寫作為中心／吳舒潔 著 — 初版 — 新北市：花木蘭文化事業有限公司，2018〔民107〕
目 2+182 面；19×26 公分
（民國文化與文學研究文叢 十編：第 9 冊）
ISBN 978-986-485-526-1（精裝）
1. 中國當代文學 2. 文學評論
820.9   107011806

特邀編委（以姓氏筆畫為序）：

丁　帆	王德威	宋如珊
岩佐昌暲	奚　密	張中良
張堂錡	張福貴	須文蔚
馮　鐵	劉秀美	

民國文化與文學研究文叢
十 編 第九冊   ISBN：978-986-485-526-1

知識分子與「大眾化」革命（1937～1949）
——以丁玲、趙樹理的寫作為中心

作　　者　吳舒潔
主　　編　李　怡
企　　劃　四川大學中國詩歌研究院
總 編 輯　杜潔祥
副總編輯　楊嘉樂
編　　輯　許郁翎、王　筑　美術編輯　陳逸婷
出　　版　花木蘭文化事業有限公司
發 行 人　高小娟
聯絡地址　235 新北市中和區中安街七二號十三樓
　　　　　電話：02-2923-1455／傳眞：02-2923-1452
網　　址　http://www.huamulan.tw 信箱 hml810518@gmail.com
印　　刷　普羅文化出版廣告事業
初　　版　2018 年 9 月
全書字數　140352 字
定　　價　十編 14 冊（精裝）新台幣 26,000 元

知識分子與「大眾化」革命（1937～1949）
——以丁玲、趙樹理的寫作爲中心

吳舒潔　著

作者簡介

吳舒潔，女，1982 年生，福建漳州人。北京大學中文系文學博士。2012 年起任廈門大學臺灣研究院文學所助理教授，曾赴臺灣大學、日本愛知大學客座訪問，主要研究領域爲中國現代文學與思想、臺灣文學等，在《讀書》、《文藝爭鳴》、《文藝理論與批評》、《當代作家評論》等期刊發表論文十餘篇。

提　　要

　　1937 年抗戰爆發後，延安成爲了一個新興的文化中心，大批知識分子匯聚於延安，在這裡實踐著新民主主義文化革命的理想。延安文藝在多種文化傳統的衝突與整合中，以毛澤東的《新民主主義論》和《在延安文藝座談會上的講話》爲指導，創造出了一種「新的人民的文藝」。本書選擇丁玲和趙樹理作爲兩種知識分子的代表，將他們的寫作理解爲一種具有實踐性的革命參與方式，以此呈現在以延安爲中心的「大眾化」革命中，知識分子所經歷的身份認同、情感經驗與政治想像。丁玲與趙樹理的「大眾化」道路，深刻地內在於五四新文學走向延安文藝的邏輯與脈絡，展現出了 20 世紀中國知識分子對於左翼革命的思考和實踐。他們在延安的中心或邊緣，以各自不同的方式經歷著自我改造與被改造的緊張狀態，也通過這場「大眾化」的文化革命，重塑著主體的話語方式與情感表達。他們的「大眾化」寫作，爲新民主主義文化提供了典範，但也暴露出了這場革命所包含的歷史矛盾與未完成性。

在民國史料中重新發現現代文學
——《民國文化與文學研究文叢》第十輯引言

李　怡

　　研究中國現代文學需要有更大的文學的視野，也就是說，能夠成為「文學研究」關注的對象應該更為充分和廣泛，甚至是更多的「文學之外」的色彩斑斕的各種文字現象「大文學」現象需要的是更廣闊的史料，是為「大史料」。如何才能發現「文學」之「大」，進而擴充我們的「史料」範圍呢？這就需要還原現代文學的歷史現場，在客觀的「民國」空間中容納各種現代、非現代的文學現象，這就叫做「在民國史料中重新發現攜帶文學」。

　　但是這樣一個結論卻可能讓人疑竇重重：文獻史料是一切學術工作的基礎，無論什麼時代、無論什麼國度，都理當如此。如果這是一個簡單的常識，那麼，我們這個判斷可能就有點奇怪了：為什麼要如此強調「在民國史料中發現」呢？其實，在這裡我們想強調的是：文獻史料的發掘、整理並不像表面上看去那麼簡單，並不是只需要冷靜、耐性和客觀就能夠獲得，它依然承受了意識形態的種種印記，文獻史料的發掘、運用同時也是一件具有特殊思想意味的工作。

　　對於現代文學學科而言，系統的文獻史料工作開始於 1980 年代以後，即所謂的「新時期」。沒有當時思想領域的撥亂反正，就不會有對大量現代文學現象的重新評價，就不會有對胡適等自由主義作家的「平反」，甚至也不會有對 1930 年代左翼文學的重新認識，中國社科院主持的「文學史史料彙編」工程更不復存在。而且，這樣的文獻史料的發掘整理也依然存在一個逐步展開的過程，其展開的速度、程度都取決於思想開放的速度和程度。例如在一開

始，我們對文學史的思想認識和歷史描述中出現了「主流」說——當然是將左翼文學的發生發展視作不容置疑的「主流」，這樣一來至少比認定文學史只存在一種聲音要好：有「主流」就有「支流」，甚至還可以有「逆流」。這些「主」「次」之分無論多麼簡陋和經不起推敲，也都在事實上為多種文學現象的出場（即便是羞羞答答的出場）打開了通道。

即便如此，在二三十年前，要更充分地、更自由地呈現現代文學的史料也還是阻力重重。因為，更大的歷史認知框架首先規定了那個時代的社會性質：民國不是歷史進程的客觀時段，而是包含著鮮明的意識形態判斷的對象，更常見的稱謂是「舊中國」「舊社會」。在這樣一種認知框架下，百年來的中國文學發展史常常被描繪為一部你死我活的「階級鬥爭史」，是「新中國」戰勝「民國」的歷史，也是「黨的」「人民的」「正義」的力量不斷戰勝「封建的」「反動的」「腐朽的」力量的歷史。

這樣的歷史認知框架產生了 1980 年代的「三流」文學——「主流」「支流」和「逆流」。當然，我們能夠讀到的主要是「主流」的史料，能夠理所當然進入討論話題的也屬於「主流文學現象」——就是在今天，也依然通過對「歷史進步方向」「新文學主潮」的種種認定不斷圈定了文獻史料的發現領域，影響著我們文獻整理的態度和視野。例如因為確立了「五四」新文學的「方向」，一切偏離這一方向的文學走向和文化傾向都飽受質疑，在很長一段時期中難以獲得足夠充分的重視：接近國民黨官方的文學潮流如此，保守主義的文學如此，市民通俗文學如此，舊體詩詞更是如此。甚至對一些文體發展史的描述也遵循這一模式。例如我們的認知框架一旦認定從《嘗試集》到《女神》再到「新月派」「現代派」以及「中國新詩派」就是現代新詩的發展軌跡，那麼，游離於這一線索之外的可能數量更多的新詩文本包括詩人本身就可能遭遇被忽視、被淹沒的命運，無法進入文獻研究的視野，例如稍稍晚於《嘗試集》的葉伯和的《詩歌集》，以及創作數量眾多卻被小說家身份所遮蔽的詩人徐舒。再比如小說史領域，因為我們將魯迅的《狂人日記》判定為「現代第一篇白話小說」，就根本不再顧及四川作家李劼人早在 1918 年之前就發表過白話小說的事實。

同樣的情況也出現在文學思潮的認定框架中。過去的文學史研究是將抗戰文學的中心與主流定位於抗日救亡，這樣，出現在當時的許多豐富而複雜的文學現象就只有備受冷落了。長期以來，我們重視的就僅僅是抗戰歌謠、「歷

史劇」等等，描述的中心也是重慶的「進步作家」。西南聯大位居抗戰「邊緣」的昆明，自然就不受重視。即便是抗戰陪都的重慶，也僅僅以「文協」或接近中國共產黨的作家為中心。近年來，隨著這些抗戰文學認知的逐步更新，西南聯大的文學活動才引起了相當的關注，而重慶文壇在抗戰歷史劇之外的、處於「邊緣」的如北碚復旦大學等的文學活動也開始成為碩士甚至博士論文的選題。這無疑得益於學術界在觀念上的重大變化：從「一切為了抗戰」到「抗戰為了人」的重大變化。文學作為關注人類精神生活的重要方式，最有價值的恰恰是它能夠記錄和展示人在不同生存境遇中的心靈變化。

在我看來，能夠引起文學史認知框架重要突破的原因就在於我們的現代文學史觀正越來越回到對國家歷史情態的尊重，同時解構過去那種以政黨為中心的歷史評價體系。而推動這種觀念革新的，就是現代文學研究的「民國視野」的出現。中國現代文學發生於民國，與民國的體制有關，與民國的社會環境有關，與民國的精神氛圍有關，也與民國本身的歷史命運有關。這本來是個簡單的事實，但是對於習慣於二元對立鬥爭邏輯的我們來說，卻意味著一種歷史框架的大解構和大重建——只有當作為歷史概念的「民國」能夠「祛除」意識形態色彩、成為歷史描述的時間定位與背景呈現之時，現代歷史（包括文學史）最豐富多彩的景象才真正凸顯了出來。

最近 10 來年，現代文學研究出現了對「民國」的重視，「民國文學史」「民國史視角」「民國機制」「民國性」等研究方法漸次提出，有力地推動了學術的發展。正是在這樣的新的思想方法的啟迪下，我們才真正突破了新中國／舊中國的對立認知，發現了現代文學的廣闊天地：中國文學的歷史性巨變出現在清末民初，此時的中國開始步入了「現代」，一個全新的歷史空間得以打開。在這個新的歷史空間中，伴隨著文化交融、體制變革以及近代知識分子的艱苦求索，中國文學的樣式、構成和格局都發生了巨大的變化。具體而言，就是在「民國」之中發生著前所未有的嬗變——雖然錢基博說當時的某些前朝遺民不認「民國」，自己在無奈中啟用了文學的「現代」之名，但事實上，視「民國乃敵國」的文化人畢竟稀少——中國的「現代」之路就是因為有了「民國」的旗幟才光明正大地開闢出來。大多數的「現代」作家還是願意將自己的夢想寄託在這樣一個「人民之國」——民國，並且在如此的「新中國」中積累自己的「現代」經驗。中國的「現代經驗」孕育於「民國」，或者說「民國」開啟了中國人真正的「現代」經驗「新中國」與「民國」原本

不是對立的意義，自清末以降，如何建構起一個「人民之國」的「新中國」就是幾代民族先賢與新知識階層的強烈願望。可惜的是，在現實的「新中國」建立之後，為了清算歷史的舊賬，在批判民國腐朽政權的同時，我們來不及為曾經光榮的「民國理想」留下一席之地。久而久之「民國」就等同於「民國政府」，「民國」的記憶幾乎完全被北洋軍閥、國民黨反動派所淤塞，恰恰其中最值得珍惜的部分——民國文化被一再排除。殊不知，後者也包含了中國共產黨及許多進步文化力量的努力和奮鬥。當「民國文化」不能獲得必要的尊重，現代中國文學（文化）的遺產實際上也就被大大簡化了。

民國時期的中國文學也是民國文化當然的組成部分，當文化的記憶被簡化甚至刪除，那麼其中的文學的史料與文獻也就屈指可數了。在今天，在今後，現代文學文獻史料的進一步發掘整理，就有必要正視民國歷史的豐富與複雜，在袪除意識形態干擾的前提下將歷史交還給歷史自己。

嚴格說來，我們也是這些民國文獻搜集整理的見證人。民國文獻，是中華民族自古代轉向現代的精神歷程的最重要的記錄。但是，歲月流逝，政治變動，都一再使這些珍貴的文獻面臨散失、淹沒的命運，如何更及時地搜集、整理、出版這些珍貴的財富，越來越顯得刻不容緩！十五年前，我在重慶張天授老先生家讀到大量的民國珍品，張先生是重慶復旦大學的畢業生，收藏多種抗戰時期文學期刊和文學出版物。十五年之後，張老先生已經不在人世，大量珍品不知所終。三年前，我和張堂錡教授一起拜訪了臺灣政治大學的名譽教授尉天聰先生，在他家翻閱整套的《赤光》雜誌。《赤光》是中國共產黨旅法支部的機關刊物，由周恩來與當時的領導人任卓宣負責，鄧小平親自刻印鋼板，這幾位參與者的大名已經足以說明《赤光》的歷史價值了。三年後的今天，激情四溢的尉先生已經因為車禍失去行動能力，再也不能親臨研討現場為大家展示他的珍藏了。作為歷史文物的見證人，更悲哀的可能還在於，我們或許同時也會成為這些歷史即將消失的見證人！如果我們這一代人還不能為這些文獻的保存、出版做出切實的努力，那麼，這段文化歷史的文獻就可能最後消失。為了搜求、保存現代文學文獻，還有許許多多的學人節衣縮食，竭盡所能，將自己原本狹小的蝸居改造成了歷史的檔案館，文獻史料在客廳、臥室甚至過道堆積如山。中國社科院文學所的劉福春教授可謂中國新詩收藏第一人，這「第一人」的位置卻凝聚了他無數的付出，其中充滿了一位歷史保存人的種種辛酸：他每天都不得不在文獻的過道中側身穿行，他的

家人從大人到小孩每一位都被書砸傷劃傷過！民國歷史文獻不僅銘記在我們的思想中，也直接在我們的身體上留下了斑斑印痕！

由此一來，好像更是證明了這些民國文獻的珍貴性，證明了這些文獻收藏的特殊意義。在我們看來，其中所包含的還是一代代文學的創造者、一代代文獻的收藏人的誠摯和理想。在一個理想不斷喪失的時代，我們如果能夠小心地呵護這些歷史記憶，並將這樣的記憶轉化成我們自己的記憶，那就是文學之福音，也是歷史之福音。

民國時期的中國文學是色彩、品種、形態都無比豐富的「大文學」。「大文學」就理所當然地需要「大史料」——無限廣闊的史料範圍，沒有禁區的文獻收藏，堅持不懈的研究整理。這既需要觀念的更新，也需要來自社會多個階層——學術界、出版界、讀書界、收藏界——的共同的理想和情懷。

2018 年 6 月 28 日於成都

目次

導　論

第一節　重新講述「延安道路」

　　傅勒在《思考法國大革命》一書中曾經說到，研究墨洛溫王朝諸王或「百年戰爭」的歷史學家，「用不著隨時出示研究許可證」，只需要具備專業性的修養，但研究法國大革命的史學家卻要求亮出他的「觀點」，「叫他給出觀點，叫他什麼都得講清楚，結果他成了保王黨、自由派或雅各賓黨人。而通過這種得以通行的口令，他的史學也具有了一種含義，一種地位，一種合法性的頭銜」〔註1〕。之所以法國大革命史的研究要求出示研究者自身的判斷方式，正是因為「這個課題在歷史學家身上或在公眾之中牽動了某種在時間流逝中殘留下來的政治的或宗教的認同能力」〔註2〕。在傅勒看來，法國大革命不僅僅是一段逝去的歷史，更參與著現代人的身份認同與生活經驗的建構，它已經過去了兩百年，「卻還是一種關於起源的敘事，還是一種身份話語」〔註3〕。因此，與其說大革命「解釋」了我們當代的歷史，不如說「它就是我們的當代史」〔註4〕。

　　對於生活在當下中國的我們來說，1940 年代中共在邊區所進行的新民主主義革命同樣構成了一種「關於起源的敘事」。這段革命歷史被象徵性的表述

〔註 1〕　【法】弗朗索瓦・傅勒著：《思考法國大革命》，孟明譯，北京：生活・讀書・新知三聯書店，2005 年，第 3 頁。
〔註 2〕　同上，第 4 頁。
〔註 3〕　同上，第 9 頁。
〔註 4〕　同上，第 7 頁。

爲「延安道路」，它不僅在中國社會主義革命史上具有起點性的意義，同時也被認爲是馬克思主義理論中國化的成功典範。在 20 世紀風起雲湧的革命運動隨著冷戰的終結而終結時，革命所帶來的巨變彷彿一夜之間煙消雲散，歷史依舊沒有走出「漫長的 19 世紀」，「延安道路」卻仍然以其獨特的歷史經驗成爲我們不斷去回溯的「傳統」。無論是出於哪一種立場，「延安道路」似乎都不會被認爲是失敗的，因爲 1949 年中華人民共和國的建立已經證明了這一經驗的有效性。然而如果我們將視野放大到整個 20 世紀的革命運動史的後果中，卻不禁會對這種「暫時」的成功發出質疑之聲。因此，如何闡釋「延安道路」所構成的傳統，也同樣需要出示發言者自身的觀點和立場，而不僅僅是嚴謹的史實考證。

黃宗智在 90 年代發表的《中國研究的規範認識危機》一文中對中國和西方學術界中的中國社會、經濟史研究的幾種模式和理論進行了梳理和分析，大致可以歸納爲兩種理論和模式之間的差異：中國學術界主要採用馬克思的古典理論，即我們所熟知的五種社會階段論，而西方學術界的主導模式則來自馬爾薩斯和亞當·斯密的理論，由此形成了「衝擊——反應」模式和「近代早期中國」模式這兩種解釋模式。具體到中國革命史研究領域，則表現爲「結構」和「抉擇」相異的兩大陣營。中國正統的馬克思主義觀點認爲，長期的結構變遷導致了階級矛盾尖銳化，共產黨作爲被剝削農民的組織代表所領導的革命打破了這一結構性矛盾，因而獲得了成功。保守的美國中國學研究則強調革命過程中的人爲因素，包括莫斯科的操控，共產黨的組織工作等，而農民的階級鬥爭只不過是一種「虛構」。對此，黃宗智指出，眞正的問題在於：結構與抉擇是如何相互作用的？二者之間其實「既非完全相應又非完全相悖」。「沒有人會否認，共產黨從人民哪裏獲得的擁護比國民黨多得多……同時，我們也無法否認列寧主義型共產黨組織在民主的一面之外，還有集中的一面」〔註5〕。因此，黃宗智認爲應該將結構與抉擇之間的聯繫看作是過程，而不是預定的結論，這種態度也成爲七、八十年代以來中西學術界的革命史研究的新取向。

七十年代末以來，宏觀性的研究儘管仍然試圖探尋中共革命成功的原因以及進行理論上的證明，但更多的強調社會結構與革命組織動員之間的相互

〔註 5〕 黃宗智：《中國研究的規範認識危機》，《經驗與理論：中國社會、經濟與法律的實踐歷史研究》，北京：中國人民大學出版社，2011 年，第 76 頁。

作用，不僅關注政治、經濟等物質層面的變革，也致力於發掘文化與話語層面的表達與實踐。馬克・塞爾登在其代表作《革命中的中國：延安道路》一書中嘗試以陝甘寧根據地爲縮影，「將革命過程視爲轉變爲根據地的社會、政治和經濟的發展過程」。他將「延安道路」表述爲一種「關係」的變革：

> 「延安道路」是一個鬆散的概念，指的是使黨、農民和地方精英形成新的關係的革命思想和實踐。它既指民族解放戰爭的道路，也指政治、經濟和社會方面的變化。而這些變化並不是局限於戰時根據地的暫時現象，而是涉及全世界邊緣地區的發展和農業社會的轉變等一系列問題。〔註6〕

通過對陝甘寧根據地政治、經濟和社會變革過程的深入分析，馬克・塞爾登回應了中共革命能夠取得勝利的原因在於他們成功地獲得了民眾的廣泛支持，「有效地將行政措施與社會改革緊密結合起來」，從而使農村社會獲得了新的活力〔註7〕。西達・斯考切波也試圖將政治革命與社會革命相結合，以「結構性」的視角去分析社會革命，突出國家作爲行政和強制性組織的職能，關注「國內與國際因素對舊制度下的政權組織崩潰所產生的影響，以及新的、革命性政權組織的建立情況」〔註8〕。西達・斯考切波通過中國和法國、俄國革命的比較指出，四十年代邊區的革命成功的以「群眾路線」的方式動員了廣大農民，「農民不僅充當了革命反叛的主要力量，而且成爲鞏固國家權力的有組織群眾基礎」，同時共產黨對基層政權的強有力滲透，也使得邊區的革命沒有像 1917 年的俄國農民革命一樣導致無政府狀態的農民自治，因此她將中國的這種革命模式稱爲是一種「大眾動員型政黨國家的興起」。而在另一部研究「延安道路」的經典著作《毛時代的革命話語》中，David E. Apter 和 Tony Saich 則採取了話語分析的方法，將「延安道路」視作一場話語的革命，關注的是革命如何通過建構信仰、意識形態、宗教、倫理等多層面交織的一個新話語共同體，從而生產出自身的權力。在他們看來，延安從來就不僅僅是一個以共產主義爲基礎的政治領域，而是展現了一種不平凡的革命方式，它能夠將理想與行動，網絡與結構，以及思想和行動的後果都聯繫起來，使革命

〔註6〕　【美】馬克・塞爾登著：《革命中的中國：延安道路》，魏曉明、馮崇義譯，北京：社會科學文獻出版社，2002 年，第 266 頁。

〔註7〕　同上，第 262 頁。

〔註8〕　【美】西達・斯考切波著：《國家與社會革命：對法國、俄國和中國的比較分析》，何俊志、王學東譯，上海：上海世紀出版集團，2007 年，第 6 頁。

的理論充分的被現實所吸收〔註9〕。

　　從以上幾部在方法論上具有代表性的著作可以看出，冷戰結束以後，對於「延安道路」以及中國社會主義革命的研究更為關注「社會革命」與「話語革命」的領域，試圖從階級鬥爭的突變性闡釋模式中解放出來，強調革命過程中上層與下層之間的互動，以及由此帶來的社會結構變遷。馬克‧塞爾登將「延安道路」研究中的爭論焦點歸納為以下幾個關鍵問題：

> 關於民族主義和殖民主義概念及其與革命關係問題的爭論；關於道德──經濟──理性──農民的爭論；關於黨──以農民為中心──以革命變革為中心的觀點的爭論；以及關於20世紀中國農村現代化和分類觀點的爭論。〔註10〕

這些問題的提出，反映了冷戰結束以後中國革命史的研究正在從意識形態之爭轉向更為豐富、多元的理論視野。然而這一轉變並不意味著歷史判斷的退隱，相反，「社會革命」與「政治革命」之間的分野，一方面正在消解紀念史學模式中的革命觀，另一方面這種意義的空缺卻日漸成為話語爭奪的場域。「延安道路」的特殊性恰恰在於理論與實踐之間所出現的「空位」。很明顯，「社會革命」的視角致力於發掘「群眾路線」在實踐上所提供的歷史經驗，它所關注的是革命的構想如何能夠催生出現實的鬥爭力量，這種實效性體現在大眾的動員、基層政權建設、經濟生產方式的變革以及文化層面的改造等。但問題在於，這種社會改造的成功是否具有普遍性的歷史價值？或者說是否屬於馬克思意義上的社會主義革命？我們通常認為「延安道路」是「馬克思主義中國化」的集中體現，因為它將建立在城市無產階級鬥爭基礎上的社會主義革命構想移植到了落後的鄉村世界，這也是為何「社會革命」以及區域性研究的思考模式能夠行之有效的關鍵所在。鄉村社會中階級對立結構的模糊乃至缺失，使得「政治革命」在理論的闡釋力上常常受到質疑，而「延安道路」所採取的「群眾路線」，也包含了政治民主、群眾暴力與政黨集權之間的複雜矛盾，這些都動搖了經典的階級分析模式，也使馬克思主義的普遍性原理遭到質疑。

　　因此，重新講述「延安道路」這一歷史敘事的「起點」，關係到我們今

〔註9〕 David E. Apter, Tony Saich, *Revolutionary discourse in Mao's Republic*, Cambridge, Mass. : Harvard University Press, 1994.

〔註10〕 【美】馬克‧塞爾登著：《革命中的中國：延安道路》，魏曉明、馮崇義譯，北京：社會科學文獻出版社，2002年，第4頁。

天如何重建革命的傳統以及在什麼樣的座標系中反思二十世紀的中國革命問題。本書選擇從文化上的「大眾化」革命的角度進入這段歷史，即是希望能夠發掘革命在理論與實踐之間轉化與溝通的途徑，從而將「社會革命」與「政治革命」重新結合起來。汪暉在討論「五四」運動的歷史轉向時提出，「『五四』的『文化轉向』所蘊含的斷裂意識究竟從何而來，爲什麼 20 世紀中國政治始終與『文化革命』密切相關？」〔註11〕在他看來，「五四」文化運動的根本特徵，是文化與政治之間的相互轉化、滲透和變奏，新的政治不在於一種歷史進步主義的、器物和制度層面的變革，而是「產生於一種新的意識、思想、文化和歷史理解」。在「五四」運動所形成的歷史斷裂中，「文化」承擔著雙重任務，「即一方面在社會的基礎上創造和培育新的政治主體，另一方面通過內在於國家與政黨的運動促成政治的生成、造化和改易。一種通過文化與政治的區分而介入、激發政治的方式構成了 20 世紀中國的獨特現象」〔註12〕。

　　1934 年，毛澤東在全蘇二大《中華蘇維埃共和國中央執行委員會與人民委員會對第二次全國蘇維埃代表大會的報告》中就已經明確地提出了「蘇維埃文化」的概念及其中的「大眾化」內涵：

> 蘇維埃文化教育的總方針在什麼地方呢？在於以共產主義的精神來教育廣大的勞苦民眾，在於使文化教育爲革命戰爭與階級鬥爭服務，在於使教育與勞動聯繫起來。蘇維埃文化建設的中心任務是什麼？是屬行全部的義務教育，是發展廣泛的社會教育，是努力掃除文盲，是創造大批領導鬥爭的高級幹部〔註13〕。

在毛澤東的設想中，「蘇維埃文化」建設不僅指的是文化知識上的大眾掃盲教育，更是一種革命鬥爭的方式，它通過與勞動相結合，以社會教育的形式廣泛發動起群眾，同時培養出革命的政治人才。「蘇維埃文化」將大眾文化與政治統一起來的這種構想在「延安道路」中得到了充分的實踐。1938 年 5 月，以艾思奇爲首的陝甘寧邊區文化界救亡協會發表了題爲《我們關於目前文化運動的意見》的指導性文章，將邊區的文化運動目標表述爲：「展開新啓蒙運

〔註11〕汪暉：《文化與政治的變奏——戰爭、革命與 1910 年代的「思想戰」》，《中國社會科學》2009 年第 4 期。

〔註12〕同上。

〔註13〕江西省檔案館、江西省委黨校黨史教研室編：《中央革命根據地史料選編》（下冊），南昌：江西人民出版社，1982 年，第 331 頁。

動，發揮科學文化的教養，創造三民主義的文化，創造中華民族的新文化」〔註14〕。1940 年張聞天在《抗戰以來中華民族的新文化運動與今後任務》中更進一步指出了文化運動與政治革命之間的關係：

> 一般說來，在每一個革命運動爆發爲革命之前，必有一次新文
> 化運動（即啓蒙運動）作爲革命之意識上思想上的準備。同時，每
> 一次革命又豐富了與發展了新文化運動。〔註15〕

這種觀點無疑有別於列寧所提出的「先革命，後發展文化」〔註16〕的設想。在列寧看來，無產階級奪取政權後，只能利用資產階級知識分子和資產階級已有的文化成果去培養和造就新的文化隊伍，「不是臆造新的無產階級文化，而是根據馬克思主義世界觀和無產階級在其專政時代的生活與鬥爭條件的觀點，去發揚現有文化的優秀典範、傳統和成果」〔註17〕。因此，「無產階級文化」是未來的事業，現階段革命文化的首要任務只能是滿足群眾讀書識字等最起碼的文化需求。這也意味著在「大眾文化」與「無產階級文化」之間的距離。

　　然而在 1940 年代的解放區，創造一種大眾的「新文化」卻已經內在於革命的烏托邦設計中。在此，「文化」不僅不是滯後於政治經濟關係的變革，而是與後者同步展開，甚至充當了先導，在某種意義上可以說構成了新民主主義革命中最「激進」的部分。毛澤東在《新民主主義論》中將「新民主主義文化」與「新民主主義政治」、「新民主主義經濟」並舉，實際上承認了具有革命性質的「文化」自身的獨立性，由此提出「現階段中國新的國民文化的內容，既不是資產階級的文化專制主義，又不是單純的無產階級的社會主義，而是以無產階級社會主義文化思想爲領導的人民大眾反帝反封建的新民主主義」〔註18〕。及至 1942 年延安整風，「大眾化」作爲一種「文化革命」的意

〔註14〕陝甘寧邊區文化救亡協會：《我們關於目前文化運動的意見》，《解放》第 39
　　　　期，1938 年 5 月。

〔註15〕張聞天：《抗戰以來中華民族的新文化運動與今後任務》，《中國文化》第 1 卷
　　　　第 2 期，1940 年。

〔註16〕列寧：《論我國革命（評尼·蘇漢諾夫的札記）》，中共中央馬克思、恩格斯、
　　　　列寧、斯大林著作編譯局編譯：《列寧全集》（第四十三卷），北京：人民出版
　　　　社，1987 年。

〔註17〕列寧：《關於無產階級文化的決議的草稿》，《列寧全集》（第三十五卷），北京：
　　　　人民出版社，1985 年。

〔註18〕毛澤東：《新民主主義論》，《毛澤東選集》（第二卷），北京：人民出版社，1991
　　　　年，第 706 頁。

義才通過思想、立場、作風等意識領域的改造充分凸顯出來，也正是通過這場革命，「延安道路」才眞正解決了其在理論與實踐之間的斷裂。

1960 年代，英國馬克思主義理論家 E.P.湯普森試圖從「文化唯物主義」的立場重新定義「文化」的概念。在他看來，以斯大林爲代表的敎條主義立場將「文化」簡單的理解爲經濟基礎——上層建築的單向性決定關係，這種理解不過是直觀唯物主義的復活，它不是從人的實踐活動，而是從實踐活動的結果來理解文化，結果必然會得出兩個推論：「一是普通人民群眾沒有文化或者不是文化活動的主體，因爲他們並沒有積累多少可見的文化成果；而是需要有人從外部向普通人民群眾灌輸先進的思想文化」。但是從馬克思的實踐唯物主義立場來看，社會意識和社會存在之間其實是辯證互動的，而文化正是「社會存在與社會意識由實踐溝通到一起的一個綜合體」〔註 19〕。雷蒙德‧威廉斯在《漫長的革命》一書中更是充分實踐了這種「文化唯物主義」的立場。他將「文化」定義爲一種整體的鬥爭方式，它是「對一種特殊的生活方式的表述，這種描述不僅表現藝術和學問中的某些價值和意義，而且也表現制度和日常行爲中的某些意義和價值。從這種定義出發，文化分析就是闡述一種特殊的生活方式、一種特殊文化或隱或顯的意義和價值」〔註 20〕。「文化是日常的」這一觀念使我們得以從「文化」的角度去思考社會變革的整體性，它不僅包括思想、情感、趣味、修養等意識領域的變革，也指向了生活方式和政治關係的變革，而「文化革命」的長期性動力正是來自於邁向共同體文化過程中多種文化力量之間的不均衡性。

對於「延安道路」而言，以「大眾化」爲目標的新民主主義文化革命之所以成爲一個重要的命題，正是因爲在邊區的新民主主義革命中，「文化」正在從純粹的精神領域轉向日常生活領域，並且呼喚著一種共同體文化的出現，而這一過程深刻再現了「延安道路」的革命內涵。毛澤東在《新民主主義論》裏對於新民主主義文化進行了如下定義：

> 民族的科學的大眾的文化，就是人民大眾反帝反封建的文化，
> 就是新民主主義的文化，就是中華民族的新文化〔註 21〕。

〔註 19〕張亮：《階級、文化與民族傳統：愛德華‧P‧湯普森的歷史唯物主義思想硏究》，南京：江蘇人民出版社，2008 年，第 99 頁。

〔註 20〕Raymond Williams, *The Long Revolution*, Harper Torchbooks, 1966, p.41.

〔註 21〕毛澤東：《新民主主義論》，《毛澤東選集》（第二卷），第 708～709 頁。

毛澤東的新民主主義構想是在建立抗日統一戰線的局勢下對於中國社會所作的判斷，在他看來，新民主主義社會同時包含著民族獨立和階級革命雙重任務，而其最大的政治，就是建立一個新民主主義的民主共和國，因而新民主主義的文化也是朝著「國民文化」的目標展開實踐的，「建立中華民族的新文化，這就是我們在文化領域中的目的」〔註22〕。

因此，新民主主義文化在當時首要解決的問題就是如何在一個支離破碎的「中國」裏重建一種全新的共同體文化。這種共同體必須最大限度地動員大多數民眾，這同時也意味著必須接納、消化既有的文化傳統與文化形態。1937年抗戰的爆發，文化中心從北京、上海等大城市轉移到了後方，而中共所領導的革命鬥爭也從城市轉移到鄉村。隨著延安成爲四十年代的革命「聖地」，各種文化力量匯聚到這裡，使根據地的文化呈現出一種高度發達、然而又極不平衡的面貌，這裡既有「高級」的近代都市文化，又有「落後」的鄉村文化，邊區既是一個地理上封閉的空間，同時又在文化上空前的開放與駁雜。因此，以《講話》爲指導的文藝整風運動，雖然以政治性的權力規定了文藝大眾化的方向，但要眞正實現一種新的共同體文化卻面臨著多重文化傳統的壓力。

首先要面對的即是五四的新文藝傳統，它是四十年代文化運動最主要的對話對象，如何克服五四新文藝脫離大眾的傾向，同時又需面對它在形式和主題上所形成的強大壓力，成爲邊區大眾文藝實踐的關鍵問題。與之相對應的則是民間文藝傳統的力量，它被視爲一種新的文藝資源，同時因其與大眾、鄉村、民族的疊照而具有了進步性，儘管它仍被認爲有改造的需要。四十年代初期對於「民族形式」的廣泛討論，即是對五四傳統和民間傳統的一次話語清理，這種清理以「形式」的問題進行表述，實際上構成了四十年代文藝創作中的一種原初的衝動。

第三種文藝力量來自蘇聯，以及在其影響下形成的三十年代左翼文藝和蘇區文藝傳統。在四十年代，儘管蘇聯和共產國際充當了中共革命的權威領導，但這種領導又因中共黨內的路線鬥爭而顯得疏離。1938年六屆六中全會之後，實際上已經肯定了毛澤東在黨內作爲正式領袖的地位，也意味著以季米特洛夫爲首的共產國際對於毛澤東的支持以及黨內王明路線的失敗。而毛澤東在會議報告中提出的「民族形式」問題，也包含著對中共在革命和統一

〔註22〕毛澤東：《新民主主義論》，《毛澤東選集》（第二卷），第698頁。

戰線中獨立領導地位的期待〔註23〕。1942 年的延安整風，核心任務是整黨，一方面是改造那種「言必稱希臘」的「欽差大臣」作風，進一步清除來自莫斯科勢力的影響，另一方面則是回到列寧關於政黨組織的思想，強調黨對革命領導權的絕對掌握，建設一個在思想和方向上都保持統一的政黨。《講話》中把各種文藝力量之間的衝突，包括前述兩種文藝傳統，都歸結為一個「黨性」問題，即毛澤東所說的，「有許多黨員，在組織上入了黨，思想上並沒有完全入黨，甚至完全沒有入黨」〔註24〕。事實上，毛澤東關於「民族」與「階級」，「新民主主義」與「社會主義」，「理論」與「實踐」，「知識分子」與「群眾」的論述，都包含著對中蘇關係的回應，而如何既堅持馬克思主義的普遍性原則，以蘇聯的權威性為支撐，又能夠獲得自身統一、獨立的革命領導權，克服蘇聯在政治和文化上的巨大影響，成為四十年代革命鬥爭中最尖銳的問題。

　　第四種是古典文藝傳統，不過自五四新文學以降，這一傳統往往通過市民階層的通俗文藝被表述。儘管這一傳統最為左翼作家所排斥，並且在農村也缺乏讀者群，但是在「大眾化」和「民族形式」的口號下，以章回小說和平劇為主的「舊形式」也成為被改造利用的文藝資源。通俗文藝的程序化和傳奇性，為書寫波瀾壯闊的革命歷史提供了形式上的幫助。同時借用報刊連載的方式，那些新的章回小說獲得了更為廣泛的傳播，甚至在國統區也成為暢銷書，這些都使通俗文藝的「通俗」具有了不同於「大眾化」的涵義。

　　除了以上四種文藝傳統之外，歐洲近代文藝傳統在解放區也具有覆蓋性的影響，但這種影響的發生往往經過了五四新文藝或蘇聯文藝作為「中介」表現出來，由此形成「土」與「洋」相對立的兩大話語脈絡。需要指出的是，這些文藝傳統之間並非涇渭分明，也不是以各自獨立的面貌相互競爭。因此，它們如何在「延安道路」的文化表述中被標識以呈現，又如何被整合進新的文化想像中，成為了這一時期「文化革命」的一大任務。

　　更為重要的是，這些文化傳統匯聚在了「鄉村」這樣一個特殊的空間裏，這就使得「大眾化」的革命不僅僅是文化傳統之間的較量，更是文化與政治之間的互相生產。「鄉村」在四十年代革命語境中所具有的複雜內

〔註23〕楊奎松：《毛澤東與莫斯科的恩恩怨怨》，南昌：江西人民出版社，2005 年，第 85〜86 頁。

〔註24〕毛澤東：《在延安文藝座談會上的講話》，《毛澤東選集》（第三卷），北京：人民出版社，1991 年，第 875 頁。

涵，使得解放區的文化建設不僅訴諸於社會文化與情感經驗的變革，而且必須與政治軍事鬥爭，乃至經濟生產等相結合，從而形成了一場整體性的革命。在這樣的視野中，邊區文化的變革必須是「日常的」，能夠深入到鄉村生活的方方面面，使革命的教育滲透於農民的日常生活與倫理結構中；但同時又是「政治的」，鄉村作為革命統一戰線的紐結點，各種力量在這一空間中衝突交匯，在鄉村這一新的參照系中，個人與社會、新與舊、革命與政治之間的關係獲得了重新定位，並且「使從來就『僻處於政治生活及歷史之外』的群眾，進到政治生活及歷史裏面來」〔註 25〕，孕育了新的政治共同體的出現。在以鄉村為核心的意義體系中，革命被明白地闡釋成「窮人的解放」與舊秩序的終結，它需要通過暴力手段宣告一個全新的開端；但另一方面，革命也意味著建設與恢復，它始終處於與傳統的妥協之中，並且不得不通過各種社會問題的解決，來使自身被認可為一種日常需要與生活方式。在這種情況下，「文化」實際上成為了溝通政治與生活，國家與農民之間的一種「中介」。

第二節　知識分子與「大眾化」

　　新民主主義文化明確地以「大眾化」為自己的目標，試圖通過政治強力的規約與意識形態的詢喚整合出一種建立在階級一致性基礎上的「新的人民的文藝」。對此，周揚在 1949 年召開的第一次文代會上所作的報告中對解放區的新文藝進行了總結：

> 　　在解放區，文藝的面貌、文藝工作者的面貌，有了根本的改變。這是真正的新的人民的文藝。文藝與廣大群眾的關係也根本改變了。文藝已成為教育群眾、教育幹部的有效工具之一，文藝工作已成為一個對人民十分負責的工作。
>
> 　　毛主席的「文藝座談會講話」規定了新中國的文藝的方向，解放區文藝工作者自覺地堅決地實踐了這個方向，並以自己的全部經驗證明了這個方向的完全正確，深信除此之外再沒有第二個方向

〔註 25〕謝覺哉：《民主政治的實質》，原載《共產黨人》，1940 年 4 月第 6 期，轉引自延安民主模式研究課題組編：《延安民主模式研究資料選編》，西安：西北大學出版社，2004 年，第 42 頁。

了，如果有，那就是錯誤的方向。〔註26〕

在周揚看來，這種新文藝在作品的主題、人物、語言、形式等方面都呈現出新的要素，解決了「大眾化」和「民族形式」的問題，不僅在思想上眞正做到了與工農兵群眾的結合，「反映了人民的鬥爭，人民的思想、意志、情緒」，而且在形式上推陳出新，吸收了民間形式的資源，樹立了新的美學標準，即毛澤東所提出的「新鮮活潑的、爲老百姓所喜聞樂見的中國作風與中國氣派」〔註27〕。然而，「大眾化」究竟在何意義上、又以何種方式催生出了「新的人民的文藝」？在延安所展開的這場文化革命中，「大眾化」一方面汲取各種文化傳統以建造新文化，另一方面則卻需要不斷地建構出他者。這一篩選與排異的過程充滿了文化傳統與話語權力之間的激烈交鋒，也遭遇著個體特殊生活經驗與情感方式的挑戰，乃至我們不禁要追問，以「大眾化」爲核心的政治共同體文化是否眞的完成？這個問題直接指向了對於延安革命道路的反思。

　　延安的文化運動展現出了前所未有的實踐性，而其實踐的主體可以大致分爲知識分子與農民這兩個群體。延安整風以後，一方面，在「大眾化」的要求下，農民被表述爲革命的主體力量，他們不再是被啓蒙的對象，而變成了革命合法性的來源。大批知識分子走向鄉村民間接受改造，當鄉村成爲新的文化生產空間時，革命的想像與表達，知識分子的自我認知與情感經驗都隨之發生改變。但另一方面，知識分子仍然構成了文化變革的中堅力量，他們掌握著書寫的權力並通過寫作參與著共同體文化的建構。他們或者成爲地方幹部指導農村的行政、文化工作，或者進行採訪和調查，以通訊報導的形式充當革命的見證者與記錄者。在這個意義上，文藝的「大眾化」其實包含了雙重指向性：它既通過文藝的方式組織和再現了農民的生活經驗，參與著革命話語的建構，同時又確保著知識分子在這場運動中重塑自身的文化認同與革命想像，而後者恰恰是這場文化革命中最複雜的部分。

　　1938年4月10日，毛澤東在魯迅藝術學院成立大會上講話時指出，到陝

〔註26〕周揚：《新的人民的文藝》，中華全國文學藝術工作者代表大會宣傳處編：《中華全國文學藝術工作者代表大會紀念文集》，北京：新華書店，1950年，第69～70頁。

〔註27〕同上，第93頁。

北的文化工作者大致分爲兩類，一類是「山頂上的人」，主要指經過長征到達
陝北的原蘇區文化工作者，而另一類則是「亭子間的人」，指的是由上海、北
平等城市奔赴延安的文化工作者。毛澤東說：「亭子間的人弄出來的東西有時
不大好吃，山頂上的人弄出來的東西有時不大好看」，而匯聚到了延安，就要
克服以往的「自大主義」，以統一戰線爲工作作風，加強革命文藝的團結〔註
28〕。在延安整風以前的相當長一段時間內，知識分子的團結問題一直是延安
文化工作中的一大困難，而他們之間的複雜矛盾，不僅緣自文化身份之間的
衝突，更是不同文化傳統之間的較量，其表現形態即爲前面所說的文化上的
「不均衡性」。1942 年《在延安文藝座談會上的講話》發表，知識分子被要求
改造自身的「小資產階級個人主義」立場，徹底地走向「大眾化」，使自己眞
正成爲一名「黨的文藝工作者」。整風運動試圖以「政治的」方式改變文化上
的不均衡狀態，同時又通過《講話》所提出的文化運動來再造知識分子的政
治身份，將「山頂山的人」和「亭子間的人」共同納入黨的文藝工作者隊伍
中。

　　在既有的延安知識分子研究中，研究者們最爲關注的是知識分子對於
延安文藝體制的適應或抗拒，他們大多將寫作單純地理解爲作家個體的創
作行爲，因而常常在政治與文學之間劃出一道分界線。近年來在延安文藝
研究領域出現的最具代表性的著作當屬李潔非與楊劼合著的《解讀延安——
——文學、知識分子和文化》（當代中國出版社，2010 年）。該書以知識分子
問題爲中心，對延安文藝形成和發展中的幾個最核心問題展開討論，如延
安文學從哪裏來，它在文學史傳統中佔有怎樣的地位，它在十年歷程中發
生了什麼變化等等。該書提出了「超級文學」這一概念，認爲正是在《講
話》的指導下，「文學在延安被開發成一種具有前所未有的功能的龐然大
物」，此種文學在政權機器的規約下被組織進所謂的「黨性」之中，由此催
生出新的文學觀念、文學趣味與文學形式，同時又被政治所消解。因此，
著者強調一種「文化研究的整合視角」，將研究視野拓展至整個二十世紀的
中國歷史，嘗試在近現代中國文化解體、知識分子精神危機的情境中思考
延安文藝所提出的命題。《解讀延安》對延安文藝作出了如下論斷：「延安
文學模式——或稱毛澤東文藝體系——之所以成爲中國文學藝術長達四十

〔註 28〕 唐天然：《「亭子間」和「山頂上」的文化人的團結問題——一九三八年毛澤
　　　　　東同志親筆訂正的一段講演記錄》，《新文學史料》，1988 年第 2 期。

年的統治者，是因爲它在相當程度上克服了 20 世紀以來中國在文化上面臨的諸多複雜矛盾，實現了多種衝突的文化價值之間的整合」〔註29〕。然而，因爲缺乏相應的文化政治理論視野，該書並沒有實現所謂的「整合視角」，僅僅是從文學／文化變遷的層面討論「延安文藝」以及知識分子寫作的問題，最終仍然陷於文學與政治的糾紛中失之瑣碎，更未能揭示出延安文藝實踐與解放區整體性革命之間的關係。

　　雷蒙德・威廉斯曾經對文化共同體中個體的參與進行了深入的闡釋。在他看來，個體對文化的參與有賴於共同資源，並且需要相互接觸：

> 無論何時，人們都將從整個文化中選取一部分進行參與，他們的選擇如同自己所作的貢獻一樣，必然是千差萬別、高低不等的。這種選擇，這種高低不等的狀況，是可以與有效的文化共同體並行不悖的，但是需要眞正的相互責任和相互調整才能達成。這樣就把團結中的防守因素轉化成了更爲廣泛、也更爲積極的鄰里情誼。對於任何人來說，這都將是一個長期的過程，他需要轉變自己習慣性的否定成分，需要一個緩慢而深刻的個體過程去接受不斷擴展的共同體。〔註30〕

個體的文化參與與自我認知，乃至情感體驗，都不可避免的銘刻著社會文化的印記，而共同體文化的實現，也是建立在個體文化實踐的擴張基礎上。只有充分呈現出個體文化實踐中的社會性，在一種整體革命的機制中考察知識分子的文化活動，才有可能回答延安的「大眾化」革命是如何在多重傳統的壓力下構建出新的文化共同體，以及它作爲一種文化政治的歷史意義。

　　抗戰和建國構成了四十年代的歷史任務，也是新民主主義革命必須將其包容進自身話語體系的兩大命題。「大眾化」與「民族形式」，正是在這樣的歷史條件下對新民主主義文化所提出的要求，即如何在戰爭、革命、建國的三重視野中創造中華民族的新文化。然而到了 1942 年的《講話》中，「大眾化」壓倒了「民族形式」命題成爲了唯一的文藝方向：

> 許多同志愛說「大眾化」，但是什麼叫做大眾化呢？就是我們的

〔註29〕　李潔非、楊劼著：《解讀延安——文學、知識分子和文化》，當代中國出版社，2010 年，第 291 頁。

〔註30〕　【英】雷蒙德・威廉斯著：《文化與社會：1780～1950》，高曉玲譯，吉林出版集團有限責任公司，2011 年，第 344 頁。

> 文藝工作者的思想感情和工農兵大眾的思想感情打成一片。〔註31〕

> 我們的文學藝術都是爲人民大眾的，首先是爲工農兵的，爲工農兵而創作，爲工農兵所利用。〔註32〕

作爲延安整風運動中的一部分，《講話》的發表主要是針對黨員作家的思想改造，因此它所提出的「大眾化」首先指的是一種黨性和階級性的培養。它要求作家們站在「無產階級和人民大眾的立場」上，從情感、態度、寫作對象、寫作方式等方面徹底改造自己的文藝觀，從而邁向一種「無產階級文化」。但另一方面，《講話》對於新文藝的構想又是立足於整個邊區的文藝、以及未來的民族國家文藝，因此「大眾化」又被表述爲一種以普及爲主的群眾性文化，「是無產階級領導的人民大眾的反帝反封建的文化」。也就是說，「大眾化」既具有階級文化的內涵，又指向了某種民族性。有不少研究者已經指出，《講話》所闡述的「大眾」實際上是一種被建構的大眾。如賀桂梅認爲，在毛澤東的方案中，無論是「階級」還是「人民」都不是既有的社會存在（「客觀存在的階級」），而是需要經過組織和動員才能召喚出來的主體（「被動員的階級」）〔註33〕，這個組織和動員的過程也就是毛澤東在《講話》中所闡釋的「政治」，「關鍵的問題其實並不在於階級／民族的對立或融合，而在於一種建基中國問題的特殊性的新的政治形式的出現」〔註34〕。然而在延安文藝具體的實踐中，「大眾化」的這兩個維度並沒有如理論上的表述般融合在一起，而這與其說是理論與實踐之間的距離，不如說正是內在於新民主主義文化革命的歷史規定性之中。本書通過丁玲和趙樹理所代表的兩種文化身份及其文學實踐方式，揭示出延安文藝在新民主主義文化革命意義上的未完成性；但也正是因爲這種未完成性，延安文藝運動具有了雷蒙德‧威廉斯所謂的「漫長的革命」的意義。

第三節　作爲一種實踐的寫作

本書選擇了丁玲和趙樹理作爲「亭子間」和「山頂上」兩種文化身份的

〔註31〕毛澤東：《在延安文藝座談會上的講話》，《毛澤東選集》（第三卷），第851頁。
〔註32〕同上，第863頁。
〔註33〕賀桂梅：《「當代文學」的構造及其合法性依據》，《海南師範學院學報（社會科學版）》，2006年第4期。
〔註34〕同上。

代表，因爲他們既是「大眾化」革命的成功典範，同時又以其強烈的個體特殊經驗改寫乃至動搖了這種成功的表象。丁玲毫無疑問屬於毛澤東所說的「亭子間的人」，她既是五四新文學培養起來的一代「新青年」，又是三十年代上海左翼文藝隊伍中的一分子。以丁玲在文化界的地位，她的陝北之行，在當時足以成爲　個象徵性的事件。因此，丁玲在延安的生活和寫作狀態，直接關係到中共對外的文化形象，如何安置丁玲這樣的「亭子間」知識分子，又如何將其改造爲「黨的文藝工作者」，對於延安的文化工作實爲重要。另一方面，以丁玲自己而言，她一直未有擺脫「小資產階級」的原罪意識，加上三年的南京被囚經歷，導致了她政治身份的曖昧不明。這樣一種「有罪」的身份狀態，使丁玲在延安面臨著如何被新的文化與政治秩序接納的艱難處境。至於趙樹理，確切地說並不屬於來自「山頂上」的知識分子，只能說他在寫作上所形成的風格，代表了「山頂上」文人的「土」和「不好看」。他原本就是駐守於山西農村的一個地方干部，後來也沒有進入到延安的知識分子群體中。更有意思的是，他雖然是「土洋之爭」中「土」的代表，但這種「土」又同時包含了對「五四新文學」的繼承與克服。從一開始被排斥於「文壇」之外，到四十年代後期被推舉爲《講話》方向的代表，趙樹理與延安之間的關係變化，構成了一個相當特殊而又頗具表徵性的案例。

　　丁玲和趙樹理所代表的兩條道路，充分展現了知識分子這一中間階級在新民主主義革命中的自我認知與被規定的身份位置。本書嘗試將寫作理解爲一種實踐，它既指向作家自我意識的改造，又構成了他們參與革命、想像革命的方式。這意味著一方面通過文本進入歷史，揭示出文本生產過程中所攜帶的社會政治關係，同時充分尊重文學寫作的主體性，包括作家個體的生活經驗、情感方式與自我認同。因此，本書對於兩位作家的「寫作」研究，將在兩個向度上展開：在縱向維度上，丁玲和趙樹理各自繼承著五四新文學的傳統，而他們又以截然不同的創作道路，不斷動搖、反叛著五四新文學的寫作模式。他們爲何能夠一步步走向「大眾化」的寫作？後者又如何反過來拓展抑或反噬了他們對於革命的想像？而在橫向維度上，丁玲和趙樹理代表了延安文藝的兩種文化符號，它們在「大眾化」的規定中，經歷了被改造、吸納、認可的過程。這一過程再現了「大眾化」的運作機制，也隨之暴露出了新民主主義「大眾化」的內在困境。

　　這樣一種雙重維度的研究展開，意味必須充分呈現兩位作家的特殊性與普遍性，重新在一個動態的社會歷史語境中打開寫作的意義。丁玲的「向左轉」問題一直是考察五四新文學與左翼文學關係的一個焦點。正如賀桂梅所總結的，一方面，丁玲是現代作家中最成功地適應了毛時代思想改造過程的一位，另一方面，她身上的五四印記也導致她在革命政權內部屢遭批判，同時，她的女性作者身份又深深內在於革命的轉向中。小資產階級與革命、性別與階級之間的複雜糾葛，使丁玲成爲了20世紀中國文學史與思想史研究中難得的個案〔註35〕。九十年代興起的「話語——權力」研究模式，往往把丁玲的「向左轉」歸結於一種「體制化」（李陀形象的稱爲「學說話」）的結果。這種思路預設了一種主體與意識形態之間的對立結構，由此產生了「五四的丁玲」與「延安的丁玲」兩種身份之間的衝突。在這樣的視野中，延安整風之於丁玲的斷裂性意義被放大，而「五四」式的小資產階級話語則被視爲丁玲改造過程中的異質性存在。

　　然而這樣一種研究框架，難以解釋丁玲走向革命的內在動力究竟是什麼，更無法看到延安革命的邏輯是如何複雜作用於知識分子個體身上。丁玲的「左轉」道路，非常突出的展現了個體如何作爲歷史的「遺形物」〔註36〕，在新與舊之間掙扎的狀態。那些來自階級、教養和際遇的烙印，既是丁玲試圖克服的他者，同時也構成了她處理問題的方式。革命期待著新的歷史意識的生成，而個體身上既有的認同與記憶將如何被新的歷史意識揚棄，同時個體又如何理解並實踐這種革命的法則，這些問題構成了探討革命之新變或延續的關鍵。其間的曲折緊張，既無法嵌套於既定的理論框架，也難以化約爲抽象的話語結構。對於丁玲而言尤爲如此。

　　因此，本書採用了「講故事」的方式，希望能夠跳出那些化約性的理論話語，充分呈現寫作作爲一種實踐的意義，在零散、混亂乃至相互矛盾的碎片之間重建「感覺結構」的歷史關聯性，探討這場「大眾化」革命中「感覺結構」（structure〔s〕of feeling）的變遷。雷蒙德·威廉斯尤爲看重「感覺結

〔註35〕賀桂梅：《轉折的時代——40～50年代作家研究》，濟南：山東教育出版社，2003年，第206～207頁。

〔註36〕這裡借用胡適在《文學進化觀念與戲劇改良》一文中對京劇的比喻。胡適說，京劇猶如男子的乳房，形式雖存，作用已失；本可廢去，總沒廢去；故叫做「遺形物」。胡適：《文化進化觀念與戲劇改良》，《新青年》，1918年第5卷第4號。

構」在形成共同體文化中的地位，在他看來，「感覺結構」「是一種現時在場的，處於活躍著的、正相互關聯著的連續性之中的實踐意識」，它是一種「結構」，也是一種「過程」，這種經驗「常常不被認爲是社會性的，而只被當做私人性的、個人特癖的甚至是孤立的經驗」，但事實上卻代表了整體性的社會經驗〔註37〕。簡單的說，「感覺結構」作爲一種文化假設，區別於信仰體系、習俗機構或明顯的普遍關係等這樣一些已被分類的構形（formations），它處於「溶解流動」的狀態，包含了那些未被體系化約的、處於意義邊緣的經驗。「我們一方面要承認（並歡迎）這些因素——特殊的感覺、特定的韻律——的獨特性，而另一方面又要找出認識這些因素所屬的特殊的社會類別的途徑……不僅要關注恢復社會內容的完整意義，而且要關注恢復那些具有生產意義的直接性」〔註38〕。

　　威廉斯關於「感覺結構」的論述，對我們思考個體經驗與歷史話語之間的關係提供了啓發。事實上，如何處理個體意識與公共話語之間的關係，也是丁玲的革命歷程中最大的困擾所在，這使她的寫作中總是充滿了一種「私」與「公」之間的焦慮感，前者被命名爲「小資產階級個人主義」，後者則指向了大眾化的公共政治。這種焦慮感在丁玲三十年代的寫作中主要表現爲「革命加戀愛」的敘事模式，主人公往往在愛情與政治的抉擇中展示出一種緊張、然而卻是空洞的道德自律。三十年代的左翼話語一味追求純粹的「政治人格」，試圖建構一種超越於私人日常生活之上的「公共空間」，卻沒能意識到，個體在道德、情感上的自我拷問，同樣構成了政治的後果。在這種情況下，政治的公共性被等同於「勞工大眾」，卻又未能賦予後者表達自己聲音的公共領域，結果使得公共性變成了一個無有所指的空洞。丁玲苦惱於自己「哪裏也去不了」，不是因爲個體能力的有限，恰恰是因爲不知道要走向哪裏。到了延安以後，這一矛盾結構仍然不斷復現於丁玲的寫作中，只是在新的語境中被賦予了不同的指向性，表現爲知識分子與環境、私人利益與公家利益、文學與政治等之間的對立。一直到延安整風以後，以情感重塑爲方式的「大眾化」革命想像才化解了這種私與公之間的緊張關係，以丁玲爲代表的知識分子們努力使自己對農民產生同情和友愛，以此來清除那些「個人主義」的雜

〔註37〕　【英】雷蒙德·威廉斯著：《馬克思主義與文學》，王爾勃、周莉譯，鄭州：
　　　　　河南大學出版社，2008年，第141～143頁。
〔註38〕　同上，第142頁。

質，獲得一種高度純粹的革命情感。在《太陽照在桑乾河上》這篇小說中，穿行於日常生活之間的革命被描述爲一種對幸福的坦然追求，而這種幸福不僅是屬於私人領域的，也成爲公共政治的題中之義。丁玲由此擯棄了此前的那種「道德衛生學」式的敘事方式，將革命從奇觀變爲日常，個人與公共政治之間的緊張狀態也被集體化的情感投射所取代。

丁玲的寫作實踐與革命經驗，啓發我們去反思抽象政治與日常生活之間的關係，去重新思考「生活」、「情感」、「幸福」這樣一些範疇在革命政治中的位置。「大眾化」寫作的意義不僅在於教導知識分子們培養自己對工農的情感，更在於通過這種感覺結構的更新，知識分子們同時也更新了他們對於「政治」的理解，使其從抽象變爲肉身，從而重新想像一種新的公私關係。

相比之下，「大眾化」的寫作對於趙樹理來說則意味著一種「翻譯」的實踐，他所關心的不是知識分子身份的改造，而是這種新身份的獲得，究竟如何與農民的生活發生關聯。因此，他將寫作視爲一種知識分子與農民之間的溝通行爲，這種身份意識不僅來自「黨的文藝工作者」的政治需要，同時也是內在於民國鄉村建設的實踐傳統中。

如果說對於丁玲而言，革命的艱難在於它從抽象走向具體的過程，那麼在趙樹理看來，革命恰恰需要首先處理那些具體的「問題」。如何闡釋趙樹理對於具體經驗的執著，仍然是今天的研究者反覆論述的癥結所在。支持者推崇趙樹理以小見大的樸素深刻，認爲在他的作品中，「問題的典型性使故事的『小』足以暗示出社會整體性內容的『大』。……這是樸實的敘事性對表面化的戲劇性的勝利」〔註39〕。批評者則認爲趙樹理對具體問題的關注，逐漸走向一種「狹隘的小農意識」，它導致了對社會生活整體性認識的缺乏〔註40〕。隨著近年來趙樹理重新成爲左翼文化批評的熱點，對趙樹理的「再解讀」開始體現出更爲複雜的批判性視角，我們似乎可以借用蔡翔所謂的「雙重立場」來進行描述：一方面，堅持「革命中國」所提供的差異性經驗，將趙樹理的寫作看成是這種差異性的再現，以批判西方現代性的話語霸權；另一方面，趙樹理的「小」又構成了反思革命實踐的一個視角，這意味著審慎的對待革

〔註39〕黃子平：《論中國當代短篇小說的藝術發展》，《沉思的老樹的精靈》，杭州：浙江文藝出版社，1986年，第25～26頁。

〔註40〕戴光宗：《論趙樹理在四十年代的崛起》，中國趙樹理研究會編：《趙樹理研究文集》（上卷），北京：中國文聯出版公司，1996年，第67頁。

命所包含的「正當性」與「無理性」，重新發現革命的內在矛盾與困境〔註41〕。不過問題在於，趙樹理的特殊性並非外在於「社會主義文學」的「他者」，從「趙樹理方向」到趙樹理的困境，實際上都內在於「當代文學」的生產方式、話語邏輯與政治關係之中。如果說趙樹理的寫作是「一時一地」的，那麼批判的可能性並不來自它與整體性敘事之間的對立。過於強調生活經驗與抽象政治之間的鴻溝，實際上忽視了二者之間相互依存、相互形塑的關係。只有充分呈現「一時一地」所構成的問題情境，將這些問題從本質化的範疇中解放出來，由此才能夠確認我們繼承或批判的前提與邏輯。

　　強調趙樹理的「翻譯者」意識，意味著重新定義一種文學的概念。對於趙樹理來說，鄉村不是美好的田園世界，他所要再現的是鄉村世界如何在歷史的大變動中充分暴露出矛盾與危機，同時又如何因此而具備了創造一個新世界的可能性。寫作作為一種「翻譯」行為，實際上正是嘗試在鄉村的語境中表述革命，它不僅關係到知識分子與農民之間的溝通，而且包含了傳統鄉村秩序與現代性政治實踐之間的碰撞，地方社會與民族國家共同體之間的對話，以及文學與政治之間的轉化。

　　在論述上，本書主要分為兩個部分。第一部分以丁玲為中心展開討論，其中第一章意在通過對丁玲早期寫作中小資產階級原罪意識的分析，揭示出左翼革命話語中所建構出的「私」與「公」之間的對立，如何使得丁玲在寫作上走向了困境。第二章討論的是進入延安的丁玲，如何面臨著身份轉換的困難，以及由此而產生的一種道德焦慮。第三章圍繞《太陽照在桑乾河上》進行解讀，雖然這篇小說的寫作年代已經不屬於「延安道路」的歷史時期，但它仍然集中體現了丁玲從亭子間到根據地的情感經驗的變化，並且直接構成了《講話》的後果。論文第二部分則是以趙樹理為中心的討論。其中第四章圍繞趙樹理寫作的「民間性」展開，對四十年代文化語境中的幾個關鍵詞：「民間」、「民族」、「農民」等進行辨析，由此重新理解《講話》的大眾文藝

〔註41〕蔡翔在《革命／敘述：中國社會主義文學——文化想像（1949～1966）》一書中明確的表達了這種態度，在他看來，趙樹理以來自「日常生活」的複雜性暴露出了革命政治的危機，「趙樹理和那些淺薄的浪漫主義者的區別在於，他在堅持社會主義的正當性的同時，卻在思考這一正當性如何生產出了它的無理性；而和那些所謂的經驗主義者的區別則在於，他在批評這一無理性的時候，並未徹底驅逐社會主義的正當性。」北京：北京大學出版社，2010年，第256頁。

觀的歷史內涵。第五章試圖在根據地的特殊政治關係中探討趙樹理作爲「翻譯者」的寫作實踐，從而揭示出新民主主義文化政治所包含的矛盾與未完成性。

第一章　革命·都市·新青年

第一節　「懺悔的貴族」：個人主義的原罪

　　1926 年「革命文學」初起之時，郭沫若就大聲宣佈，「包括帝王宗教思想的古典主義，主張個人主義自由主義的浪漫主義，都已過去了」〔註1〕。「個人主義」成爲左翼文學家們避之猶恐不及的「罪名」，它被視作是與生俱來的「小資產階級劣根性」，五四文學革命所追求的個性解放，及其所賴以生存的資本主義文化土壤都已經走向末路，「今後的出路只有向著有組織的集體主義走去」〔註2〕，甚至是「做一個留聲機——就是說，應該克服自己舊有的個人主義，而來參加集體的社會運動。」〔註3〕然而與此同時，革命的知識分子卻不得不面對舊我與新我之間的裂痕，革命理想與階級局限之間的巨大落差，反而增強了自我意識。與「革命文學」相伴生的，是大量自我解剖、懺悔的文字，即如魯迅所言，是借「天火」在「煮自己的肉」，用刀來解剖自己〔註4〕。從個人轉向集體，不是徹底的拋卻自我，而是希冀在集體的命名中獲得個人的救贖。有意思的是，後來的延安整風，同樣是批判「小資產階級知識分子」，卻是將其視爲「有病」而非「有罪」，前者可以借他人之力治癒而成爲「新人」，

〔註1〕　郭沫若：《文藝家的覺悟》，《洪水》第 2 卷 16 期，1926 年 5 月。
〔註2〕　蔣光慈：《關於革命文學》，《太陽月刊》第 2 期，1928 年 2 月 1 日。
〔註3〕　麥克昂（郭沫若）：《留聲機器的回音——文藝青年應取的態度的考察》，《文化批判》第 3 期，1928 年 3 月 15 日。
〔註4〕　魯迅：《「硬譯」與「文學的階級性」》，《萌芽月刊》第 1 卷第 3 期，1930 年 3 月，轉引自《魯迅全集》第四卷，北京：人民文學出版社，1998 年，第 209 頁。

後者卻只能是無法改變的宿命。「革命文學」對「個人主義」的指控，將個體推向歷史與社會的背面，恰恰識別出了那個焦躁不安的「自我」，然而到了延安時期，這個「自我」卻因為「生病」而變成某種匱乏或空位，等待著「新人」的填補。關於延安時期的「治病救人」想像，後文將展開具體的討論，這裡想指出的是，在丁玲為代表的左翼知識分子身上，「個人主義」從來就不是一種自證的特徵，它的再現方式，取決於個體與歷史條件之間所發生的關係。因此，問題不在於如何描述丁玲從一個莎菲式的個人主義者變成一個「黨的文藝工作者」，而在於這種「轉變」是通過怎樣的話語和情境被再現出來。在這一過程中，個體與社會，知識分子與革命之間的關係一再被重新想像和界定，如何表述大革命時代中的「自我」，成為了齊澤克意義上的某種「徵兆」：革命的普遍性理念，在那些自我解剖、自我壓抑的文本中「實現了自身」。並非是個體不斷地超克自身走向革命，相反的，正是在那些充滿負罪感的個人主義表述中，抽象的革命遭遇了具體的社會、性別、民族與階級，獲得了歷史特定的形式。

一、都市中的「零餘者」

在那篇著名的《關於新的小說的誕生──評丁玲的〈水〉》文章中，馮雪峰從階級分析的角度對丁玲的寫作進行了歸納。他指出，在創作《水》之前，丁玲「乃是在思想上領有著壞的傾向的作家。那傾向的本質，可以說是個人主義的無政府性加流浪漢（lumken）的知識階級性加資產階級頹廢的和享樂而成的混合物。她是和她差不多同階級出身（她自己是破產的地主官紳階級出身，『新潮流』所產生的『新人』──曾配當『懺悔的貴族』。）的知識分子的一典型。」〔註5〕第一次國共合作破裂後，中共在共產國際的指示下開始了一個工人階級化的整黨過程，對知識分子作用的貶低也形成了較為統一的意見。隨著左翼文學活動的政黨化，中共對於知識分子屬於小資產階級的判定基本上成為了左翼文人自我認知的身份標準〔註6〕。「小資產階級」意味著

〔註5〕何丹仁（馮雪峰）：《關於新的小說的誕生──評丁玲的〈水〉》，原載《北斗》第2卷第1期，1932年1月20日，轉引自袁良駿編：《丁玲研究資料》，天津：天津人民出版社，1982年，第248頁。

〔註6〕關於現代中國小資產階級話語的流變，可參見張廣海《「革命文學」論爭與階級理論的興起》，北京大學2011年博士論文、趙璕《「小資產階級文學」的政治──作為「中國社會性質論戰」序幕的〈從牯嶺到東京〉》，《中國現代文學

革命性的不純潔，這種身份特性使得知識分子無法向工農大眾那樣成爲革命的中堅，相反還構成了知識分子的原罪意識，也就是馮雪峰所說的「懺悔的貴族」。

在二、三十年代的左翼知識分子身上，我們常常能看到他們對於自己階級出身的懺悔以及背叛的決心，丁玲無疑也是其中的一員。這位出身破落的地主之家，「背叛了一切親人」的新女性，比他人更深刻地感受到這種自我厭棄的分裂。左翼評論家們往往用頹廢、病態去描述丁玲筆下的那些「Modern Girl」。她們表現出一種典型的「資產階級的『近代女子』的姿態」〔註7〕，她們在靈與肉，理智與情感，生與死之間的掙扎，成爲了大都市罪惡的病兆。然而，在左翼評論家們厲聲斥責這種「都市病」的同時，卻沒有意識到，這種病態的生活不僅來自都市的資本主義關係，更是激進革命的產物，確切的說，它產生於中國左翼革命的「都市化」進程之中，「都市病」其實也是「革命病」。因此，這些「Modern Girl」不僅不是可以被輕易排除的他者，而且內在於那些生活在都市的革命知識分子心中，昭示出了一種普遍性的矛盾。

毛澤東在1925年發表的《中國社會各階級的分析》一文中對「小資產階級的左翼」進行了這樣的描述：

> 這一部分人好些大概原先是所謂殷實人家，漸漸變得僅僅可以保住，漸漸變得生活下降了。……這種人在精神上感覺的痛苦很大，因爲他們有一個從前和現在相反的比較。這種人在革命運動中頗要緊，是一個數量不小的群眾，是小資產階級的左翼。〔註8〕

可以看出，這個群體的革命性正是來自他們社會地位的變動，即「從前和現在相反的比較」。具體地說，他們大多數出身於鄉村地主家庭，後又來到北平、上海等大都市謀生，從鄉村到都市的人生軌跡，使這個群體與現代都市的關係總是若即若離。瞿秋白曾經用「小資產階級的流浪人的知識青年」來描述這些二十年代離開農村到都市的知識分子。他們在五四以後迅速聚居到城市中，「這種知識階層和早期的士大夫階級的『逆子貳臣』，同

叢刊》，2006年第2期；支克堅《論中國現代文學中的小資產階級問題》，《中國現代文學研究叢刊》，1999年第3期。

〔註7〕錢謙吾：《丁玲》，原載《現代中國女作家》，北新書局，1931年8月，轉引自《丁玲研究資料》，第227頁。

〔註8〕毛澤東：《中國社會各階級的分析》，《毛澤東選集》（第一卷），第6頁。

樣是中國封建宗法社會崩潰的結果，同樣是帝國主義以及軍閥官僚的犧牲品，同樣是被中國畸形的資本主義關係的發展過程所『擠出軌道』的孤兒」〔註9〕。這些人，包括瞿秋白自己，身上潛藏著「中國式的士大夫意識」，同時「完全破產的紳士往往變成城市的波希美亞——高等游民、頹廢的、脆弱的、浪漫的，甚至狂妄的人物，說得實在些，是廢物」〔註10〕。這種新舊之間的零餘者意識，成為他們一生掙扎與苦痛的根源，也阻礙著他們成為真正的「無產階級的戰士」。

北京、上海這樣的大城市，一方面以它們的文化氛圍吸引著青年知識分子，同時又以其開放性許諾了知識分子們政治參與的美好想像。近代城市的發展，為新式知識分子們提供了大眾媒介、學術機構、公共場所等發表言論和社會交往的空間，由此催生了各式各樣的文化和政治共同體。儘管不少研究者試圖從「公共空間」的交往理論去闡釋近代中國的都市文化形態，但這種「交往」在何種程度上生產了「公共性」與有效的社會聯結卻是令人懷疑的。「資本主義將大量有工作和沒工作的工人帶到了大城市，這是現代都市興起的重要因素」，在馬克思和恩格斯看來，城市的一個重要特徵就是「聚集」，包括人口、資本、生產工具等各方面的聚集：

> 物質勞動和精神勞動的最大的一次分工，就是城市和鄉村的分離。城鄉之間的對立是隨著野蠻向文明的過渡、部落制度向國家的過渡、地域局限性向民族的過渡而開始的，它貫穿著文明的全部歷史直至現在（反穀物法同盟）。——隨著城市的出現，必然要有行政機關、警察、賦稅等等，一句話，必然要有公共的政治機構〔Gemeindewesen〕，從而也就必然要有一般政治。在這裡，居民第一次劃分為兩大階級，這種劃分直接以分工和生產工具為基礎。城市已經表明了人口、生產工具、資本、享受和需求的集中這個事實；而在鄉村則是完全相反的情況：隔絕和分散。〔註11〕

〔註9〕 何凝（瞿秋白）：《〈魯迅雜感選集〉序言》，《瞿秋白文集·文學編》（第三卷），北京：人民文學出版社，1998年，第115頁。

〔註10〕 瞿秋白：《多餘的話》，《瞿秋白文集·政治理論編》（第七卷），北京：人民出版社，1991年，第210頁。

〔註11〕 《德意志意識形態》，《馬克思恩格斯全集》（第三卷），北京：人民出版社，1974年，第56～57頁。

城市中的個人掙脫了封建關係的束縛,「各個市民的生活條件,由於同現存關係相對立並由於這些關係所決定的勞動方式,便成了對他們來說全都是共同的和不以每一個人為轉移的條件」〔註12〕。因此,相對於鄉村社會而言,城市社會更易形成公共的政治和文化共同體,正如哈貝馬斯所指出的,18世紀以後,城市取代了宮廷成為文化公共領域的基礎〔註13〕。但另一方面,馬克思始終強調市民社會的形成,首先是以勞動分工為前提的。私人勞動之間的交換關係,生產出了城市中的個體交往方式,這是一種建立在私人排他性基礎上的社會協作關係。事實上,馬克思關於市民社會的論述包含了一種二律悖反,正如日本哲學家望月清司所概括的:「外化=異化使人殘缺不全,但是沒有外化=異化人卻無法成為類的存在。人們應該這樣來理解這一公式,即分工對人進行了社會的分割,但是,不參加分工,人就無法結合成社會」〔註14〕。因此,在城市中所形成的「聚集」,同樣包含著分離的危險,這在馬克思那裡被歸結為資本主義生產方式中的「異化」現象。於是,某種「聚集中的孤獨」出現了,恩格斯在《1844年英國工人階級的狀況》中描寫道:

> 可是他們彼此從身旁匆匆而過,好像他們之間沒有任何共同的
> 地方⋯⋯所有這些人越是聚集在一個小小的空間裏,每個人追逐私
> 人利益時這種可怕的冷漠,這種不近人情的孤僻就愈使人難堪,愈
> 是可怕⋯⋯〔註15〕

當丁玲這樣的知識分子們從四面八方聚集到城市中,以為可以切斷來自舊世界的臍帶,進入某種現代的、公共的文化場域時,結果卻發現只能被擠壓在邊緣、狹小的個人空間,對公共生活的追求反而使他們越來越深刻地體會到人與人之間的隔絕。

　　與他們的五四先驅們不同的是,丁玲所代表的「新青年」,大多不是學院內的文化人,知識所帶來的象徵資本已經不足以支持他們在都市中的生存。

〔註12〕 《德意志意識形態》,《馬克思恩格斯全集》(第三卷),北京:人民出版社,1974年,第60頁。

〔註13〕 尤根‧哈貝馬斯著,曹衛東譯:《公共領域的社會結構》,汪暉、陳燕谷主編《文化與公共性》,北京:生活‧讀書‧新知三聯書店,2005年,第138頁。

〔註14〕 【日】望月清司著:《馬克思歷史理論的研究》,韓立新譯,北京師範大學出版社,2009年,第114～115頁。

〔註15〕 《1844年英國工人階級的狀況》,《馬克思恩格斯全集》(第七卷),第561頁。

這些人常常沒有穩定的職位，或是賣文為生，或是擔任教員過著清貧的生活，為了生存，他們不得不參與進城市的分工和交換體系中，在這個意義上，他們可以算得上是職業化的文人（有的則成為職業的政治家），私人的日常生活開始凸顯，並常常會和公共的文化活動之間發生衝突。周立波在 1928 年同周揚一起到達上海，他後來回憶說，「我在上海十年間，除開兩年多是在上海和蘇州的監獄裏以外，其餘年月全部是在……亭子間裏渡（度）過的的」〔註16〕，在逼仄的小房間裏，周立波就靠翻譯和寫作為生，同時又在神州國光社擔任校對，收入微薄。然而職業化的生活也為他提供了進入社會的渠道，周立波因職務之便常常能夠接觸到印刷工人，後來便參加了印刷工人罷工，並被推選為罷工委員會委員長〔註17〕。相比之下，丁玲卻對這種大城市的生存規則感到難以適應。1922 年，丁玲同好友王劍虹奔赴「一個熟人都沒有的上海」上學，1924 年她又來到了北京，但生存更加不易，以至唯一能繫留她的「只是魯迅先生的一封回信」〔註18〕：

> 我常常感到這個世界是不好的，可是想退出去是不可能的，只
> 有前進。可是向哪裏前進呢？上海，我不想回去了；北京，我還擠
> 不進去；……〔註19〕

都市生活給丁玲提供了一個冒險的空間，使她能夠「飛蛾撲火」般輾轉追逐真理，但這種冒險又是漫無目的的，結果只是不斷地飛開去，始終被排斥於都市——革命的政治文化空間之外。尤其是在北京的幾年裏，生活的窮困與遠離政治的苦悶造成了丁玲精神上極度的「傷感與虛無」：

> 我那時候的思想正是非常混亂的時候，有著極端的反叛情緒，
> 盲目地傾向於社會革命，但因為小資產階級的幻想，又疏遠了革命
> 的隊伍，走入孤獨的憤懣、掙扎和痛苦。〔註20〕

〔註16〕 周立波：《亭子間裏・後記》，《亭子間裏》，長沙：湖南人民出版社，1963 年，第 5 頁。

〔註17〕 上海社會科學院文學研究所編：《三十年代在上海的「左聯」作家》（下卷），上海社會科學院出版社，1988 年，第 456 頁。

〔註18〕 丁玲：《魯迅先生於我》，張炯主編：《丁玲全集》（第六卷），石家莊：河北人民出版社，2001 年，第 110 頁。

〔註19〕 丁玲：《魯迅先生於我》，《丁玲全集》（第六卷），第 108 頁。

〔註20〕 丁玲：《一個真實人的一生——記胡也頻》，《丁玲全集》（第九卷），第 66 頁。

丁玲稱北京是一個「學習的城，文化的城」〔註21〕，當初她正是和許多外地青年一樣，為五四新文化的氛圍所吸引而來到北京。這些「新青年」可以說是「無業」學生，他們經濟貧寒，平日的生活就是在高等學府的課堂裏旁聽，或是泡圖書館讀書。他們與正規大學生不同，在生活和政治上遭到歧視，而且因為大多「左傾」，常常會受到調查和限制，被視為社會的不安定因素〔註22〕。在這種生存環境下，以大學為中心的五四新文化圖景，對他們逐漸失去了吸引力，專業化的知識和文學的浪漫主義氣質，變成了保守、區隔的權力話語，以至於當時同在北京漂泊的姚雪垠不無負氣地說，「我始終沒有到北大旁聽過，沒有拜訪過任何教授，不拜訪文學界的知名作家」〔註23〕。

丁玲則因為此前在上海閱讀了一些波蘭、俄國等弱小國家的民族文學，「原來追求革命應有所行動的熱情，慢慢轉到了對文學的欣賞」〔註24〕。她原本希望能進入大學專心當一名學生，卻未能如願，加上當時大革命運動正在南方如火如荼，而和胡也頻卻「蟄居北京，無所事事」，種種生活困境令她不能不感到窒息。當大革命失敗的消息傳到丁玲這裡時，她的憤懣達到了極點：「我恨北京！我恨死了北京！我恨北京的文人、詩人！」〔註25〕隨著大批知識分子湧入城市以及城市中專業分工的成熟，五四新文化所提出的個性解放命題正在失去它的現實有效性。對於丁玲們而言，他們所要與之抗爭的對象，從封建家庭的專制變成了現代城市中新型的權力網絡與生產關係。這些離開家庭進入社會的青年知識分子們，被拋入了殘酷而冰冷的城市交換體系中，面對這個「物象化」的世界，個體的肉身顯得如此弱小，個人英雄主義的想像也被擊得粉碎。

二、「異己」的夢魘

在快離開北京的時候，丁玲開始寫作《夢珂》和《莎菲女士的日記》。丁玲說，「我那時為什麼寫小說，我以為是因為寂寞，對社會不滿，自己生活無

〔註21〕丁玲：《一個真實人的一生——記胡也頻》，《丁玲全集》（第九卷），第65頁。

〔註22〕季劍青：《北平的大學教育與文學生產：1928～1937》，北京：北京大學出版社，2011年，第238～239頁。

〔註23〕姚雪垠：《學習追求五十年（一）》，《新文學史料》，1980年第3期，第46頁。

〔註24〕丁玲：《魯迅先生於我》，《丁玲全集》（第六卷），第107頁。

〔註25〕丁玲：《一個真實人的一生——記胡也頻》，《丁玲全集》（第九卷），第67頁。

出路，有許多話需要說出來，卻找不到人聽，很想做些事，又找不到機會，於是便提起了筆，要代替自己給這個社會一個分析。」〔註26〕不過與其說寫作是對這個「不健全的世界」進行分析，不如說是丁玲對自己的解剖與自省。在這個意義上，夢珂和莎菲更像是丁玲身上的「異己」而不是「自我」的復現。在《莎菲女士的日記》最後，莎菲這位「時代的新女性」卻發出如此絕望的慨歎：

> 總之，我是給我自己糟蹋了，凡一個人的仇敵就是自己，我的天，這有什麼法子去報復而償還一切的損失？
>
> 好在在這宇宙間，我的生命只是我自己的玩品，我已浪費得盡夠了，那麼因這一番經歷而使我更陷到極深的悲境裏去，似乎也不成一個重大的事件。〔註27〕

莎菲寧願將自己的生命作一場無謂的耗散，她對自身的厭棄，頗接近於西美爾所謂的都市中的「幽雅的厭倦」。在西美爾那裡，這種「世紀末」的情緒，來自現代生活中生命感覺的碎片化，可欲之物的匱乏，使都市中的個人失去了因欲望而產生的痛苦，無法觸摸到存在的真實，迎來的便是可怕的空虛和無聊。個體對「自我」失去了直接的感覺，取而代之的是「異己感」的揮之不去。莎菲的全部矛盾，恰恰來自於都市生活與新文化教導之間的距離。作為一名「新女性」，她卻對那些「新」的生活與「新」的「時代精神」感到疑懼。莎菲的日記是關於戀愛的日記，但戀愛於她來說卻是最不真實的，她坦承自己沒有勇氣去鼓吹「愛」，因為在現實生活中，她看不到所謂的「純粹」的愛，只有在各種市儈式關係包裹下所呈現出來的脅迫、嫉妒、佔有等等。正因如此，莎菲才放縱自己去「愛」上凌吉士，哪怕她明白那個「高貴的美型裏」「安置著如此一個卑劣靈魂」：

> 當我睡去的時候，我看不起美人，但剛從夢裏醒來，一揉開睡眼，便又思念那市儈了。〔註28〕

從某種意義上說，凌吉士的市儈性，反而是最真實的存在。金錢、肉感、應酬、演講、遊戲園、戲場、電影院、公園，凌吉士使現代都市的新生活獲得了一個具體的肉身顯現，這種世俗性揭穿了新文化的浪漫主義迷夢，成為莎

〔註26〕丁玲：《我的創作生活》，《丁玲全集》（第七卷），第15頁。
〔註27〕丁玲：《莎菲女士的日記》，《丁玲全集》（第三卷），第78頁。
〔註28〕丁玲：《莎菲女士的日記》，《丁玲全集》（第三卷），第63頁。

菲的世界裏觸手可及的難得的眞實。都市的現實使莎菲們清楚的看到,「五四一代人所鼓吹的價値觀念如何被庸俗化爲商品市場的商品,愛情、自由的信念如何成爲交易」〔註29〕,而這些「新女性」也由此失去了五四意識形態的庇護,赤裸對抗整個異化世界〔註30〕。

　　革命所教導的「新青年」,在都市中到處碰壁。面對「新女性」所可能的各種出路,夢珂都表現出懷疑的態度,「要她去替人民服務,辦學校,興工廠,她哪有這樣大的才力,⋯⋯」〔註31〕。儘管這種無力感在丁玲的「左聯」時期得到了克服,但在後文的分析我們將會看到,其實仍只是一種想像性的化解。這些「新青年」們不得不在都市中重新尋找自己的位置,並且重新尋求忠誠與認同。與茅盾筆下那些充滿肉欲的「時代女性」不同,莎菲的及時行樂失去了那種「跟著魔鬼跑」的衝動。我們在莎菲身上幾乎看不到欲望所攜帶的破壞性,而後者在茅盾那裡一直聯繫著革命或無政府主義的狂亂,茅盾的「時代女性」總是主動的,即使是自我毀滅式的「向前衝」,也受命於歷史意志的指引。在茅盾的小說中,「時代女性」的行動與「歷史的必然性」目標合二爲一,突出地展現了一種革命的都市動力學,以至於有研究者認爲,這些小說中眞正的主體其實是「革命」〔註32〕。然而在丁玲的筆下,「新女性」與歷史之間呈現出完全的分離,她們的生活與大時代的脈搏毫無瓜葛,「歷史的必然性」在日常生活的消解下被一種反覆、猶疑的自我重建所取代。莎菲一面放縱著自己的大膽性愛,一面又不斷地進行道德上的自責,「一個女人這樣放肆」〔註33〕是不對的,「正經女人是做不出來的」〔註34〕。道德上的自我拷問,與其說是來自理性與欲望之間的矛盾,其實是出於對「忠誠」的重新定義——這裡的「忠誠」指的是對理想、信仰以及被教導的「自我同一性」的忠誠。

　　正如日本研究者北岡正子所指出的,「丁玲一直把自我放在愛的自我抑制

〔註29〕孟悅、戴錦華:《浮出歷史地表:現代婦女文學研究》,鄭州:河南人民出版社,1989年,第110頁。

〔註30〕同上,第111頁。

〔註31〕丁玲:《夢珂》,《丁玲全集》(第三卷),第33頁。

〔註32〕陳建華:《革命與形式——茅盾早期小說的現代性展開(1927～1930)》,上海:復旦大學出版社,2007年。

〔註33〕丁玲:《莎菲女士的日記》,《丁玲全集》(第三卷),第49頁。

〔註34〕同上,第50頁。

問題的中心」〔註35〕，這種執拗使莎菲女士與《包法利夫人》中的愛瑪對欲望的陶醉，「像是一條直線上方向相反的力」〔註36〕，即使後者直接影響了丁玲早期的創作。戴錦華和孟悅在對丁玲的解讀中對此作出了精彩的進一步分析，「莎菲的故事並不是如何戰勝色欲的故事，而是一個如何識破異化的欲望的故事」〔註37〕。在這個異化的世界裏，道德於是成為自我復蘇的最後希望。並不是說丁玲試圖回返被五四新文化所打倒的封建禮教，而是在啓蒙蛻變為遠離現實的「神話」的情況下，道德、尊嚴、親緣等因素，提供了在個體與社會之間某種「本眞」的維繫。

查爾斯·泰勒在探討「承認的政治」時提出了「本眞性」觀念在現代性認同中的重要意義。18 世紀出現的「本眞性」理想意味著「個人認同的觀念是和下述理想一起產生的，這就是忠實於我自己和我自己獨特的存在方式的理想」，這種觀念認為人類具有天賦的道德意識，對錯來自一種內在的情感直覺。在盧梭那裡，道德產生於我們內在的聲音，「我們能否得到道德拯救完全取決於我們是否能夠發現與我們自身本眞的道德聯繫」，這種與自我的親密關係即是「意識到自我」〔註38〕。然而在現代社會，「自我」只能依賴於交往才能獲得承認，泰勒因此在「本眞性」觀念和「平等承認的政治」之間建立起了直接的聯繫，前者所導向的「差異政治」，恰恰是從平等尊嚴的規範中派生出來，因為「平等」要求著對所有的獨特性給予平等的尊重和承認，它構成了公共交往的前提。這裡無意於對泰勒的「承認的政治」展開討論，只是想藉此啓發我們從另一個角度去思考莎菲的自我抑制。如果說莎菲的欲望只是物化了的抽象存在，它不再從屬於自我的內在衝動，那麼莎菲在道德上的自省，則可以看作是最後僅存的「內在的聲音」。莎菲因無能使凌吉士瞭解、敬重自己而傷心，她也害怕自己對凌吉士的愛慕會讓人瞧不起，她一再地痛悔於自己因色欲而導致的墮落，甚至因此而自絕於親朋好友對自己的愛惜。在莎菲那裡，道德聯繫著那些來自父親、姊姊和朋友的「人間的感情」，構成了

〔註35〕【日】北岡正子：《丁玲早期文學與〈包法利夫人〉的關係》，孫瑞珍、王中忱編：《丁玲研究在國外》，長沙：湖南人民出版社，1985 年，第 217 頁。
〔註36〕同上，第 216 頁。
〔註37〕孟悅、戴錦華：《浮出歷史地表》，鄭州：河南人民出版社，1989 年，第 121 頁。
〔註38〕查爾斯·泰勒著，董之林、陳燕谷譯：《承認的政治》，汪暉、陳燕谷主編：《文化與公共性》，北京：生活·讀書·新知三聯書店，2005 年，第 294 頁。

內心最深處的渴望，同時也是無法面對的恐懼。莎菲在日記裏提起過自己對鬼怪的害怕，雖然她從小聽慣了鬼怪故事，也受過些科學常識的教育，但鬼怪卻仍會引發她內心無法控制的恐懼感：

> 近來人更在長高長大，說起來，總是否認有鬼怪的，但雞粟卻不肯因爲不信便不出來，毫毛一根根也會豎起的。不過每次同人說，到鬼怪時，別人不知道我想拗開說到別的閒話上去，爲的怕夜裏一個人睡在被窩裏時想起死去了的姨爹姨媽就傷心。〔註39〕

這正是一種對自己眞實欲望的恐懼，它與求新求變的都市氛圍格格不入，本以爲已經被新文化的解放話語所蕩滌，結果卻發現那個來自舊世界的「鬼」才構成了內心最眞實的存在感。

莎菲的困境在於，她既要拒絕個體解放後所得到的虛假的自由，又要拒絕道德、情感等來自舊的社會關係的束縛，這使她無法在新的世界中想像一種被承認的尊嚴。《阿毛姑娘》把這種困境推向了極致。阿毛爲了那些虛妄的欲望之物，逃離了鄉村生活的平靜，放棄了家庭乃至生命。然而，阿毛被誘惑的過程也是她自我發現的過程，「不正當」的欲望使阿毛受到倫理上的譴責，卻讓她獲得了自我觀照的契機，欲望之不可抵達，仍不肯向現狀妥協，這又何嘗不是丁玲自身「飛蛾撲火」的寫照。事實上，對於丁玲而言，與其說鄉村生活是一種浪漫的田園想像，不如說更接近莎菲女士揮之不去的「夢魘」。這些 modern girl 急欲擺脫舊世界的「鬼」，她們的出走故鄉，更像是一種孤注一擲的叛逃。丁玲不願意再回到地主家庭的享樂生活之中，對她來說，家鄉只是作爲創作的取材，「爲了我的創作，我很希望把家中的情形，詳詳細細的弄個明白」〔註40〕。於是，革命變成了一個忠誠與背叛的悖論，背叛是爲了忠誠於內心的「本眞性」理想，然而當鄉村、童年、親情，連帶著過去的自己統統被排除在外時，內心的眞實也變成了一種欺騙，反而使得忠誠失去了對象。

〔註39〕丁玲：《莎菲女士的日記》，《丁玲全集》（第三卷），第 52 頁。
〔註40〕丁玲：《我的自白——在光華大學的演講》，《丁玲全集》（第七卷），第 5 頁。

第二節 「文學家」與「政治家」

一、「歷史的誤會」

莎菲女士不僅成為「新女性」，而且也成為一代知識分子的隱喻，這種無所忠誠的「異己感」構成了五四後「新青年」普遍的心態。丁玲的好友瞿秋白，雖然已經身為黨的領導者，但信仰的堅定不足以塗抹去那些與生俱來的舊世界的痕跡，這使他常常痛苦於一種「異己感」，害怕自己被革命的隊伍所拋棄：

> 要磨煉自己，要有非常巨大的毅力，去克服一切種種「異己的」意識以至最微細的「異己的」情感，然後才能從「異己的」階級裏完全跳出來，而在無產階級的革命隊伍裏站穩自己的腳步。否則，不免是「捉住了老鴉在樹上做窠」，不免是一出滑稽劇。〔註41〕

瞿秋白將這種「異己感」歸結為與生俱來的文人和紳士意識，阻礙了自己最終成為一個「政治動物」。瞿秋白子然一身跑到北京，本想能夠考進北大，做個教員度過一生，卻因為俄國文學的影響，不由自主地走上了革命道路，用他自己的話說，這是一場「歷史的誤會」〔註42〕。他沒有想到自己會加入中國共產黨，更沒有想到竟會成為「創始人」，在二十年代初，「學文學彷彿就是不革命的觀念」已經非常流行，文學與政治之間的分野，使瞿秋白一直覺得自己本是「半弔子文人」，不適宜擔任政治領導工作。他形容自己是一個「脆弱的二元人物」：

> 而馬克思主義是什麼？是無產階級的宇宙觀和人生觀。這同我潛伏的紳士意識，中國式的士大夫意識，以及後來蛻變出來的小資產階級或者市儈式的意識，完全處於敵對的地位。……我想，這兩種意識在我內心裏不斷的鬥爭，也就侵蝕了我極大部分的精力。我得時時刻刻壓制自己的紳士和游民式的情感，極勉強的用我所學到的馬克思主義的理智來創造新的情感，新的感覺方法。可是無產階級意識在我內心裏是始終沒有得到真正的勝利的。〔註43〕

〔註41〕瞿秋白：《多餘的話》，《瞿秋白文集‧政治理論編》（第七卷），北京：人民出版社，1991年，第721頁。
〔註42〕同上，第694頁。
〔註43〕瞿秋白：《多餘的話》，第701～702頁。

在瞿秋白看來，「文人」是中國中世紀殘餘一份「很壞的遺產」，這種觀念無疑是對新文學「療救」意義的反叛。文學不再代表前進、革命與青春，而是變成了舊階級的輓歌。

1929～1930年間，丁玲以瞿秋白爲原型創作了《韋護》。這篇小說雖然在藝術上並沒有獲得太高的評價，卻是丁玲「向左轉」的習作，正如馮雪峰所評論的，「《韋護》雖大體還是屬於第一期的東西，但有一點不同，就是已經有一條朦朧的出路了」〔註44〕。這篇小說革除了此前作品中模糊纏繞、不加節制的個人思緒，相當明確的將主人公的自我衝突歸結爲一組二項式對立，即政治／文學，理智／情感，革命／戀愛之間的矛盾。儘管小說仍然著力描繪了韋護在性格上的自我掙扎，他是如此強烈的渴望擺脫過去那個沉迷於文學浪漫中的自我，轉而投向革命的政治行動中，但莎菲和夢珂身上的那種揮之不去的「異己感」，在韋護那裡已經被外化爲麗嘉這個實體。小說的敘事態度非常曖昧，一方面，麗嘉的原型是丁玲的同性蜜友王劍虹，丁玲對於麗嘉的被遺棄無疑是深感氣憤的，正如她後來所回憶的，「爲了劍虹的愛情，爲了劍虹的死，爲了我失去了劍虹，爲了我同劍虹的友誼，我對秋白不免有許多怨氣」。但另一方面，韋護的矛盾又何嘗不是丁玲所感同身受的痛苦？敘事者對韋護更多的抱有同情的理解，甚至在結尾也讓麗嘉幡然覺醒道「我們好好做點事業出來吧」，實際上是選擇了和韋護一樣的道路。

論者往往批評《韋護》等作品有著「革命加戀愛」公式的痕跡，包括丁玲自己也接受了這樣的解釋，對此丁玲後來也承認，「我自己很明白，只有向左轉，開拓自己的寫作圈子。但如何開拓？也想不出辦法，只有在講戀愛，講朋友，在這些兒女之情以外，加上一點革命的東西，把這些東西生硬地湊在一起。這樣的作品，自然不會有什麼生命力」〔註45〕，可以說是「陷入戀愛與革命的衝突的光赤式的阱裏去了」〔註46〕。但其實一直到丁玲晚年，她仍然認同於韋護身上所體現出來的「文學」與「政治」之間的矛盾。後來丁玲帶著複雜的心情懷念瞿秋白時曾經說過，「我以爲秋白的一生不是『歷史的

〔註44〕丹仁（馮雪峰）：《關於新的小說的誕生——評丁玲的〈水〉》，《北斗》1932年第2卷第1期。

〔註45〕丁玲：《我是人民的女兒》，《丁玲全集》（第八卷），第308頁。

〔註46〕丁玲：《我的創作生活》，《丁玲全集》（第七卷），第16頁。

誤會』，而是他沒有能跳出一個時代的悲劇」〔註47〕。在談及「韋護精神」時，丁玲說：

> 我理解他的心境，他不是愛《韋護》，而是愛文學。他想到他最心愛的東西，他想到多年來對於文學的荒疏。那麼，他是不是對他的政治生活有些厭倦了呢？後來，許久了，當我知道一點他那時的困難處境時，我就更爲他難過。我想，一個複雜的人，總會有所偏，也總會有所失。在我們這樣變化激劇的時代裏，個人常常是不能左右自己的。〔註48〕

但是在小說中，歷史的意志並沒有成功化解道德上的焦慮，因爲無法得到敘事邏輯上的支持，丁玲不得不訴諸於長篇的獨白去爲韋護辯護，而對於韋護爲之拋棄了愛情的「革命」究竟是何物，小說中也沒有給出回答。因此小說發表以後，有評論者就認爲這篇小說是失敗了，充其量只是寫出了一個無政府主義者麗嘉的轉變〔註49〕，茅盾也認爲「韋護是表現得並不好的」，同時缺乏對社會內容的描寫也是一個缺點〔註50〕。

在丁玲看來，因爲歷史條件的限制，瞿秋白沒能克服這種「異己感」的困擾，而自己則有幸跳出了這個「時代的悲劇」：

> 大約我跟著黨走的時間較長，在下邊生活較久，嘗到的滋味較多，更重要的是我後來所處的時代、環境與他大不相同，所以我總還是願意鼓舞人，使人前進，使人向上，即使有傷，也要使人感到熱烘，感到人世的可愛，而對這可愛的美好的人世要投身進去，擔不是惜別。〔註51〕

但事實上，正如我們將會在後來的歷史所看到的，丁玲同樣沒能擺脫瞿秋白的矛盾，無論是在「左聯」時期還是「延安」時期，「左轉」的丁玲都不能不強烈的感覺到一個文學家在政治道路上的困難處境，恐怕也是因爲如此，丁玲在政治生涯達到高峰的四十年代，仍然會頻頻憶起瞿秋白。她其實是用自

〔註47〕 丁玲：《我所認識的瞿秋白同志──回憶與隨想》，《丁玲全集》（第六卷），第58頁。

〔註48〕 同上，第50頁。

〔註49〕 丁言昭：《丁玲傳》，上海：復旦大學出版社，2011年，第21頁。

〔註50〕 茅盾：《女作家丁玲》，原載《時事新報・星期學燈》第40期，1933年7月30日，《丁玲研究資料》，第254頁。

〔註51〕 同上，第58頁。

己的實踐在回答瞿秋白未解的心結，「秋白同志，我的整個生涯是否能安慰死去的你和曾是你的心，在你臨就義前還鄭重留了一筆的劍虹呢？」〔註52〕

　　文學與革命的之間的對話，構成了二、三十年代中國左翼文學話語中最激烈的交鋒，這個問題在魯迅身上得到了更加豐富的體現。在「革命文學」論爭時期，魯迅曾經談到革命中沒有文學的兩個原因，一是因爲太忙，在革命的時代，「人家出呼喊而轉入行動，人家忙著革命，沒有閒空談文學了」；另一個原因則是太窮，「一心尋麵包吃尚且來不及，那是有心思談文學呢？……窮苦的時候必定沒有文學作品的」〔註53〕。魯迅對革命與文學關係的理解，使其在相當長一段時間內一直保持著革命的「同路人」立場，他認同文學的階級性，但又堅持著文學本身無法被政治所化約的意義，只是做革命的「同路人」而不願做革命的「留聲機」。他在 1927 年翻譯日本作家有島武郎的作品時仍然聲稱：「人感到寂寞時，會創作；……創作總根於愛」〔註54〕。這種立場在魯迅加入「左聯」後發生了變化，他積極參與左聯的各種政治和文藝鬥爭，認同文學應該是「無產階級解放鬥爭的一翼」，儘管如此，我們仍然可以很明顯的看到魯迅與「左聯」政治活動之間的疏離和矛盾，他在文學與政治之間的曖昧態度，也使我們不能不重新思考竹內好的魯迅像中政治與文學的統一性。對此，日本學者丸山升提出了作爲「革命人」的魯迅一說，試圖化解魯迅身上政治與文學的悖論，在他看來，魯迅對於「文學無力」的論述，不應該在「文學」對「政治」的框架裏進行把握，而應該在「思想」與「行動」、「理論」與「現實」的框架裏討論。對於魯迅來說，「無力」的不是「文學」，而是「思想」本身：

　　　　思想爲了推動現實、轉化成現實的話，不僅需要具有終極目標，而且應當具備聯結目標與現實間的無數的中間項。……我想當時中國的所有思想之所以在魯迅眼裏，都只是無力的現實性的淺薄表現，原因在於他面前的所有思想，包括馬克思主義，都看上去不但無法動搖中國當前的「黑暗」，連與這「黑暗」都還未充分交鋒；而

〔註52〕丁玲：《我所認識的瞿秋白同志——回憶與隨想》，《丁玲全集》（第六卷），第58頁。
〔註53〕魯迅：《革命時代的文學》，《黃埔生活週刊》第 4 期，1927 年 6 月 20 日，《魯迅全集》第 3 卷，北京：人民文學出版社，1998 年，第 420 頁。
〔註54〕魯迅：《小雜感》，《語絲》第 4 卷第 1 期，1927 年 12 月 17 日，《魯迅全集》第三卷，第 532 頁。

且可以說這是魯迅渴望不僅豎起終極目標、而且眞正帶有足以實際
推動中國現實的具體行動和力量的思想的一種表現。〔註55〕

丸山升認爲，與那些追求終極目標的革命者不同，魯迅所重視的正是「思想」
與「現實」之間的中間項，從這個意義上來說，「文學」與「政治」之間並不
存在截然的對立，眞正的矛盾在於這些因素如何建立自身與現實的聯結和轉
化。

　　丸山升看到了左翼文學在二、三十年代所遇到的一個根本性困境，這個
困境其實已經在莎菲身上得到了提示，那就是革命的意識形態無法爲現實社
會關係中的個體提供庇護，這導致了前面所說的「本眞性」理想與革命信仰
之間的分裂，而瞿秋白在「文學」與「政治」之間的掙扎，正是這種分裂的
產物。在瞿秋白看來，文學的「弱小」恰恰是因爲它聯繫著眞實和具體的「自
我」，而「政治」則是超越了個體的一種抽象，政治家能夠克服私我的軟弱怯
懦而獲得強大的階級人格。馮雪峰在《革命與智識階級》中描述了革命的車
輪是如何無情的滾滾向前，革命只是將「智識階級」看作「追隨者」：對于堅
決的革命者，「革命是增加了自己的力量和速度」；對於猶疑徘徊者，「革命看
見了自己的暴風一般的偉大，並能在這種人的生活裏，分明地看出個人主義
與社會主義之儘量的精神的衝突，革命卻絲毫不會因這種衝突而受障礙的」〔註
56〕。革命對智識階級不能不說是一個「可怕的東西」〔註57〕，這種可怕正在
於它不能容忍任何的疑懼，它要求著最清醒的態度。但事實上，這種清醒卻
可能因爲拒絕正視現實而成爲一場迷夢。

　　瞿秋白曾經談到丁玲的「孩子氣」，丁玲在上海上學時常說：「我是喜歡
自由的，要怎樣就怎樣，黨的決議的束縛，我是不願意受的」〔註58〕。丁玲、
瞿秋白和當時的許多革命青年一樣，起初都抱有無政府主義的傾向，只不過
丁玲更久的停留在革命的「同路人」身份上。丁玲早年不願意加入共產黨，「固
執地要在自由的天地中飛翔」，也看不慣一些共產黨員的浮誇言行〔註59〕。在

〔註55〕丸山升：《「革命文學論戰」中的魯迅》，《魯迅・革命・歷史——丸山升現代
　　　　中國文學論集》，北京：北京大學出版社，2005 年，第 62 頁。
〔註56〕馮雪峰：《革命與智識階級》，《中國新文學大系（1927～1937）・文學理論集
　　　　二》，上海：上海文藝出版社，1987 年，第 177 頁。
〔註57〕同上，第 178 頁。
〔註58〕丁言昭：《丁玲傳》，上海：復旦大學出版社，2011 年，第 23 頁。
〔註59〕丁玲：《向警予同志留給我的影響》，《丁玲全集》（第六卷），第 29 頁。

《夢珂》中，她則表現出一種對任何政治行動都感到厭倦的態度，小說中描
寫了一群無政府主義男女，他們的矯情、粗魯和放蕩徹底粉碎了夢珂對革命
的美好幻想，導致她「一想到『革命家』時，什麼夢想就都破滅，因爲那『中
國的蘇菲亞女士』把她的心冰得太冷了」〔註60〕。德里克在研究中國革命中
的無政府主義思想時指出，無政府主義思想最突出的貢獻在於，它反對一切
強制性的權力，它所追求的個人解放不是爲了擺脫任何約束，而是要否定那
種「使一個眞實的社會存在變爲不可能」的機制，恢復個體的「本質的社會
性」〔註61〕。在此我無意於細究丁玲與無政府主義思想之間的關係，正如我
們所看到的，無政府主義或共產主義對於丁玲來說，都只是革命行動的代名
詞，而德里克的觀點啓發我們去關注丁玲對革命的想像，包含著一種對「眞
實」的追求，一種從異化的表象世界中掙脫出來的渴望。正是在這個意義上，
比起被附著了舊意識形態的「文學」而言，「革命」與「政治」才代表了自由
的希望。然而當丁玲漸漸發現革命同樣存在著「異化」，政治同樣有悖於「眞
實」世界時，不能不陷入深深的無力感中。

　　經過了一生的政治風波，丁玲對瞿秋白當年的選擇有了更深切的理解和
同情，一個背叛愛情、背叛文學的革命者，雖然看似背叛了自己，其實卻是
一種犧牲，因爲愛情和文學只是「天上的」事，但政治生活確是「凡間人生，
是見義勇爲，是犧牲自己爲人民，因爲他是韋護，是韋陀菩薩」〔註62〕。道
德上的不忠誠，是因爲連「自我」都要放棄，這個一接受革命就準備著「滅
亡自己」的「智識階級」，自我內在的戰鬥同時也是與現實的搏鬥。左翼評論
家們批評丁玲的作品缺乏社會內容的描寫，「作者對於文學本身的『表現』，
沒有更進一步的提到文學的社會的意義」〔註63〕，他們要求文學承擔起「重
大的使命」與「時代表現」，以爲「社會性」必定是對立於個體的外在客觀性，
卻因此而概念化了「政治」的含義，使其變成了魯迅所擔心的「非現實」的
抽象物。丁玲意識到了「政治」並不只是理想或信仰，而是個體與現實之間
的搏鬥，但左翼話語斷然否定了「私人」與「公共」之間的聯結，由此也造

〔註60〕丁玲：《夢珂》，《丁玲全集》（第三卷），第26頁。
〔註61〕【美】阿里夫·德里克著，孫宜學譯：《中國革命中的無政府主義》，桂林：
　　　　廣西師範大學出版社，2006年，第26頁。
〔註62〕丁玲：《我所認識的瞿秋白同志——回憶與隨想》，《丁玲全集》（第六卷），第
　　　　49頁。
〔註63〕錢杏邨：《新文藝與女性作家》，《文藝批評集》，上海神州國光社，1930年，
　　　　第100頁。

成了「新青年」們在「左轉」途中普遍的自我焦慮和分裂。雖然後來丁玲加入了「左聯」，希望能在組織的領導下轉變為一名革命的行動家，以驅逐「文學」所帶來的無力感，但事實證明，在職業的政治家眼中，她仍然只是一名「文學家」。有趣的是，到了延安時期，丁玲真正在政治活動上有所施展的時候，她卻回過頭來渴望安安靜靜的寫作。

二、「集團主義的文學」：黨性與自我

「革命文學」論爭最後以「左聯」的成立結束，個人主義、自由主義的文學終於走上了「集團主義」文學的「正軌」。丁玲在 1930 年加入了「左聯」，胡也頻犧牲後，她於 1932 年加入了共產黨，她在入黨志願裏說：

> 過去曾經不想入黨，只要革命就可以了；後來認為，做一個左翼作家也就夠了；現在感到，只作黨的同路人是不行的。我願意做革命、做黨的一顆螺絲釘，黨要把我放在哪裏，我就在哪裏；黨需要我做什麼，就做什麼。〔註64〕

丁玲的轉變固然是受到了胡也頻犧牲的刺激，同時也是因為前面所講到的，想要借組織的力量去擺脫個體的無力感。這個時候，左翼文學的活動已經趨向職業化、政黨化，這從「左聯」的組織形態和活動方式中可以非常清楚的看到。「左聯」成立以後有著明確的「組織的行動總綱領」，其性質定位是「革命團體」，工作目標是進行「文學運動」以求得「新興階級的解放」，「左聯」的作家隊伍、運作方式、行動任務等都受到黨的直接或間接的指示。職業的革命家開始出現，如瞿秋白、胡也頻、馮雪峰等人，他們大部分是文學家出身，卻積極的投入政治行動中，或是以文學批評為政治鬥爭的武器。對於文學家的政治化，茅盾、魯迅等人曾表示過不滿，茅盾就批評過「左聯」「像個政黨一樣」的活動方式〔註65〕，而魯迅與「左聯」之間的種種矛盾，在很大程度上也是緣於文學家與職業政治家之間的距離。馮雪峰在後來回憶「左聯」的工作時曾說，「我們簡直把左聯當作『半政黨』的團體，而在組織上就自自然然地走上了關門主義的錯誤」〔註66〕。

〔註64〕 丁玲：《我所認識的瞿秋白同志──回憶與隨想》，《丁玲全集》（第六卷），第 53 頁。

〔註65〕 茅盾：《我走過的道路》（上），北京：人民文學出版社，1981 年，第 441 頁。

〔註66〕 馮雪峰：《回憶魯迅》，《一九二八至一九三六年的魯迅：馮雪峰回憶魯迅全編》，上海：上海文化出版社，2009 年。

　　「左聯」既是一個文人集團，又與政黨組織的活動方式相近，事實上，這兩種身份之間的差異構成了「左聯」內部最嚴重的矛盾。楊國強在分析辛亥革命前的社會階層時指出，「革命和造反都是類聚，然而時當除舊布新而又新舊雜陳之日，知識人身在多色多樣之中，由此形成的類聚，往往是一種沒有文化同一性的匯合，又決定了這種類聚之鬆散和易碎」〔註67〕，這種狀況也同樣存在於「左聯」。魯迅在「左聯」成立後，並沒有對其表現出過於樂觀的肯定，他在一封寫給曹靖華的信中說：

　　　　至於這裡的新的文藝運動，先前原不過一種空喊，並無成績，

　　現在則連空喊也沒有了。新的文人，都是一轉眼間，忽而化為無產

　　文學家，現又消沉下去，我看此輩於新文學大有害處，只有提出這

　　一個名目來，使大家注意了之功，是不可沒的。〔註68〕

魯迅的有所保留，正是因為看到革命無法形成一個統一而有力的目標，這不僅是由於文學家們只會空喊，更是因為由文學而政治的途中缺乏轉換的中介。儘管「左聯」從題材、內容、形式等方面都對其成員的文學創作進行了規定，然而對於丁玲這樣的「個人主義者」來說，如何在新的題材中放置「自我」的位子卻是困難的。悖論在於，既然「智識階級」是都市中的「零餘者」，他們又如何能夠具備「再現」大眾的合法性？一方面，政黨首先是具有代表性的組織，它是相應階級在政治領域的代理人，而在三十年代的上海，共產黨的這種代表性卻是非常微弱的，眾所周知，其結果就是城市暴動的失敗。另一方面，文人集團也不具備統一的「階級性」，他們各自對革命的理解充滿了差異。「左聯」時期備受詬病的「宗派主義」、「關門主義」，圍繞著「第三種人」展開的激烈論戰，實際上都暴露出了它在「文學團體」與「政黨組織」之間的尷尬。1933年以後，「左聯」內部對「第三種人」的批判進行了調整，重新承認「文藝自由的原則」和「同路人」的立場，正是因為看到了「黨性」與「文藝」之間的距離，使得「文學家」作為「革命主體」的想像尚未實現。

　　「左聯」在意識形態上的這種矛盾，在丁玲的創作實踐中突出的暴露了出來。加入「左聯」以後，丁玲寫出了《一九三〇年春上海》、《田家沖》、《母親》等作品，延續了《韋護》中「走出家門」的主題，那些進步的女性最終

〔註67〕　《辛亥革命前的中國‧座談》，《東方早報》2010年10月10日。
〔註68〕　魯迅：《致曹靖華》，1930年9月20日，《魯迅全集》（第十二卷），北京：人
　　　　民文學出版社，1998年，第23頁。

克服了小家庭的羈絆，勇敢的走向學校和工廠，表達了「大膽的願意向社會跨進的決心」〔註69〕。但在現實中，丁玲雖然參加了革命的組織，卻主要還是待在家裏寫作、帶小孩，用她自己的話說，這一時期，「也頻在前進，我在爬」〔註70〕。現實與虛構之間的反差，撕開了這些小說中矛盾化解的表象。當丁玲反覆書寫著「走出家門」的主題時，也意味著她越來越強烈的意識到在私人生活與公共活動之間難以跨越的隔閡。

　　《一九三〇年春上海》這篇小說仍然借用了「革命加戀愛」的模式，只不過它將二者之間的矛盾更明確的表達為私我與公共的對立。這種對立其實早在《韋護》中已經初露端倪。麗嘉的小房子構成了一個邊界清晰的空間，小說有意凸顯了這個空間的獨立封閉，不斷強調著內與外的隔絕。當麗嘉走出家門時，「彷彿一個被放的囚奴，突然闖入了這世界」〔註71〕，儘管她曾經下決心要到社會上做點事，但愛情最終還是把她拉回了那個小房子裏。私人空間成為了一種罪惡的誘惑，它使韋護荒於工作，並且重新喚起了寫詩（文學）的情緒，也為此令他的革命性受到同事們的質疑，被認為是一個「墮落的奢靡的銷金窟」。在《韋護》的開頭，韋護剛參加完一場激烈的辯論，然而對於這種公共的討論，他卻有著諸多厭煩和不滿，其實已暗示出韋護的性格中個人主義思想的「鬼」，包括他的紳士作派和文學趣味，都只能在幽閉的私人空間裏感到自如。相比之下，《一九三〇年春上海》（一）卻果斷杜絕了這種向私人生活墮落的搖擺不定，小說開篇的公共辯論，青年之間的交流會意，與開動的電梯、高大的玻璃門這些都市空間一起構成了一幅飛揚的圖景，若泉對於這種公共生活是感到輕鬆愉快的，而另一方面，終日把自己關在亭子間裏寫作的子彬，卻只能「像一個熬受著慘刑的凶野的獸物」，與妻子和朋友日漸疏遠。美琳最終決定向若泉敞開心扉，同時也是向社會公共生活的開放。走出了家門的美琳，出現在各種社會空間中，公園、會場、大馬路，最後她堅持要到工廠「去瞭解無產階級，改變自己的情感」。不過富有意味的是，美琳的社會化，恰恰是和子彬一樣走上文學寫作的道路，儘管她自稱「不會文學」，但她渴望找人傾訴，對自我情感的忠實，卻明顯的帶上了一種五四式的文學氣質，在若泉和超

〔註69〕 丁玲：《一九三〇年春上海》（之一），《丁玲全集》（第三卷），第293頁。
〔註70〕 丁玲：《一個真實人的一生──記胡也頻》，《丁玲全集》（第九卷），第70頁。
〔註71〕 丁玲：《韋護》，《丁玲全集》（第一卷），第55頁。

生看來，她也的確是個「女文學家」。她的衣著、氣質以及柔弱的身體與周圍的環境顯得格格不入，雖然小說意在藉此襯托她「大膽的願意向社會跨進的決心」，卻反而強化了個體與環境之間的對立，最後只能生硬的搬出「普羅文藝」的口號來解決二者之間的矛盾。

可以看出，「左聯」時期的丁玲，非但沒有在「政治」中找到自己的歸屬，反而更強烈的意識到個體與公共之間的分裂，這種分裂既有對自我能力的懷疑，也包含了情感轉化的困難。在丁玲的小說中，革命的洪流與都市的飛速運轉節奏相互交纏在一起，生產出世俗生活中的「新的刺激」。評論家方英敏銳的看到了丁玲此時在寫作技術上的變化，她將其稱爲一種「明快的手法」：「她描寫了都市生活的各方面，她繪影繪聲的描寫了在都市裏的各階層階級的人物，她從動的都市裏瞭解得這『不停頓的宇宙』。」〔註72〕然而，速度與力的刺激，卻也加劇了個體追趕時代的恐慌。那些走出家門的 modern girl，面對突然打開的新的社會空間，只能借助革命的視角來觀察都市的全景，她們對於外部世界的想像，千篇一律的來自革命話語的習得，於是都市生活被描寫爲享樂的、肉感的、貧富懸殊的罪惡場景。她們試圖在群體的力量中隱匿或壯大自己，卻同時也更深的感覺到個體與群體之間的對立。

丁玲不止一次表達過這種失望，比起同志們的政治活動，她卻只能寫小說、編雜誌。「我說我要寫文章，我要到工人那裡去，農民那裡去。可上海我能到哪裏去呢？我能到工廠去嘛？我不能到工廠去。哪裏也去不了」〔註73〕，「普羅文藝」試圖消除知識分子與大眾、腦力勞動與體力勞動之間的差別，但在尚未改變現代都市嚴格的階級區隔和專業分工的社會條件下，要「跳過那一堵萬里長城，跑到群眾裏面去」〔註74〕，談何容易？於是，當寫作被迫克服私情而成爲一項公共事業時，它卻變成了一種虛張聲勢的扮裝表演。與小說中人物義無反顧的決心相映照的是現實中個體的怯懦與掙扎，「個人根本就不可能幹出一番驚人的事」〔註75〕，以至於丁玲「時

〔註72〕 方英：《丁玲論》，原載《文藝新聞》第 22、24、26 號，1931 年 8 月 10 日、24 日、31 日，《丁玲研究資料》，第 243 頁。

〔註73〕 丁玲：《我與雪峰的交往》，《丁玲全集》（第六卷），第 269 頁。

〔註74〕 瞿秋白：《普洛大眾文藝的現實問題》，《瞿秋白文集‧文學編》（第一卷），第 463 頁。

〔註75〕 丁玲：《〈北斗〉創刊號編後記》，《丁玲全集》（第九卷），第 12 頁。

時刻刻都必須和自己打仗，時時刻刻都試著忍耐」，一不小心就會頹喪起來〔註76〕。胡也頻犧牲之後，丁玲向黨組織表達了參加革命工作的決心，卻仍然被安排留滬編輯「左聯」的機關刊物《北斗》，「做最方便的事」〔註77〕，可以說並沒有實現她所向往的政治生活。後來丁玲在回顧自己的創作生活時仍說，「我現在雖說幾乎被認爲一個寫小說的人，又還想再寫點小說，可是我自己常常是不同意所走的這條路。我總以爲假如我是弄的別的東西，或許可以有點成就」〔註78〕。

　　丁玲對於公共政治活動既渴望又退縮的雙重態度，正是文學被驅逐出公共空間的結果。當文學與政治被塑造成對立的兩極時，新文學所生產出來的「個人」也失去了參與公共政治的合法性。左翼話語一味的追求純粹的「政治人格」，試圖建構一種超越於私人日常生活之上的「公共空間」，卻沒能意識到，個體在道德、情感上的自我拷問，同樣構成了政治的後果。這種盲視與偏差使三十年代的左翼文學走向了韋伯所批評的「輕率而無節制的政治理想主義」〔註79〕。另一方面，因爲簡單的將政治的公共性等同於「勞工大眾」，而又未能賦予後者表達自己聲音的公共領域，使得公共性變成了一個無有所指的空洞。丁玲苦惱於自己「哪裏也去不了」，不是因爲個體能力的有限，恰恰是因爲不知道要走向哪裏。美琳走向了工廠，我們卻看不到她與勞工大眾建立起「政治關係」的可能，所謂的「出走」因此也失去了指向目標的「行動性」。

三、「新的小說的誕生」

　　1931 年 11 月「左聯」執委會作出決議《中國無產階級革命文學的新任務》，對革命文學「寫什麼」進行了規定，明確號召作家們創作屬於「大眾的」題材，「必須將那些『身邊瑣事』的，小資產階級智識分子式的『革命的興奮和幻滅』，『戀愛和革命的衝突』之類等等定型的觀念的虛僞的題材拋去」。隨後，丁玲寫出了《水》這篇小說，獲得了馮雪峰和茅盾等人的盛讚。在胡也頻犧牲後，丁玲曾經表示仍然「不願寫工人農人，因爲我非工農，我能寫出什麼！

〔註76〕丁玲：《〈北斗〉創刊號編後記》，《丁玲全集》（第九卷），第 12 頁。
〔註77〕同上，第 12 頁。
〔註78〕丁玲：《我的創作生活》，《丁玲全集》（第七卷），第 14 頁。
〔註79〕【德】馬克斯・韋伯著，馮克利譯：《學術與政治》，北京：生活・讀書・新知三聯書店，2005 年，第 65 頁。

我覺得我的讀者大多是學生這一方面，以後我的作品的內涵，仍想寫關於學生的一切。因爲我覺得，寫工農就不一定好，我以爲在社會內，什麼材料都可寫的」〔註80〕。可以說，《水》的創作是「聽將令」的文學了，同時也表明了丁玲告別「同路人」身份的決心。

1931～1933 年間，丁玲創作了一批描寫工農鬥爭的「新的小說」，告別了她的都市小資產階級的苦悶，開始轉向一個嶄新的鄉村世界。這些作品被認爲是反映了丁玲自我改造的過程，如馮雪峰後來所言，它們「可以作爲作者對於人民大衆的鬥爭和意識改造及成長的記錄，也可以作爲作者自己的意識改造及成長的記錄」〔註81〕。不過，在積極的書寫「大衆的偉大力量」同時，丁玲卻感到了寫作技巧上的吃力，她說：「我當時非常討厭自己的舊技巧，我覺得新的內容，是不適合於舊的技巧的，所以後來雖則寫了一點，但是很勉強的。後來，我的生活上有一個新的轉變，到現在，我覺得材料太多，不過沒有很好的力量，把她集中和描寫出來」〔註82〕。錢謙吾曾經評論丁玲是「一位最擅長於表現所謂『modern girl』的姿態，而在描寫的技術方面又是最發展的女性作家」〔註83〕，但是這些「現代化」的技巧，在表現工農大衆時，卻顯得捉襟見肘。馮雪峰也指出，丁玲的寫作技巧未能跟上「人民革命的大踏步的進展」：

　　……是在於以概念的嚮往代替了對人民大衆的苦難與鬥爭生活的眞實的肉搏及帶血帶肉的塑像，以站在岸上似的興奮的熱情和讚頌代替了那眞正在水深火熱的生死鬥爭中的痛苦和憤怒的感覺與感情；這樣就使我們只能感到作者自己的信念與熱情，而不能借這一幅巨大的群衆鬥爭的油畫心驚肉跳地被人民的力量所感動。這作品是有些公式化的，同時也顯見作者的生活和鬥爭經驗都還遠遠地不深不廣。〔註84〕

〔註80〕丁玲：《我的自白——在光華大學的演講》，《丁玲全集》（第七卷），第 4 頁。
〔註81〕馮雪峰：《從〈夢珂〉到〈夜〉——〈丁玲文集〉後記》，原載《中國作家》第 1 卷第 2 期，1948 年 1 月，原題爲《從〈夢珂〉到〈夜〉》，《丁玲研究資料》，第 298 頁。
〔註82〕丁玲：《我的創作經驗》，《丁玲全集》（第七卷），第 11～12 頁。
〔註83〕錢謙吾（阿英）：《丁玲》，《丁玲研究資料》，第 226 頁。
〔註84〕丹仁（馮雪峰）：《關於新的小說的誕生——評丁玲的〈水〉》，《北斗》，1932 年第 2 卷第 1 期。

馮雪峰所謂的「站在岸上」，準確的抓住了丁玲作爲一個「旁觀者」的寫作姿態和自我意識。可以說，諸如《水》這樣的作品中，儘管筆觸伸向了農民群體的，表現手法卻仍然是都市的。災難使平日少有往來的村民們聚集在一起，但這種聚集僅僅是一種無名的、意象性的匯聚。聲音在小說中充當了重要的角色，對話的鋪排以及自然界各種聲響的此起彼伏，形成了流動和喧囂的鄉村空間。水災，這一擴張、吞噬一切的力的象徵，既寓意著農民所遭受的強烈苦難，也暗示著由此聚集起來的憤怒和反抗：

> 雖說是在悲痛裏，飢餓裏，然而到底是一群，大的一群，他們
> 互相瞭解，親切，所以除了那些可以挨延著生命的東西以外，還有
> 一種強厚的，互相給予的對於生命進展的鼓舞，形成了希望，這新
> 的力量，跟著群眾的增加而日益雄厚了。〔註85〕

這種對於群力的讚頌，無疑深受革命的都市動力學的影響，力圖展現一種「暴風驟雨」似的美學。鄉村不再是靜止的、浪漫的田園空間，而是被賦予了運動與聚集的意象。與丁玲的那些都市小說相仿，《水》試圖表現出整體性的鄉村圖景，卻只能通過零散化的感覺經驗去拼接出一個意象化的鄉村，聽覺和視覺在遠近之間的相互呼應，敘事視角在村民與大自然、個人與群體、男人與女人之間的不斷轉換，烘托出一種災難將至的恐慌氛圍。梅儀慈將其稱爲一種普魯謝克似的「點彩法」：

> 以互不相連的瞬間一現的情景和身份莫辨的人物對話的隻言片
> 語來表現被飢餓和災荒折磨得不堪忍受的農民群眾覺悟的不斷提
> 高，但這些缺乏個性的「點」並沒有聯在一起構成一個能夠產生效
> 果的整體。〔註86〕

這種「速寫」式的筆法讓我們想起了丁玲筆下那些躁動不安的都市圖景，人物總是被捲入一種未知性中。列斐伏爾曾經指出，城市空間的特徵是「總是有什麼事在發生」，這是超越壓抑，由瞬間指導的地方〔註87〕，都市中的革命被描述爲某種超越日常生活的冒險，因而也成爲戲劇化的景觀。

〔註85〕丁玲：《水》，《丁玲全集》（第三卷），第424〜425頁。
〔註86〕梅儀慈：《不斷變化的文藝與生活的關係》（節錄），轉引自《丁玲研究資料》，第568頁。
〔註87〕轉引自曼紐爾·卡斯特著，王紅揚、李褘譯：《城市意識形態》，《國外城市規劃》，2006年第5期。

　　無論是表現農民階級的《水》還是表現工人階級的《奔》、《消息》，丁玲
都尚未擺脫這種對革命鬥爭的「奇觀化」再現方式。曾經有位讀者致信丁玲，
批評她對革命的理解帶有小資產階級的局限：

> 　　我覺得你對於革命的認識，是一個小資產階級的認識；你總是
> 把這件事看成了不起，奇蹟的事情。其實不過是平平常常的一件事。
> 自然我們不能否認這是一個偉大的時代，在這一個時代當中，無形
> 中就抓住了這一大群，他們也不過平平常常，也不過平平常常來作
> 他應該作的事情。〔註88〕

丁玲筆下的人物總是在渴望超越庸常的生活，當她轉向工農大眾時，仍然試
圖延續這樣一種英雄主義的敘事，反抗的對象是無處不在的、被抽象化了的
「生活」，而不是馬克思主義意義上的社會壓迫。這樣一種敘事方式意味著，
每個人為了擺脫日常生活的桎梏，都有可能爆發出革命的能量並形成團結。
革命的目的是為了顛覆生活的常態，因而它必然是奇觀化的突變。這種觀念
十分可疑的又回到了丁玲曾經的無政府主義立場上，帶有政治自發主義
（political spontaneism）的色彩，馮雪峰也批評《水》的最大缺點是沒有展現
出對革命力量的組織和領導：

> 　　《水》裏面災民的鬥爭沒有充分的反映著土地革命的影響，
> 也沒有很好的寫出他們的組織者和領導者，這是一個最大的缺
> 點。〔註89〕

當然，這個缺點也是大多數左翼文學作品的通病。但丁玲的創作經歷提示我
們，並不是因為左翼文學家們仍然堅持無政府主義式的革命想像，而是因為
「旁觀者」的姿態阻礙了他們去再現大眾政治生成的可能性。當丁玲描寫工
農大眾時，其實仍是在寫自己，可以說，是在借助寫作對象的力量來使自己
變得強大。

　　在丁玲三十年代的創作中，《田家沖》和《母親》是十分特別的。在這
兩篇小說中，走出家門的不再是都市裏的 modern girl，而是鄉村女性，並
且開始嘗試將個體的轉變與社會的變革聯結起來。胡也頻犧牲後，丁玲曾
回到湖南老家，在這期間瞭解了一些「農村經濟的崩潰，地主、官紳階級

〔註88〕耶林：《寫給丁玲的四封信》，《新文學史料》，1980 年第 1 期。
〔註89〕丹仁（馮雪峰）：《關於新的小說的誕生——評丁玲的〈水〉》，《北斗》，1932
　　　　年第 2 卷第 1 期。

走向日暮窮途」的故事，這同她「小時在母親身邊聽母親講故事的那些故事上是完全兩樣」〔註90〕。丁玲便開始構思寫部長篇小說來表現「社會制度在歷史過程中的轉變」，《田家沖》只是截取了其中的一小部分，其後便是《母親》的問世。因此可以說，這兩部小說其實是相互聯繫的，丁玲的目的在於通過「母親」這個鄉村女性鬥爭的軌跡，貫穿起湖南城鎮和鄉村社會的歷史變遷。

《田家沖》描寫了一個地主的女兒是如何逃離舊家庭轉變為「革命的女兒」的故事。這篇小說發表之後受到很多批評，主要的意見在於「沒有把三小姐從地主的女兒轉變為革命的女兒的步驟寫出」〔註91〕，馮雪峰甚至認為「《田家沖》至多不能比蔣光慈的作品更高明」〔註92〕。在崇尚「力之美」的左翼文學裏，《田家沖》自然會顯得格格不入，而馮雪峰將其與革命戀愛小說相提並論，也是不滿於小說中枝枝蔓蔓的情感拖累和一廂情願的鄉村想像，在他看來，這些都表明丁玲尚未與舊世界的自我劃清界限：

> 作者在《田家沖》之後要能寫出《水》來，她必須更經過更其堅苦的對於自己的一切舊傾向舊習氣的鬥爭。同時她要能夠從這枝萌芽長大更必須不斷的對自己的一切舊的殘餘及一切新的障礙嚴行鬥爭。〔註93〕

丁玲自己也接受了這樣的評價：

> 《田家沖》曾有許多人批評過。這材料確是真的。失敗是在我沒有把三小姐從地主的女兒轉變為革命的女兒的步驟寫出，所以雖說這是可能的，卻讓人有羅曼諦克的感覺。再者，便是我把農村寫的太美麗了。我很愛寫農村，因為我愛農村，而我愛的農村，卻還是過去的比較安定的農村，加之我的那種和農村的感情，又只是一種中農意識。〔註94〕

但這篇作品在敘事方式和主題設置方面其實對於丁玲的「左轉」具有重要的意義，在《田家沖》這樣的作品中，我們已經看不到都市中的個人主義頹廢

〔註90〕丁玲：《給〈大陸新聞〉編者的信》，《現代》第4卷第1期，1933年，轉引自《丁玲研究資料》，第103～104頁。

〔註91〕丁玲：《我的創作生活》，《丁玲全集》（第七卷），第16頁。

〔註92〕丹仁（馮雪峰）：《關於新的小說的誕生——評丁玲的〈水〉》。

〔註93〕同上，第250頁。

〔註94〕丁玲：《我的創作生活》，《丁玲全集》（第七卷），第16頁。

和感傷，取而代之的是以家庭爲中心的鄉村生活的展開。這種敘事方式也爲後來的《太陽照在桑乾河上》所沿用。可以說，家庭構成了丁玲進入鄉村世界的視角。三小姐的轉變無疑是概念化的（這一過程的空白在《母親》的曼貞身上得到了填補），然而爲評論家們所忽視的是，《田家沖》的著力點其實並不在二小姐身上，而在於么妹一家。這種疏忽暴露出了當時左翼評論界的視差，他們所關注的是丁玲這樣的小資產階級如何克服自己的階級位置走向大眾，是丁玲創作中的「普洛列搭利亞的契機」〔註95〕，卻無意於探求革命對么妹一家的意義。丁玲所嘗試表達的，卻是革命如何能夠轉化爲日常生活當中的情感體驗，從而使那些最柔弱的人群亦能發現自身革命的契機與能力。三小姐對么妹一家的影響並不在於她的革命「教導」——這種「教導」甚至令本分的農民們感到害怕，而是在於她的「教養」，來自「另一種」生活的刺激。么妹一家對三小姐的喜愛，並非出於後者所帶來的解放、平等的未來願景，而是出於他們之間情感的交流與生活的融洽。尤其是對於么妹而言，三小姐更像是一個美好的夢：

> 時間過去了，么妹已經不再爲愛她，教導她的人而哭了。她現在似乎大了許多，她要懂得一切，她要做許多事，那些她能做而應該做的事。家裏又重返到鎮靜，生活入了軌道，新的軌道，他們不再做無益的驚慌，不悲悼，也不憤慨，事實使他們更深入的瞭解。
>
> 他們已看到了遠一些的事，他們不再苟安了，他們更刻苦了起來。

轉變是模糊而謹慎的，丁玲並沒有用力突出被壓迫者的覺醒，她更傾向於通過日常生活中那些細微的、循序漸進的轉變來表達變革的意義，即使表面看起來似乎只是「重返到鎮靜」。

正是這些微妙細膩的情感交流，使丁玲在《田家沖》的寫作中不僅僅是一名「旁觀者」。儘管她對鄉村世界的田園想像背離了小說創作的初衷，使這篇小說未能達到更深廣的社會意義，但這種浪漫主義的情感化表達，卻在某種程度上展現了不同於都市化的寫作技巧。在這篇小說中，個體開始與周圍的環境進行交流，建立了聯繫。革命不再是排斥了親情的抽象概念，儘管么妹一家仍然安分守己，但小說對此給予了充分的寬容：

〔註95〕 王淑明：《丁玲女士的創作過程》，《現代》第 5 卷第 2 號，1934 年 6 月 1 日，轉引自《丁玲研究資料》，第 268 頁。

假使他們家裏有一個人稍微動一下，那家便要爲這人而毀了。

他們還不到那種起來的程度，那種時候還沒有來。〔註96〕

這種態度在丁玲其他的小說中是很少見的。而對於三小姐來說，她的言行舉止給么妹一家帶來了歡笑、希望乃至前進的動力，也完全沒有了前面所說的個體「無力感」。

在《母親》這部未完成的長篇小說裏，丁玲把「母親」這一形象與「走出家門」的敘事相併置，本身就是富有意味的。如果說封建家庭的女兒們可以無所牽掛的離家出走，那麼「母親」所背負的責任則使其更易受到道德的譴責。丁玲並沒有把曼貞描寫爲毅然決然的「新女性」，而是充分展現了她在隱忍與熱情，束縛與自由，家庭與外面的世界之間的猶豫和抉擇。胡也頻犧牲後，丁玲撫孤返鄉，把還是嬰兒的蔣祖麟交託給她母親，自己又重新回到上海，「繼續苦鬥」〔註97〕，這種母子分離的痛苦也令她更感受到了一種母性的本能〔註98〕。有意思的是，小說出現了兩個敘事視角，曼貞和小菡，而這種雙重視角的書寫方式營造了母女之間的情感共同體。在某種意義上，丁玲既是以女性的身份，更是以女兒的身份在描寫曼貞的成長，是她對於過去、對於家庭的一次「紀念」。

在《田家沖》和《母親》這兩部小說中，革命不再是劍拔弩張的「歷史的偉力」，而是情感、倫理與個人道德共同作用下的一點一滴的轉變。三小姐和曼貞，都不是都市中那些幽居封閉的個體，也不是已經投入公共政治中的革命家，而是在鄉村世界血緣和親情的聯繫中慢慢改變著自己和他人。這種附著和連帶，自然不能使它們受到左翼評論家的歡迎，也不符合「新的小說」的想像，但卻使革命的書寫超越了簡單的熱情，從而有可能眞正進入個體的生活世界。丁玲後來更清晰的意識到了自己參與「政治」的困難，其實不在於文學所帶來的羈絆，而是因爲難以將政治的「抽象」與個人的生活關聯起來，儘管她自己一直努力的想要靠近正確的方向，但終究發現自己不是「天生的革命家」：

有些人是天生的革命家，有些人是飛躍的革命家，一下就從落後到前進了，有些人從不犯錯誤，這些幸運兒常常是被人羨慕著的。

〔註96〕丁玲：《田家沖》，《丁玲全集》（第三卷），第388頁。

〔註97〕丁玲：《魍魎世界》，《丁玲全集》（第十卷），第63頁。

〔註98〕同上，第63頁。

但我總還是願意用兩條腿一步一步地走過來，走到眞眞有點用處，

眞眞是沒有自己，也眞眞有些獲得，獲得些知識與眞理。〔註99〕

因爲是「一步一步」，必定不能輕易從舊世界中抽身，因此革命就像是魯迅所謂的一場「靭的戰鬥」：

對於舊社會和舊勢力的鬥爭，必須堅決，持久不斷，而且注重實力。……我們急於要造出大群的新戰士；但同時，在文學戰線上的還要「靭」。〔註100〕

對此瞿秋白做了更形象的說明，即是「要結實的立定自己的腳跟，躲在壕溝裏，沉著的作戰，一步步的前進，——這是魯迅所謂『壕塹戰』的戰術」〔註101〕。若非如此，則只能是拋棄了「眞實」而急急戴上面具登上舞臺，將革命裝扮成一齣瞿秋白所自嘲的「滑稽劇」。

〔註99〕丁玲：《〈陝北風光〉校後感》，《丁玲全集》（第九卷），第50～51頁。

〔註100〕魯迅：《對於左翼作家聯盟的意見——三月二日在左翼作家聯盟成立大會講》，《魯迅全集》（第四卷），第233頁。

〔註101〕何凝（瞿秋白）：《〈魯迅雜感選集〉序言》，《瞿秋白文集・文學編》（第三卷），北京：人民文學出版社，1998年，第118頁。

第二章　從亭子間到根據地

　　在陝北我曾經歷過很多的自我戰鬥的痛苦，我在這裡開始來認
識自己，正視自己，糾正自己，改造自己。……我在這裡又曾獲得
了許多愉快，……我完全是從無知到有些明白，從感情衝動到沉靜，
從不穩到安定，從脆弱到剛強，從沉重到輕鬆……走過來這一條路，
是不容易的……凡走過同樣道路的人是懂得這條道路的崎嶇和平坦
的……。〔註1〕

——丁玲《〈陝北風光〉校後感》

第一節　文化人・公家人・同志

一、奔赴「自由的土地」

　　胡也頻犧牲後，丁玲就曾向黨組織要求去蘇區，但沒有獲得批准，而是
被安排留在上海編輯「左聯」的機關刊物《北斗》。這令她很苦悶，「心中成
天裝著一盆火，只想找人發洩」。1933 年 5 月她被國民黨押解到南京軟禁，直
到 1936 年才輾轉逃到上海。幾經波折和鬥爭，她終於下定決心奔赴陝北，即
使明知交通阻斷，充滿危險，陝北的生活又很苦。她對陝北派來的潘漢年表
達了自己的決心：

〔註 1〕 丁玲：《〈陝北風光〉校後感》，《丁玲全集》（第九卷），第 52 頁。

> 我要到我最親的人那裡去，我要母親，我要投到母親的懷抱，
> 那就是黨中央。只有黨中央，才能慰藉我這顆受過嚴重摧殘的心
> 〔註2〕。

同年 11 月，丁玲到達陝北蘇區。作為最早進入蘇區的文人之一，丁玲受到了中共中央領導毛澤東、周恩來、張聞天、博古等人的熱烈歡迎，而丁玲也終於有機會實現她的政治理想，投身於廣闊自由的天地。她對蘇區的文化建設和革命工作表現出極大的熱情。初到保安，她就向毛澤東提議建立文藝俱樂部以組織蘇區的文藝隊伍，得到了毛澤東、張聞天等領導的支持。很快，1936年 11 月 22 日，蘇區第一個大型文藝團體「中國文藝協會」成立，丁玲被選為文協幹事會主任，並主編蘇維埃中央政府機關報《紅色中華》的副刊《紅中副刊》，由此可以看出丁玲在當時蘇區文藝界的地位。

　　不過，丁玲並不想僅僅做一名文學家，她向組織上表達了自己想當紅軍，想寫紅軍的心願，並主動要求隨軍參加前線的抗敵活動〔註3〕。但是丁玲所具有的特殊身份，卻使她一開始難以被納入革命的體制裏，尤其在戰爭時期，「一個文化人，女作家，當班長、連長，還是當什麼？行軍宿營，讓她住哪裏？」〔註4〕儘管丁玲很受毛澤東的重視，但此時的根據地行政體系中，還沒有為「文人」提供一個合適的「政治身份」，更何況丁玲還是一名女性。因此，初到蘇區的丁玲，在一段時期內是處於一種不受拘束的自由狀態的〔註5〕，自得其樂，沒有具體的工作就「四處串門，談談講講」〔註6〕，而這也是當時大多數延安文人的狀態。他們一方面享有特權，比如生活上的優待和相對較高的社會地位〔註7〕，但另一方面，他們的政治抱負並沒有真正得到施展，他們在延安仍主要是進行一些隨性的文學討論和創作活動。文人們常常聚在一起就文化和時政問題展開討論或者進行文藝聯歡，「有一個時期差不多平均三天有一個晚會。許多抗戰歌曲流行著。街上貼著街頭詩、文藝牆報、美術牆報。這

〔註2〕 丁玲：《回憶潘漢年同志》，《丁玲全集》（第六卷），第 209 頁。
〔註3〕 陳明：《丁玲、延安、〈講話〉與我──陳明訪談錄》，《文藝理論與批評》，2002年第 5 期。
〔註4〕 同上。
〔註5〕 同上。
〔註6〕 丁玲：《序〈到前線去〉》，《丁玲全集》（第九卷），第 102 頁。
〔註7〕 徐懋庸回憶當時知識分子的生活水平甚至高於領導幹部，除了生活補貼，還有上課的津貼費，外加一些稿費，所以他說「我是很富的，生活過得很舒服」，《徐懋庸回憶錄》，北京：人民文學出版社，1982 年，第 121 頁。

景象是相當熱鬧的」〔註8〕。這些文化活動，基本上仍然沿襲了來自北平、上海、重慶等大城市的文化形式，而各種文藝團體也大多是根據既往的文人圈子所形成的同人團體。可以說，在抗戰初期，軍事鬥爭構成了邊區生活的主題，在政治生活尚未充分展開的時候，邊區就像一個大部隊，而文藝也主要是為部隊生活所服務的一種調劑。這一時期邊區的文化氛圍雖然活躍，但並未被組織進「革命的事業」中，「文化」只不過是此前的生活方式和情感氣質的變形或延續。

　　1943 年 4 月 22 日，新華社的一份廣播稿《關於延安對文化人的工作經驗介紹》中，把延安對文化人的工作分為三個階段：第一階段是抗戰初到陝甘寧邊區文協第一次代表大會（1940 年 1 月），這階段是「來來去去，聽其自便」，「因為當時我黨忙於抗戰，忙於其他工作，對文化人工作除招待及給予幫助其上前方外，一般的對文化人的工作注意還是不夠」；第二階段是從邊區文協大會到 1942 年文藝座談會前，對文化人還是採取了「自由主義態度」，暴露出許多嚴重問題；第三階段是座談會之後，在《講話》的指導下促成文化人思想上的轉變，並採取具體步驟把他們動員到實際工作中〔註9〕。

　　可以看出，1942 年以前，邊區為知識分子所提供的基本上還是一個比較寬鬆的政治環境，其中一個重要原因是出於統一戰線的考慮，盡可能的吸收文化人以獲得支持。針對國統區和淪陷區的文化專制，中共尤其重視以「民主自由」的政策來形成自己在文化上的競爭力。1939 年 12 月，中共中央做出了《大量吸收知識分子》的決定，要求大量吸收知識分子「加入我們的軍隊，加入我們的學校，加入政府工作」，「對於不能入黨或不願入黨的一部分知識分子，也應該同他們建立良好的共同工作關係，帶領他們一道工作」〔註10〕。在這份決議中，毛澤東強調了爭取知識分子對於革命事業的重要性，這主要是為了糾正蘇區土地革命時期對知識分子的排斥。但決議並沒有對知識分子在革命中的具體位置給出意見，而是始終把他們放在一個被教育、被帶領的地位上，僅僅「對於一切多少有用的比較忠實的知識分子，應該分配適當的

〔註 8〕 何其芳：《關於藝術群眾化問題》，《何其芳文集》（第四卷），北京：人民文學出版社，1983 年，第 45 頁。

〔註 9〕 《關於延安對文化人的工作經驗介紹》，《陝甘寧邊區抗日民主根據地・文獻卷》（下冊），北京：中共黨史資料出版社，1990 年，第 449～450 頁。

〔註10〕 毛澤東：《大量吸收知識分子》，《延安文藝叢書・文藝理論卷》，長沙：湖南人民出版社，1984 年，第 40 頁。

工作，應該好好地教育他們，帶領他們，在長期鬥爭中逐漸克服他們的弱點，使他們革命化和群眾化，使他們同老黨員老幹部融洽起來，使他們同工農黨員融洽起來」〔註11〕。因此，這一時期知識分子的「自由」在很大程度上也是因爲沒有分配給他們具體的工作。

　　這些來自城市的文化人以及他們所帶來的「高級文化」，在整風以前一直處於「外來者」的地位，正如艾思奇所觀察到的，「文化的飛速發展的緊張性貫串著抗戰的緊張性。但也正因爲這樣，使得整個邊區範圍裏整個的文化的發展，成爲不平衡的狀態。一方面有高度的大都市的文化，一方面還有著極落後的文化。學校閃耀著學生從各地帶來的最近代的文化的光芒，民眾中間卻還存在著中世紀的封建的文化層。延安城的文化的高度，和邊區其他各縣的文化高度是有相當距離的」〔註12〕。雖然「大眾化」已經成爲革命文藝的共識，但延安對待這些文化人仍然儘量保持他們的「專門家」地位。1940 年張聞天在《抗戰以來中華民族的新文化運動與今後任務》的報告中講到，發展民族新文化必須大膽的打破各種陳規，「建立新觀點、新標準」，要「組織各種文化的、研究的、考察的團體，提倡自由研究、自由思想、自由辯論的生動、活潑、民主的作風；建立各種專門研究機關，要求政府及社會團體劃出一定的文化經費，以布置必要的文化設備與供給；組織新文化運動大師魯迅先生的研究會或研究院等」〔註13〕。延安文化人所享有的這種自由，也是配合於抗戰中文化重建的普遍訴求，正如張聞天所指出的，目前「中華民族新文化的中心任務，是怎樣更能使新文化爲抗戰建國服務，怎樣在抗戰建國中建立中華民族的新文化」〔註14〕。因此，在這個中心任務下，張聞天認爲文化工作者應當有所分工：

　　　　一般說來，新文化各部門的提高工作，要由有相當文化素養的
　　（如在自然科學方面、社會科學方面或文藝方面）文化人來擔任與
　　完成，而通俗化的工作，則要由廣大的青年知識分子來負責。這種

〔註11〕毛澤東：《大量吸收知識分子》，《延安文藝叢書・文藝理論卷》，長沙：湖南人民出版社，1984 年，第 40 頁。

〔註12〕艾思奇：《談談邊區的文化》，鍾敬之、金紫光主編：《延安文藝叢書・文藝史料卷》，長沙：湖南人民出版社，1987 年，第 496～497 頁。

〔註13〕張聞天：《抗戰以來中華民族的新文化運動與今後任務》，《中國文化》第 1 卷第 2 期，1940 年。

〔註14〕同上。

相當的分工，在現在的條件下，是不可避免的，而且也是必要的。
〔註15〕

由此也可以看出當時對「高級」文化的優待。

1940 年 10 月，中宣部、中央文委發出指示，要「正確處理文化人與文化人團體」，表明了邊區開始對文化展開系統的管理工作。這份指示強調了對文化人的重視，並從具體的工作方針上對保證文化人的創作自由做出了規定。除了一般性的提出要「力求避免對於他們寫作上人工的限制與干涉」，「保證他們寫作的充分自由」，還特別提醒黨員幹部要尊重文化人的特殊性，如：

> （五）……共產黨人應有足夠的氣量使自己能夠同具有不完全同我們一樣生活習慣的文化人，共同生活，共同工作。對於文化人生活習慣上的過高的、苛刻的要求，是不適當的。

> （七）上述各種文化團體，一般的只吸收文化人及一部分愛好文化的知識分子。它們的作用，不在數量之多，而在質量之好。它們也不必在各地建立自上而下的、系統的、普遍的組織。只有在文化人比較集中的中心地區，可以建立它們各別的分會。團體內部不必有很嚴格的組織生活與很多的會議，以保證文化人有充分研究的自由與寫作的時間。

> （十）在文化人比較集中的地區，應設立文化俱樂部一類的地方，以供給文化人集會與娛樂之用，可特設「創作之家」一類的住所，使他們能夠沉靜下來，從事他們的創作生活。〔註16〕

這些寬鬆的政策無疑為文化人提供了自由安定的環境，也使他們能夠保留原來的生活習慣和寫作方式，無怪乎丁玲說，「延安雖不夠作為一個寫作的百年長計之處，然在抗戰中，的確可以使一個人少顧慮於日常瑣碎，而策劃於較遠大的」〔註17〕。當時重慶的《新華日報》也發文對延安的自由風氣表示了讚美：

〔註15〕張聞天：《抗戰以來中華民族的新文化運動與今後任務》，《中國文化》第 1 卷第 2 期，1940 年。

〔註16〕《中央宣傳部、中央文化工作委員會關於各抗日根據地文化人與文化人團體的指示》，《延安文藝叢書·文藝理論卷》，第 200〜202 頁。

〔註17〕丁玲：《風雨中憶蕭紅》，《丁玲全集》（第五卷），第 136 頁。

> 總起來看，延安的學術研究工作還剛開始……不過在延安，應
> 該負起更大的責任：因為這裡有著學術研究的有利條件，自由研究，
> 自由討論有著完全的保障；物質條件雖然還是很不夠，但是也有了
> 必要的具備，尤其是理論空氣的環境，安靜的家居（窯洞）和規律
> 而又活躍的生活，從這幾點上來講，延安正是研究學術的樂園哩！
> 〔註18〕

在自由的氛圍中，邊區文化得到了很大的發展，文藝團體、俱樂部、文藝學校、研究院等成熟的現代文化組織形式應有盡有，尤其是延安城，正在取代北平、上海成為戰時一個新興的文化中心。

二、「公家人」與「同志」

隨著邊區政治的成熟以及越來越多的知識分子湧入，延安開始將這些知識分子們納入行政體系中，統一招待和管理，或將他們送往學校從事教研或學習，或分配至各單位擔任文化組織工作。於是這些自由的文人轉變成了「公家人」，他們「沒有私人財產，在革命隊伍中過著集體主義的『供給制』的生活」〔註19〕。這種身份也賦予了他們一種集體的歸屬感，使他們自覺的認同為革命的一分子並以革命的準則來要求自己。因此，在整風以前，延安文人的身份認同是比較特殊的。一方面，他們享有自由的空間保留個體的生活方式、情感經驗和思想立場，他們之間的差異不可避免的造成了文化、政治、人事上的種種矛盾。以丁玲所在的西戰團為例，團員的出身複雜，思想各異，「縱然今天融成了一團，過去卻曾經白刃相向的也不是沒有。……英雄主義，個人主義，無政府主義的傾向，人道主義者的心情，厭世者的殘渣，羅曼諦克的餘燼……」〔註20〕。但同時，前來延安「朝聖」的這些文人，又渴望獲得革命的命名，他們自覺的認同於集體，努力克服自己身上舊思想的殘餘。「公家人」的身份使他們開始想像一種新的公共生活，而這種私與公之間的過渡狀態，造成了整風以前延安文化政治上的駁雜面貌。

延安的知識分子們從自由的個體轉變為「公家人」，這使他們更為看重一種共同體內部的情感。「同志」的稱呼，意味著對於革命者資格的確認，也意

〔註18〕 努秋：《陝甘寧邊區的學術研究》，《新華日報》（重慶），1941 年 1 月 7 日。
〔註19〕 高華：《革命大眾主義的政治動員和社會改革：抗戰時期根據地的教育》，《革命年代》，廣州：廣東人民出版社，2010 年，第 163 頁。
〔註20〕 周良沛：《丁玲傳》，北京：北京十月文藝出版社，1993 年，第 404 頁。

味著對世俗情感、等級界限、文化差異等的超越。據說當時在延安，「除了毛澤東被稱為『毛主席』，其他人都被稱為『同志』，像『王明同志』、『恩來同志』、『洛甫同志』」〔註21〕。韋君宜回憶當時延安傳唱著這樣一首蘇聯歌曲：

人們驕傲地稱呼是同志／它比一切尊稱都光榮。／有這稱呼各處都是家庭，／無非（分）人種黑白棕黃紅。〔註22〕

在前來延安參觀訪問的記者趙超構眼中，延安對同志愛的宣傳已經到了一個「極力誇張」的地步，這種誇張甚至取消了革命所應允的自由和解放，諸如戀愛自由，因為「既然同志愛應該高於一切愛，那麼戀愛結婚也應該以同志為第一條件了。個人愛憎的選擇也只能在同志之間運用了」〔註23〕。可以說，「同志愛」既保留了知識分子「同人」式的情感經驗，又來自新的共同體中對於政治關係的想像。當時的延安文化界的一個焦點話題就是關於「同志之愛」的討論，從四面八方奔赴延安的文化人，本以為在革命的環境中可以超越血緣和私情，形成更高尚同時也是更緊密的社會關係，結果卻發現同志之間反而越來越缺少愛，正如蕭軍所感歎的，「這『同志之愛』的酒也越來越稀薄了！」。王實味在《野百合花》中也抨擊了革命者之間缺少愛的「醜惡和冷淡」，並諷刺性的自我批判：「老是講『愛』，講『溫暖』，也許是『小資產階級感情作用』吧？」《解放日報‧文藝欄》上也刊發了不少談論同志之間隔膜的作品，如馬加的《間隔》和劉白羽的《陸康的歌聲》等，因為《間隔》的發表，當時主持刊物的丁玲還受到了批評。

蘇格蘭人類學家維克多‧特納（Victor Turner）曾經對朝聖行為有過一番著名的分析，在他看來，朝聖者離開原來的家庭和社會，從舊有的日常生活和習俗中解脫出來，旅行前往一個神聖的地方，這一過程具有了某種儀式性，它將引導當事人提升到一個脫胎換骨的新階段。但是在完成這種蛻變之前，朝聖的過程只能是一種「閾限」（liminality）狀態，它尚未脫離此前的階段，又還沒完全進入下一個階段，朝聖者的行為規範仍然是模糊不清的。因此，來自不同地域和文化社會的朝聖者之間形成了一個「聯合體」（communtas），「朝聖者會發現自己是一大群人中的一分子，而這些群眾是相似的，可是在結構上他們並非是相互依賴的人，只有透過整個屬於儀式的力量，才能使個

〔註21〕周良沛：《丁玲傳》，北京：北京十月文藝出版社，1993年，第165頁。
〔註22〕韋君宜：《思痛錄》，北京：十月文藝出版社，1998年，第5～6頁。
〔註23〕趙超構：《延安一月》，上海：上海書店，1992年，第170頁。

人命運和意圖上的類同性轉換成感情上的共通性，而進入交融的狀態」〔註24〕。「聯合體」是一個非結構化的共同體，朝聖者們跳出了原來的各種社會區分，人與人之間變得平等而相互交融。

借用特納的理論，我們可以嘗試將整風前延安文人對於「同志愛」的強調理解爲這樣一種「聯合體」狀態下的產物，它與整風後清晰的敵我劃界有著明顯的區別。知識分子們如朝聖般來到延安，期望成爲眞正的革命者，在他們的理解中，革命應當創造出新的共同體，政治立場的一致也應意味著人與人之間情感的緊密和純粹。然而當知識分子還處於相對自由的狀態時，舊的傳統、話語仍然構成了他們交往的方式，並且受到了鼓勵，在這個基礎上要想像一種抽象的、政治的情感方式勢必是困難的。

因此，一邊是對「同志愛」的極力誇張，一邊是「同志」之間因城鄉、階級、性別、立場、性格等諸多因素而產生的矛盾層出不窮，「同志」的想像其實並沒有相應的生成一種新的政治人格與社會關係。這種狀態正是緣於前面所分析的公私之間的過渡。在很大程度上，知識分子的交往仍然局限於既有的小圈子。嚴文井很形象的描述了這種交往的狹隘性：「我的朋友是何其芳、周立波、陳荒煤，何其芳的朋友是我、周立波、陳荒煤，周立波的朋友又是何其芳、陳荒煤和我。這是什麼意思？這是說除了我們幾個搞文學的知識分子在很小的一個圈子裏面彼此來往來往以外，我們沒有另外的朋友。沒有農民的朋友。當然，更沒有同工人、同兵士交朋友」〔註25〕。當時在延安的文人主要分爲「魯藝派」和「文抗派」兩個圈子，前者以周揚爲首，聚集了何其芳、周立波、陳荒煤、沙可夫、沙汀、劉白羽、林默涵、賀敬之等人，後者則包括了丁玲、蕭軍、舒群、艾青、白朗、羅烽等。兩派之間矛盾很深，後來周揚將二者之間的對立總結爲「歌頌光明」和「暴露黑暗」〔註26〕，其間不僅包含了寫作立場、觀念上的對立，也充滿了生活方式的分歧和複雜的人事糾葛。對此奚如曾經說：「延安文藝界表面上似乎是天下太平的，但彼此在背地裏，朋友間，卻常常像村姑似的互相誹謗，互相攻擊；各以爲是，刻

〔註24〕 【蘇格蘭】維克多‧特納著，黃劍波、柳博贇譯：《儀式過程──結構與反結構》，北京：中國人民大學出版社，2006 年，第 56 頁。

〔註25〕 艾克恩：《延安文藝運動紀實──毛主席〈在延安文藝座談會上的講話〉的前前後後》，《新文學史料》，1992 年第 3 期。

〔註26〕 趙浩生：《周揚笑談歷史功過》，《新文學史料》，1979 年第 2 期。

骨相輕」〔註27〕。1941 年 6 月 17 至 19 日，周揚在《解放日報》發表了《文學與生活漫談》一文，指責延安一些作家「寫不出東西卻把原因歸之為沒有肉吃」。對此，蕭軍、艾青、舒群、羅烽、白朗聯名發表了回應文章，對周揚高高在上的態度表示了憤慨，諷刺周揚「有自己的小廚房可以經常吃到肉」，「到延安來的都不是為了來吃肉，是為了來革命；正如周揚到延安來不僅僅是為了當院長（魯藝），吃小廚房和出門有馬騎……一樣」〔註28〕。當時的《解放日報》社正好位於「魯藝」和「文抗」中間，負責主持文藝專欄的丁玲常常要兩頭跑負責約稿。儘管丁玲努力使《解放日報》的文藝欄成為「各方面的作家們的發表園地」，「一視同仁，平等對待，不存門戶之見」，但「因為魯藝文學系的學生多，我們又希望多發表一些年輕人的作品，所以在文藝欄上，發表魯藝的來稿較多」，結果引起了某些人的意見，認為文藝欄搞小圈子，有親有疏〔註29〕。

　　在這種情況下，文化人之間的「小集團主義」成為當時延安文化工作中的一大困難，正如艾青所說，「這種應該有的團結，卻長期地被阻礙著，無形地被什麼制止著，像他們所居住的山坡一樣，一個一個地被無數山溝割斷著」〔註30〕。艾思奇認為這是「文壇上舊時的商業性質的壁壘和派別的惡習還多少有些殘餘」〔註31〕。後來毛澤東在《講話》中嚴厲批評了那些不願做「歌者」的文化人，指斥他們「所感到興趣而要不疲倦地歌頌的只有他自己，或者加上他所經營的小集團裏的幾個角色」，是「小資產階級的個人主義者」〔註32〕。但有意思的是，為了克服「小集團主義」而強調的「同志愛」，同樣被認為是「小資產階級感情」。《講話》中就特別對此提出批評：

　　　　比如說，馬克思主義的一個基本觀點，就是存在決定意識，就是階級鬥爭和民族鬥爭的客觀現實決定我們的思想感情。但是我們有些同志卻把這個問題弄顛倒了，說什麼一切都應該從「愛」出發。

〔註27〕奚如：《一點意見》，《解放日報》，1942 年 3 月 12 日。
〔註28〕這篇文章題為《〈文學與生活漫談〉讀後漫談集錄並商榷於周揚同志》，起先是投給《解放日報》被退回，後發表於「文抗」的機關刊物《文藝月報》上。
〔註29〕丁玲：《延安文藝座談會的前前後後》，《丁玲全集》（第十卷），第 274 頁。
〔註30〕艾青：《我對於目前文藝上幾個問題的意見》，《解放日報》，1942 年 5 月 15 日。
〔註31〕艾思奇：《抗戰文藝的動向》，《文藝戰線》第 1 期，1939 年 2 月 16 日。
〔註32〕毛澤東：《在延安文藝座談會上的講話》，《毛澤東選集》（第三卷），第 873 頁。

就說愛吧，在階級社會裏，也只有階級的愛，但是這些同志卻要追
求什麼超階級的愛，抽象的愛，以及抽象的自由、抽象的眞理、抽
象的人性等等。這是表明這些同志是受了資產階級的很深的影響。
〔註33〕

文藝整風以後，「文抗」等許多文藝組織被解散，文化人大部分下鄉工作，
文人的「小集團主義」問題也才不再被提起。1949年以後，文人的「小集
團主義」屢屢成爲政治鬥爭中的典型罪名，最著名的如「胡風反革命集團」
和「丁、陳反黨集團」。誰被列入「小集團」，誰不被列入，不僅僅取決於
同人之間交往的密切程度，更是政治權力選擇和判別的結果。而人事上的
糾紛、文藝觀念上的分歧、不經意間的言論等似乎只是文人之間「雞毛蒜
皮」的事〔註34〕爲何被上升到「革命」和「黨性」層面，是一個值得研究
和深思的話題。

　　對於延安文人來說，從「同人」到「同志」，不僅是工作身份的轉變，更
要求著情感方式的轉變，它關係到如何將私人的情感改造爲一種公共的情
感，在這個過程中，如何想像文學參與政治的方式成爲轉變的關鍵。「同志愛」
的危機之所以屢被提起，一個基本的出發點就是「藝術家」和「政治家」的
對立。前面所提到的魯藝和文抗之間的矛盾，不僅僅是因爲「文人相輕」。在
時人的眼中，魯藝代表了官方化和正規化，而且其中的文人幾乎都是黨員；
文抗則更多的體現了「亭子間」獨立自由的左翼傳統，它的成員中聚集了不
少黨外作家如蕭軍、艾青、高長虹、陳學昭等。因此蕭軍等人看不慣周揚的，
正是他身爲「公家人」的「地位」和「權威」（雖然蕭軍等人也是「公家人」）。
文抗的機關刊物《文藝月報》在第十二期紀念獻辭中就表達了對於「公家」
的微妙態度：

〔註33〕 毛澤東：《在延安文藝座談會上的講話》，《毛澤東選集》（第三卷），第852頁。
〔註34〕 1955年8月3日到9月6日，在中國作協黨組的主持下，召開了十六次會議
　　　　討論「丁、陳反黨集團」的問題，當時參加會議的黃秋耘後來回憶道：「例如
　　　　有一位同志，他事先準備好發言稿，激昂慷慨，一口氣講了一個多鐘頭，像
　　　　煞有介事。當然，他所揭發出來的大都是雞毛蒜皮的事情。」在《中國作家
　　　　協會黨組關於丁玲、陳企霞等進行反黨小集團活動及對他們的處理意見的報
　　　　告》中羅列的指控內容有如「經常和黨的領導同志拍桌子吵架」「捧老舍太高」
　　　　「說驕傲是美德」「只許黨讚揚他們的成績，不許黨批評他們的缺點」等。參
　　　　見洪子誠《「丁、陳反黨小集團」》，程光煒主編：《文人集團與中國現當代文
　　　　學》，北京：人民文學出版社，2005年，第218～221頁。

這裡應該對「公家」表示感謝，因爲在一個時期裏，別的刊物
全停了，只有這小報還能出下去，也是不容易的事。另外還有些感
到這小報「不順眼」的，甚至要聲請「停掉它」的一類人等，也是
應該感謝的，至少他是感到「不順眼」了。〔註35〕

正如李書磊所分析的，「對政府呼之以『公家』也就是自覺不自覺地以『咱家』
自居，而對『不順眼』者的回敬更是顯示了文人的倨傲」〔註36〕。丁玲在《三
八節有感》中談到延安女性的婚嫁常常受到人們的非議，尤其是她們在「藝
術家」和「總務科長」之間的選擇，以至於詩人們說「延安只有騎馬的首長，
沒有藝術家的首長，藝術家在延安是找不到漂亮的情人的」〔註37〕，由此也
可見文人與「政治家」之間的對立情緒。而蕭軍更是猛烈的抨擊那些佔據著
「地位」和「權威」的人士，指斥「像個沒品行的賽跑員，穿著釘子鞋」，從
「後來者或者同伴們的鼻子上踏過去」，對自己的同志缺乏必要的尊重和熱愛
〔註38〕。

　　王實味在《政治家‧藝術家》這篇文章中對文學和政治關係的態度頗有
代表性。他認爲政治家和文學家在革命事業中分別負責兩個不同的方面：

改造社會制度和改造人──人底靈魂。政治家，是革命的戰略
策略家，是革命力量底團結、組織、推動和領導者，他底任務偏重
於改造社會制度。藝術家，是「靈魂底工程師」，他底任務偏重於
改造人底靈魂（心、精神、思想、意識──在這裡是一個東西）。
〔註39〕

簡而言之，「政治家主要是革命底物質力量底指揮者，藝術家主要是革命底精
神力量底激發者」〔註40〕，政治家更擅長於團結和組織，而藝術家追求的是
自由地改造自己和他人〔註41〕。不過王實味又強調二者在根本上是一致的，
因爲人底靈魂上的骯髒黑暗，是舊制度的產物，「社會制度底改造過程，也就

〔註35〕蕭軍：《爲本報誕生十二期紀念獻辭》，《蕭軍全集》（第十一卷），北京：華夏
　　　　出版社，2008 年，第 498 頁。
〔註36〕李書磊：《1942：走向民間》，濟南：山東教育出版社，1998 年，第 190 頁。
〔註37〕丁玲：《三八節有感》，《丁玲全集》（第七卷），第 60 頁。
〔註38〕蕭軍：《論同志之「愛」與「耐」》，《解放日報》，1942 年 4 月 8 日。
〔註39〕王實味：《政治家‧藝術家》，《穀雨》第 1 卷第 4 期，1942 年 3 月 15 日。
〔註40〕同上。
〔註41〕同上。

是人底靈魂底改造過程」〔註42〕，「眞正偉大的政治家」同樣能織成「最美麗絢爛的『革命底藝術』」，那些爲了自己的名譽、地位了利益而採取權力手段的只是「政客」。相應的，「偉大的藝術家同時也是偉大的政治家」，正如魯迅，他們敢於與自己和敵人靈魂中的骯髒黑暗戰鬥，因而也能起到「團結、組織、推動和領導革命力量的作用」〔註43〕。王實味所強調的是，革命的根本作用在於改造人的靈魂，在這個意義上，革命的政治和革命的藝術首先都應是對自我的戰鬥。因此，文學與政治之間並不存在天然的對立。可以看到，王實味所看重的靈魂的戰鬥，繼承了三十年代左翼知識分子們參與革命的自我想像，政治不僅是指向外部物質世界的，更是指向個體內在精神的，在這個意義上，政治革命其實也是文化啓蒙，爲的是像魯迅所說的醫治人類的心靈。

後來在整風運動中，王實味的這篇文章成爲與《講話》對立的反面標本，周揚將這種對立總結爲「王實味的文藝觀」與「我們的文藝觀」。對王實味的批評主要在於他對文學和政治所做的分割，「他不但絲毫沒有藝術服從政治的觀念，而且給了政治應受藝術指導的相反的暗示」，「一方面巧妙的貶損了政治家，一方面故意把藝術家捧到天上」〔註44〕。更爲重要的是，對王實味的指控已經不僅是「文藝觀」內部的鬥爭，而是政治上的敵我鬥爭，這就要求將王實味的文藝觀闡釋爲「敵人」的文藝觀。但我們會發現，經過了整風改造的文藝家們對於何爲「敵人」的文藝觀卻仍然是眾說紛紜。王實味被定性爲「托派」，因此他的「文藝觀」自然也被認爲是托洛茨基主義的，周揚稱其一種「無產階級文學否定論」，「代表著一種小資產階級的似是而非的『革命文學』的理論，一種貌似革命的實則完全反動的文學思想」〔註45〕，而且這種思想在中國早有其「譜系」，「十年以前出現的胡秋原蘇汶就是這類小資產階級中的極端分子的代表者，他們在反對左翼文學的時候也正是借用了托洛斯基的文學觀點做自己理論的武器的」〔註46〕。問題在於，如何在托洛茨基主義、小資產階級、「第三種人」這三者之間構建一種統一的敵對立場？在周揚等批評者看來，它們都堅持了文學獨立於政治的自由，主張超階級的人性，

〔註42〕 王實味：《政治家・藝術家》，《穀雨》第1卷第4期，1942年3月15日。
〔註43〕 同上。
〔註44〕 周揚：《王實味的文藝觀與我們的我們的文藝觀》，《解放日報》，1942年7月28日、7月29日。
〔註45〕 同上。
〔註46〕 同上。

這也是《講話》中著重批評的對象，但《講話》所針對的主要是革命陣營內部的「小資產階級」殘留思想，是可以被改造和團結的藝術家，那麼王實味與這些人之間究竟存在什麼區別？對此批評者大多語焉不詳，我們從丁玲的意見中可見一斑：

> 我說王實味不是文藝家。文藝家的特點雖由於他們大部分是小資產階級知識分子出身，還殘留著一些小資產階級的缺點，但這些人都具有對革命高度的熱情、坦白、光明正大、單純；而王實味則為人卑劣、小氣、反覆無常、複雜而陰暗，是「善於縱橫捭闔」陰謀鬼計破壞革命的流氓〔註47〕。

將「敵人」的本質描述為一種惡劣的道德品質，恰恰暴露出理論邏輯和政治邏輯的捉襟見肘。

可以說，將王實味指控為「敵人」，從某種程度上緩解了延安文人長期以來的自我焦慮。整風運動對知識分子小資產階級性的批判，一方面要求他們進行自我懺悔和自我改造，即所謂的「治病救人」，但另一方面也因為指出了病兆所在，為他們提供了自我更新的可能性。正如前面所分析的，延安文人們的自由狀態，其實包含著某種尷尬的處境，他們在革命隊伍中的身份未明，使他們始終處於新舊兩套話語、兩種情感方式之間，雖然充滿了優越感，但其實與周圍的環境格格不入。下文我將通過丁玲這一時期的寫作實踐，具體討論她在新舊身份轉換之間的焦灼，這種焦灼在整風和審幹運動後通過一種繳械投降的方式得以釋放。艾思奇對整風後知識分子應有的態度做了這樣的總結：「敵友分明」，「文藝必須鼓勵對於敵人的堅強打擊，和對於友人同志的友愛團結」〔註48〕。正是通過將王實味劃為敵人，知識分子們提高了他們的「政治嗅覺」〔註49〕，也被賦予了辨識敵我的能力與權力，從「文學家」真正轉變成了具有政治的「公家人」，正式獲得了「同志」的命名。

〔註47〕丁玲：《文藝界對王實味應有的態度及反省——六月十一日在中央研究院與王實味思想作鬥爭的座談會上的發言》，《解放日報》，1942年6月16日。

〔註48〕艾思奇：《談延安文藝工作的立場、態度和任務》，《穀雨》第5期，1942年6月15日。

〔註49〕范文瀾：《在中央研究院六月十一日座談會上的發言》，《解放日報》，1942年6月29日。

第二節 「忠誠」：革命身份的審定

丁玲奔赴陝北的心理與那些受革命熱情驅使的知識分子是很不相同的。儘管他們都將延安視作理想中的「聖地」，但後者大多帶有一種精神優越感，如何其芳所說，穿上了延安統一的灰布制服，「我們都像小孩子一樣高興。但是，我們有一種爲孩子所不會有的暗暗的喜悅：好像我們脫了舊衣服，就把我們過去的一切都拋棄了，成爲一個新的人了」〔註 50〕，他高歌著延安的空氣，是「自由的空氣。寬大的空氣。快活的空氣」，〔註 51〕，甚至把自己從北平到延安比喻爲「印度王子的出遊」：

> 當我坐著川陝公路上的汽車向這個年輕的聖城（延安）出發，我竟想到了納德·蕭離開蘇維埃聯邦時的一句話：「請你們容許我仍然保留批評的自由」。〔註 52〕

相形之下，丁玲遠沒有何其芳的輕鬆，「左聯」時期的政治經歷和長期的自我鬥爭，都使她克服了浪漫主義的革命幻夢，而三年南京的政治蒙難經歷則成爲她難以擺脫的十字架。這種原罪意識也影響了丁玲在延安時期的寫作，其間充滿著「在艱苦中成長」的緊張和焦灼，而這並不完全是整風以後自我改造的產物。

丁玲從南京逃到上海時，遇見了老朋友馮雪峰，不由自主的把三年囚居生活的苦楚向他傾訴起來，沒想卻遭到馮雪峰的斥責：

> 我以爲我會得著滿腔同情和無比安慰，然而我只聽到一聲冷峻的問話。
>
> 雪峰說道：「你怎麼感到只有你一個人在那裡受罪？你應該想到，有許許多多人都同你一樣在受罪：整個革命在這幾年裏也同你一道，一樣受著罪咧。」這的確是我沒有想到的。此時此刻，我唯一希望的是同情，是安慰，他卻給了我一盆冷水。……他的心變硬了，他想到的是整個革命，而我只想到自己。〔註 53〕

〔註 50〕何其芳：《毛澤東之歌》，《何其芳全集》（第七卷），石家莊：河北人民出版社，2000 年，第 378 頁。

〔註 51〕何其芳：《我歌唱延安》，《文藝戰線》，1939 年 2 月。

〔註 52〕何其芳：《一個平常的故事》，《何其芳文集》（第二卷），北京：人民文學出版社，1982～1984 年，第 223 頁。

〔註 53〕丁玲：《魍魎世界》，《丁玲全集》（第十卷），第 70 頁。

丁玲的「自私」又一次在革命的道義面前碰壁。最後她終於下定決心奔赴陝北，與其說是爲了實現自己的政治抱負，不如說是爲了證明自己的清白，在徹底的改造中眞正告別過去的自我。三年的囚居生活給丁玲帶來了巨大的創傷，除了愛人的背叛，更爲她所痛苦的是無法爲自己辯白的冤屈：

> 我已經受盡了罪，如果就此死去，好像對我倒是一種解脱。人世間任什麼我都可以不留戀，都不牽掛，母親也好，孩子也好，我都能狠心丟掉。但我只有一椿至死難忘的心願，我一定要回去，要回到黨裏去，我要向黨説：我回來了，我沒有什麼錯誤。我在什麼時候，什麼地方，什麼條件下都頂住了，我沒有做一件對不起黨的事。但我知道，由於敵人散佈的謠言，現在我處在不明不白的冤屈中，我得忍受著，無法爲自己辯白，洗清傾倒在我滿身的污水，我還陷在深井裏。〔註54〕

在丁玲看來，馮雪峰和其他同志們的鬥爭是「在大太陽底下與敵人鬥爭」，而自己卻是一個人在黑暗的魔窟裏忍受煎熬，自己所背負的痛苦「哪裏只是一個十字架啊」〔註55〕。她到陝北，是決定進去了就不出來的，「不出門我已經習慣了，三年的蟄居都捱過來了；何況現在，是自己把自己關起來，這有什麼要緊」〔註56〕，可以看出丁玲是下定了吃苦的決心，渴望在戰鬥的行動中脫胎換骨〔註57〕。在初到陝北的幾年內，她願意放下文人的身份，承擔起繁重瑣細的事務性工作，也證明了她改造自己的急切。誰能想到，這個十字架卻是丁玲終身都難以卸下的。在丁玲的政治生涯中，「叛徒」的指控一次次被提出，那段歷史的晦暗不明使她與「同志」之間永遠隔著一紙判決。從1940年到1984年，中組部前後進行過六次審查，其結論也由於各次審查時的歷史背景而有所不同〔註58〕。丁玲一再的爲此事進行申辯、悔過，從「同路人」到「革命者」再到「叛徒」，對她的政治審判早已超出了「小資產階級」或「個人主義」的範疇，直接涉及到「忠誠」的問題。

〔註54〕丁玲：《魍魎世界》，《丁玲全集》（第十卷），第72頁。

〔註55〕同上，第93頁。

〔註56〕丁玲：《我是怎樣來陝北的》，《丁玲全集》（第五卷），第125頁。

〔註57〕丁玲：《戰鬥是享受》，《解放日報》，1941年9月16日。

〔註58〕徐慶全：《丁玲歷史問題結論的一波三摺》，http://www.aisixiang.com/data/25011.html。

一、「新的信念」

到了陝北以後，丁玲的作品逐漸失去了都市寫作中的「明快」色彩。起初，在《一顆未出膛的槍彈》、《新的信念》這些作品中，丁玲致力於書寫以「一己之力」喚醒大眾的英雄主義形象，這些「大風暴中的人物」（駱賓基）堅忍的承受著時代的重壓，「掙扎著爬起來反抗」，既爲著改變自己的命運，也爲了喚醒沉默的大眾。《一顆未出膛的槍彈》把一個小紅軍獨立於村民之外，他的頑強不屈反襯了圍觀人群的怯弱，小說的高度戲劇化使個體與群體之間的對立達到了頂點：

> 忍不住了的連長，從許多人之中跑出來用力擁抱著這孩子，他大聲喊道：
>
> 「還有人要殺他麼？大家的良心在哪裏？日本人佔了我們的家鄉，殺了我們的父母妻子，我們不去報仇，卻老在這裡殺中國人。
>
> 看這個小紅軍，我們配拿什麼來比他！他是紅軍，我們叫他赤匪的。
>
> 誰還要去殺他麼，先殺了我吧……」〔註59〕

而在《新的信念》中，被日軍侮辱的老太婆本來已經淪爲「生物」，在村民們眼中變成了一個駭人的瘋子，卻憑藉頑強的意志克服了羞恥與痛苦，向人們一遍又一遍講述自己的遭遇，喚起了聽眾的同情與仇恨。老太婆雖是被侮辱被損害的弱者，卻敢於直面自己的痛苦，在反覆的陳說中獲得了內在的強力。通過陳述和辯白以形成強烈的情感共鳴，這個主題是丁玲在陝北最初的歲月裏一再書寫的。當被損害的個體被指認爲「羞恥」時，他們只能牢牢的抓住「信念」這個最後的依託，以看似無力的自證進行抗爭。丁玲在老太婆這一形象上寄託了這種個體重生的希望，而這種寄託或明或暗的牽連著丁玲自己的處境，即面對強大的政治指控時個體的孤立無援。1984年中組部爲丁玲恢復名譽，長達四十多年的「自首」問題終於塵埃落定。爲旁人所不能理解的是，在歷經政治坎坷之後，丁玲仍然一再表達了自己「雖九死其猶未悔」的赤誠，向黨作出盟誓：「丁玲永遠是屬於中國共產黨的，是黨的一個普通的忠實戰士」〔註60〕。事實上，丁玲執拗的表達自己的忠誠，唯其如此才能在遍體鱗傷後活過來，一次又一次的「重新做

〔註59〕丁玲：《一顆未出膛的槍彈》，《丁玲全集》（第四卷），第131～132頁。
〔註60〕丁玲：《風雪人間》，《丁玲文集》（第十卷），第221～222頁。

人」，「把過去的一切都勾銷，現在從零做起」，甚至「是從負數做起」〔註61〕。對於忠誠的自我期許，驅逐了那些曖昧的、破碎的、有罪的「殘骸」，成為了構建自我連續性的途徑，如巴丟所言，「這些主體在宣佈真理的過程中以其對事件的忠誠而成為了主體」〔註62〕。

由此我們才可以理解為什麼丁玲四十年代的小說總是呈現出某種曖昧不明的風格，這些小說常常試圖去表達一種「新的信念」，但實際上呈現在我們眼前的卻是信念的脆弱與模糊。那些處於新舊之間的人物，如何華明、貞貞、陸萍、程仁等，或是不斷拷問自己的忠誠，或是陷於周遭的質疑而自我否定，始終無法坦然宣佈革命主體的生成。他們置身於一個懸而未決、風雨飄搖的世界裏，不被瞭解，不被信任，只能依靠自我的戰鬥在革命的隊伍中保有一席之地。

1938 年丁玲隨西戰團返回延安，在馬列學院學習一年後到「文協」擔任副主任並主持日常工作，一直到 1941 年初去川口農村養病。這幾年內，她在延安的資歷聲望都已達到一個高峰，也不由自主的捲入了複雜的人事鬥爭和政治漩渦中。與此同時南京的噩夢卻像陰影一樣纏繞著她。她首先遭到了康生的指控，對此她憤怒的向組織上提出抗議。1940 年 10 月 4 日，中組部經過審查後作出結論，認為「丁玲自首傳說並無證據」，「因此應該認為丁玲同志仍然是一個對黨對革命忠實的共產黨員」〔註63〕。然而這次審查風波已經令丁玲感到了延安政治環境的複雜，正如她在《我在霞村的時候》一開頭就寫到，「因為政治部太嘈雜，莫俞同志決定要把我送到鄰村去暫住」。這篇小說可以看作是丁玲當時況境的一個隱喻，貞貞所背負的「不貞」的指控，正像是丁玲所承受的「不忠」的罪名。儘管丁玲後來明確否認了這篇小說夾帶著個人的私情〔註64〕，但「我」與「貞貞」之間的微妙呼應，讓我們看到了一個新人在歷史中成長的迂迴和艱難。

〔註61〕 丁玲：《風雪人間》，《丁玲全集》（第十卷），第 128 頁。

〔註62〕 陳永國主編：《激進哲學：阿蘭・巴丟讀本》，北京：北京大學出版社，2010 年 1 月，第 8 頁。

〔註63〕 《一九四〇年十月四日〈中央組織部審查丁玲同志被捕被禁經過的結論〉》，《丁玲全集》（第十卷），第 106 頁。

〔註64〕 1980 年，丁玲在談話中回憶，「這個時候，那裡有什麼作者個人的苦悶呢？無非想到一場戰爭，一個時代，想到其中的不少的人，同志，朋友和鄉親，所以就寫出來了。」見《丁玲談自己的創作》，《丁玲研究資料》，第 216 頁。

在表層敘事上，《我在霞村的時候》繼承了五四式的國民性敘事主題。在小說敘事者「我」的記憶中，霞村有一個美麗的天主教堂和一片小松林，是個安靜的適宜修養的地方。不過從阿桂口中得知，這個村子其實是很「熱鬧」的，這種「熱鬧」自然是革命之後的景象，村政權的各種組織形式一應俱全，並且還有公共的文娛生活。不過，對於「我」的到來，村民們並沒有表現得很熱情，村裏的負責人馬同志儘管知道「我」「寫了很多書」，但顯然並不感興趣，只是客套的請我指導村裏的「文化娛樂」工作。「我」並不掩飾自己對這種虛僞的政治姿態的反感：

> 像這樣的青年人我在前方看了很多很多，當剛剛接觸他們的時候常常感到驚訝，覺得這些同自己有一點距離的青年們實在變得很快，我又把話拉回來。〔註65〕

「變得很快」的不止是馬同志這樣的青年，而且也暗指霞村這樣的村子，革命可以使其一夜之間煥然一新，但民眾的覺悟卻沒有隨之提高。小說似乎想告訴讀者，霞村「最難的工作」顯然不是馬同志所說的「文化娛樂」，貞貞的到來揭開了革命新象之下掩蓋的愚昧落後，當然，也粉碎了「我」對鄉村的田園般想像，貞貞所激起的風波，在在證明了，霞村同樣是令人難以忍受的「嘈雜」。霞村原本是「我」逃避「政治部」的世外桃源，結果卻成爲另一個「政治部」，霞村與「政治部」之間的相互隱喻，對革命的環境發出了質疑：革命試圖再造鄉村世界，結果卻是革命被鄉村的愚昧所改造，前者變成了表面的、虛假的「嘈雜」，除了熱鬧並沒有實質性的改變。

因此，一方面，啓蒙改變了自己的面目，通過革命的方式得以延續。霞村的煥然一新，正是革命深入鄉村的結果，而貞貞最後的走向「光明」，亦可視作革命催生了新的主體。但另一方面，革命又成爲某種壓抑性的機制，在民族鬥爭與革命鬥爭的規劃下，霞村的田園風景──一種眞實、自然的生態話語被政治話語的虛僞和警覺所消解，這個過程導致了人與人之間的隔膜。因此，丁玲其實無意於構造一個革命中的新的國民性敘事，她所關注的是，當革命成爲一種強力時，它如何能夠尊重個體生命中那些幽微曲折的痛苦，如何在一個新的「政治社會」中重建人與人之間在倫理和情感上的溝通？雖然「我」是小說中唯一能夠理解貞貞的人，但敘事者卻一再強調個人心理世界的隱秘性。貞貞對「我」並沒有完全坦白，而我也願意尊重她的秘密，「每

〔註65〕丁玲：《我在霞村的時候》，《丁玲全集》（第四卷），第218頁。

個人一定有著某些最不願告訴人的東西深埋在心中，這是指屬於私人感情的事，既與旁人毫無關係，也不會關係於他個人的道德」〔註66〕。面對村民們前來打探消息，「我」也絕不會透露絲毫，「我以爲凡是屬於我朋友的事，如若朋友不告訴我，我又不直接問她，卻在旁人那裡去打聽，是有損害於我的朋友和我自己的，也是有損害於我們的友誼的」〔註67〕。如果我們聯想到莎菲女士對於傾訴和理解的強烈渴望，或是美琳對社會的敞開心扉，便會發現此時的丁玲發生了怎樣的轉變。即使「我」和貞貞的處境是如何相似，丁玲也沒有由此輕易的讓她們心意相通。貞貞拒絕旁人的同情，自己承受著自己的苦難，這種絕對的個人主義氣質在五十年代即被識別出來並成爲批判的靶子，如當時就有評論家稱：「貞貞的個人主義哲學，如『不要任何人對她的可憐，也不可憐任何人』，如認爲『有些事也並不必要別人知道』等等，這些地道資產階級個人主義的論調，散發丁玲本人的氣味」〔註68〕。

如果革命中只有簡單的背叛和忠誠之分，正如女人只有貞潔或不貞的區別，那麼這是否就是丁玲爲之「飛蛾撲火」的「政治」？此時的丁玲恐怕無法回答這個問題。如果說貞貞身體上的「病」尚可治癒，道德的指控也會隨著革命對世俗倫理的重塑而消失，那麼丁玲在政治上的「不潔」卻可能使其永遠無法重獲新生——這種「不潔」可以被命名爲小資產階級、叛徒，甚至敵人。貞貞要到延安去「治病」，而我卻是逃離了延安到霞村來「養病」，只是因爲敵人的掃蕩使我不得不重返延安，「堅持著不回去麼？身體又累著別人；回去麼？何時再來呢？」在那樣一個複雜的環境中，有「病」的個人只能是拖累，他阻礙了集體的前進，同時自己也因身體／思想的「不潔」而遭到排斥。

小說的結局似乎預告了一個「新人」的成長，「我」也認同於貞貞的選擇，看到「新的東西又在她身上表現出來了」。不過有意思的是，貞貞知道自己是「有病」的，她到延安去，是希望治好病重新做人：

> 我覺得我已經是一個有病的人了……總之，是一個不乾淨的人了。既然已經有了缺憾，就不想再有福氣，我覺得活在不認識的人面前，忙忙碌碌的，比活在家裏，比活在有親人的地方好些。……

〔註66〕丁玲：《我在霞村的時候》，《丁玲全集》（第四卷），第226頁。
〔註67〕同上，第227頁。
〔註68〕陸耀東：《評〈我在霞村的時候〉》，《文藝報》，1957年第38期。

我還可以再重新作一個人，人也不一定就只是爹娘的，或自己的。
〔註69〕

貞貞將以一個新人被接納，但這也說明了，革命不能容忍任何的不潔。「人不一定就是爹媽的」，革命固然許諾了新生命的獲得，但這種超越血緣的政治身份同時也要求著對舊我的全部放棄。如果村民的陋見尚可以用「小生產者習氣」來解釋，而這也是革命名正言順的他者，那麼延安的政治糾葛又該如何被言說呢？丁玲借鄉村這個載體化解了言說上的困難，卻反而暴露出危險的端倪：革命的對象變成了革命內在的組成。

二、「脫胎換骨」、「洗心革面」〔註70〕

雖然 1940 年的延安審幹已經對丁玲的自首問題作出了結論，但 1943 年初，一場更大規模的「審幹運動」又重新提出了這個問題。這次審幹運動作為整風運動的發展，意在「肅清黨內暗藏的反革命分子」〔註71〕，從黨內鬥爭轉移到黨外鬥爭，全面徹底的清除來自敵人的破壞活動，因此當時的中央社會部部長康生強調，「整風必然轉入審幹，審幹必然轉入反奸（肅反）」。如果說整風運動還只是停留在思想問題的改造上，那麼審幹、搶救運動則可以稱得上是一場全面的敵我甄別運動。在這場殘酷嚴厲的清洗運動中，知識分子和幹部們被要求向黨敞開心扉，毫無保留的交待自己的「問題」。一時之間人人自危，因為每個人都有「特務」的嫌疑，為了證明自己的清白，重回革命的隊伍，每個人都殫精竭慮的寫材料，深挖自己的過去，不啻於一場心靈的煉獄。

1943 年，丁玲經歷了到延安以來「最難挨的一年」。本來在 1942 年丁玲的《三八節有感》就已經遭受非議，整風運動中王實味被批，丁玲之所以能夠幸免於難，是因為得到了毛澤東的保護。在一次高幹會議上，毛澤東說：「《「三八節」有感》雖然有批評，但還有建議。丁玲同王實味也不同，丁玲是同志，王實味是托派」，對此丁玲一直心存感激，認為是毛澤東的話保了自

〔註69〕《丁玲全集》（第四卷），第 232 頁。原載《中國文化》1941 年，最初發表時並沒有「人也不一定就只是爹娘的，或自己的」這句話。

〔註70〕丁玲在整風運動中寫了兩本學習筆記《脫胎換骨》和《洗心革面》，筆記後來丟失。參見陳明：《丁玲在延安──她不是主張暴露黑暗派的代表人物》，載《新文學史料》，1993 年第 2 期。

〔註71〕1943 年 4 月 13 日，中共中央發布《關於繼續開展整風運動的決定》。

己〔註72〕。但在審幹運動中，「敵人」已經不僅僅是「托派」或「自由主義者」，而是變成了「特務」、「奸細」、「叛徒」。有研究者曾經詳細分析了當時中央黨校一位女學員朱明的反省材料，朱明在反省中毫無保留的承認了自己的「罪名」，如「自己一貫堅持大地主、大資產階級的政治立場，『站在蔣介石方面，替大地主資產階級說話』，『沒有一點勞動人民的感情』，『在政治上、思想上、組織上都是與黨不一致的』，『對國民黨有感情』，自己希望『站在廣大人民的頭上』，『總想做一個特殊人』，到延安是出於個人英雄主義等等」〔註73〕。可以看出，原來知識分子的「小資產階級」原罪已經被替換成了「反革命」的審判，在這種情況下，丁玲勢必不能再迴避自己的政治污點。

1943 年丁玲所在的「文抗」解散，因爲整風後大部分文化人都下鄉，「文抗」等文藝組織也就失去了存在的必要。更重要的是，經過整風，文化人的管理開始得到加強，中央指出，「把文化人組織一個文協或文抗之類的團體，把他們住在一起，由他們自己去搞。長期的經驗證明這種辦法也是不好的，害了文化人，使他們長期脫離實際，結果也就寫不出東西來，或者寫出的東西也是不好的」〔註74〕。關於延安的文化政策，我將在下文具體分析。「文抗」的解散實際上意味著「文人」身份的消解，將獨立的文人個體組織成爲黨的工作者。離開了「文抗」的丁玲，進入中央黨校參加審幹運動，此時已經不再享有文人的特殊地位而必須接受政治權力的統一識別。中央黨校既是高幹的思想改造中心，又是審查中心，入校的學員都須由中央組織部逐個審查認可。1943 年後，大量「有問題」的幹部被送入中央黨校，這些人按類別被安排在不同的部。丁玲當時被安排在黨校一部，這個部裏有一百多名老幹部被指控有政治歷史方面的嫌疑，後來這些人被分配至二部繼續接受審查，丁玲則屬於「有問題暫時未弄清的人」，被調往邊區文協專心創作〔註75〕。在審幹期間，丁玲常常「夜不能寐」，頭疼欲裂。起初她相信「黨終會明瞭我的」，「在八月不能搞清楚，九月一定可以，九月不行，今年一定行」，靠著這樣的信念，

〔註72〕丁玲：《延安文藝座談會的前前後後》，《丁玲全集》（第十卷）。

〔註73〕高華：《紅太陽是怎樣升起的──延安整風運動的來龍去脈》，香港：香港中文大學，2000 年，第 167 頁。

〔註74〕《關於延安對文化人的工作經驗介紹》，《陝甘寧邊區抗日民主根據地・文獻卷》（下冊），北京：中共黨史資料出版社，1990 年，第 450 頁。

〔註75〕陳明：《丁玲在延安──她不是主張暴露黑暗派的代表人物》，《新文學史料》，載《新文學史料》，1993 年第 2 期。

她一再告誡自己要「冷靜」；但在「可怕的兩個月」裏，她的信念終於被摧垮了，為了審查「過關」，她向組織承認了自己的變節。她在 1943 年 9 月 14 日的日記裏寫道：

> 我已經向黨承認我是復興的特務了！
>
> 支部書記答覆我說「問題」解決了一部分，現在還須要我反省出國民黨使用我的方法，和我的工作方法，因為他說我是很高明的！
>
> 〔註 76〕

後來離開黨校前，黨校派人找她談話，丁玲失聲痛哭，談話無法進行，因此也就沒有作出審查結論。此後丁玲一直帶著政治上的「嫌疑」從事寫作〔註77〕，不再擔任行政職務。同瞿秋白一樣，「歷史的誤會」再度發生在丁玲身上，她為著理想中的政治和革命不斷考驗自己的勇氣和忠誠，背叛了一切親人和過去，卻始終無法瞭解政治的規則。她無法擺脫的晦暗不明的歷史，紛紜複雜的人事情感，都不能見容於兩極分明的「政治」，最後反而成為革命的「叛徒」，不得不遍體鱗傷的回到「文學的家」。

第三節　從「私」到「公」：自我戰鬥的倫理

一、「幸存者」的戰鬥

1942 年 4 月 25 日，丁玲寫作了《風雨中憶蕭紅》。此時整風運動剛開展兩個月，尚未波及文藝界，但丁玲的《「三八節」有感》等文章已經遭到激烈的批評，加上王實味問題的日趨嚴重，延安文藝界已經處在「山雨欲來風滿

〔註76〕 李向東：《最難挨的一年──關於丁玲 1943 年的幾則日記》，《新文學史料》，2007 年第 4 期。

〔註77〕 1945 年抗戰結束後，丁玲離開延安前往東北，當時中央黨校的一個「覆查小組」做了一個《丁玲歷史問題初步結論》，《結論》認為：「丁玲於一九三三年五月被捕後，寫了悔過書的字條，並在南京居留時間中與馮達同居，表現了政治上消極，失了氣節，同國民黨表示了屈服；其後在新的革命高潮影響下，於三六年又回到革命陣營中來的經過情形，有材料可以證明沒有國民黨派遣的嫌疑。但在這時期思想上的嚴重毛病是否受國民黨逮捕後軟化的影響，丁玲同志應自己深刻反省。整風後有進步。」結論的末尾有程玉琳、周小鼎、鍾平三個人的簽字，但沒有組織的意見和蓋章，又始終沒有與丁玲本人見面，因此這個初步結論不能作為正式的組織結論。參見李向東：《最難挨的一年──關於丁玲 1943 年的幾則日記》，《新文學史料》，2007 年第 4 期。

「樓」的境地。此時蕭紅於 1 月在香港逝世的消息剛傳到延安，眾人皆感到震驚和惋惜〔註78〕。作為蕭紅的同性好友，又與之一同在西戰團戰鬥過，丁玲對蕭紅自是有著更深厚的感情。然而在這篇文章中，丁玲沒有過多流露出對逝者已去的悲痛，取而代之的是自己作為「幸存者」的生的艱難和疲憊。丁玲曾經希望蕭紅能來延安，因為「延安雖不夠作為一個寫作的百年長計之處，然在抗戰中，的確可以使一個人少顧慮於日常瑣碎，而策劃於較遠大的。並且這裡有一種朝氣，或者會使她能更健康些」〔註79〕，但富於反諷的是，除此之外，我們在這篇文章裏並沒有感受到丁玲所謂的「朝氣」和「遠大」的氣象，而是滿布著陰霾。令丁玲難以忍受的是「陰沉和絮聒」，這使她的頭「成天膨脹著要爆炸」：

> ……但現在是什麼呢？是聽著不斷的水的絮聒，看著髒布似的
> 雲塊，痛感著陰霾，連寂寞的寧靜也沒有，然而卻需要阿底拉斯的
> 力背負著宇宙的時代所給予的創傷，毫不動搖地存在著，存在便是
> 一種大聲疾呼，便是一種驕傲，便是給絮聒以回答。〔註80〕

在這「風雨的日子」裏，丁玲不僅懷念著蕭紅，也想起了「那些死去的或是正受著難的」故人，馮雪峰和瞿秋白，他們都和丁玲一樣，「太真實」，直率的裸露自己，不會趨炎附勢，不會投機取巧，為著自己的理想而苦鬥。

丁玲此時正是在一種不被瞭解、不被信任的氣氛中艱難的喘息，她或許已經預感到了即將到來的厄運：

> 因為這世界上有的是戮屍的遺法，從此你的話語和文學將更被
> 歪曲，被侮辱；聽說連未死的胡風都有人證明他是漢奸，那麼對於
> 已死的人，當然更不必賄買這種無恥的人證了。……貓在吃老鼠之
> 前，必先玩弄它以娛樂自己的得意。這種殘酷是比一切屠戮都更惡
> 毒，更需要毀滅的。〔註81〕

〔註78〕1942 年 5 月 1 日延安文化界在文抗作家俱樂部舉行了蕭紅追悼會，魯藝、草葉社、文抗、邊區文協、穀雨社、解放日報文藝欄、部隊文藝社等文藝團體都參加了追悼會；5 月 3 日《解放日報》第 2 版以《延安文藝界追悼女作家蕭紅》為題對追悼會做了詳細的報導；6 月 15 日《文藝月報》第 15 期刊發了「紀念蕭紅特輯」。

〔註79〕丁玲：《風雨中憶蕭紅》，《丁玲全集》（第五卷），第 136 頁。

〔註80〕同上，第 134～135 頁。

〔註81〕同上，第 137 頁。

在這個慣於戮屍的世界裏，死者無法解脫，生者更難以幸免，只能被謠言、侮辱和監視消磨了生命力。無論是蕭紅還是馮雪峰、瞿秋白、胡風、魯迅，他們或者是站在革命的邊緣，或者是被革命所質疑。對於丁玲來說，他們不是革命意義上的「同志」，而是一個個「眞實的同伴」，「多一個眞實的同伴，便多一分力量」。支撐她繼續走下去的，不是個人的理想，她願意壓榨「生命所有的餘剩」，僅僅是爲了告慰死去和未死的朋友們，因爲他們的理想就是「眞理」。之所以強調「眞實的同伴」，似乎是丁玲感到了「同志」這個稱呼所包含的僞善和空洞，她越是努力的想成爲「同志」中的一員，卻越是看到「同志」冰冷的面孔。於是她只能從世俗的友情中去尋求心心相通的鼓勵和支持，正如魯迅所言，「無窮遠的地方，無數多的人，都和我有關」〔註 82〕，使個人擺脫褊狹的不是純潔崇高的信仰，恰恰是一種源於本眞的、難以明言的情感勾連。

在這篇文章中，我們看到了一個背負著罪名的革命者，如何試圖從超越了政治立場的友情中獲得抗爭的勇氣和動力。初到延安的丁玲，並沒有如其想像般能夠自由的施展於政治天地中，相反，她深刻的體會到了政治所帶來的壓抑和危險，以及個體在這種高壓環境下的渺小無力。面對革命加諸其上的種種指控，如何調整自己的身份認同、情感方式和政治參與，構成了丁玲在延安最大的痛苦。

1937 年 1 月，丁玲被委任中央警衛團政治部副主任，這份工作主要是處理部隊的後勤事務以及組織文化娛樂活動，對此丁玲顯然並不擅長〔註 83〕。抗戰全面爆發後，她又承擔起了「西北戰地服務團」（西戰團）的領導組織工作，開赴前線進行演出、宣傳。本來丁玲對行政工作並不感興趣，甚至心裏很懊喪，「以一個寫文章的人來帶隊伍，我認爲是不適宜的。加之我對於這些事不特沒有經驗，簡直沒有興趣，什麼演戲、唱歌、行軍、開會，弄糧草，弄柴炭，……但是我仍舊被說服了，拿了大的勇氣把責任扔上肩頭……」〔註 84〕。儘管不願意，丁玲仍然強迫自己「以最大的熱情去迎接這新的生活」〔註

〔註 82〕 魯迅：《「這也是生活」……》，《中流》第 1 卷第 1 期，1936 年 9 月 5 日，《魯迅全集》（第六卷），第 601 頁。

〔註 83〕 陳明：《丁玲、延安、〈講話〉與我──陳明訪談錄》，《文藝理論與批評》，2002年第 5 期。

〔註 84〕 丁玲：《西北戰地服務團成立之前》，《丁玲全集》（第五卷），第 47 頁。

〔註 85〕 丁玲：《西北戰地服務團成立之前（附：日記一頁）》，《丁玲全集》（第五卷），第 47 頁。

85〕。毛澤東教育丁玲，「你是寫文章的，不會演戲，但可以領導，沒有搞過，可以學會。團裏有幾個人的歷史、政治面貌沒有搞清楚，這不要緊。在工作中可以慢慢瞭解，對他們不要有成見，不輕易作結論，要幫助他們；有這樣幾個人，你們就有事情做了」〔註 86〕。

在西戰團的丁玲，著軍裝，束皮帶，打綁腿，穿草鞋，披著日本的黃呢軍大衣，一點都不像個女知識分子〔註 87〕。丁玲開始學習管理團員，嘗試創作劇本，甚至親自上臺演戲，除此之外還常常要和地方上的各色人等打交道。「我跟著戰地服務團出發到前線去，心裏總想多寫點通訊稿。但結果我成了一個打雜的人，提筆的時間太少了，回憶九個月來，只有在榆次飛機投擲炸彈時的兩天，我能夠頗悠閒的坐在小房子裏寫文章。」〔註 88〕軍旅生活其實並沒有想像中的新鮮刺激，丁玲後來自己總結這段經歷，「那時就是那麼單純的、神聖的，愉快的同一群年輕人，天天行軍，搭舞臺、拆舞臺、開會、講話、演戲、唱歌……做著許多我過去不曾做過的事，做著為兵服務的事」〔註 89〕。不過，這也多少令她感到遺憾，看到團員們天天從事相同的工作，「一年、兩年、三年、五年……他們把自己最好的年代、青春，全付予了這一個村子，那一個村子的夜戲」〔註 90〕。而且事實上，演戲還不是西戰團主要的工作，「在前方，他們所做的工作，是宣傳與動員方面，動員壯丁上前線，民眾幫助軍隊……」〔註 91〕。乏味的工作與青春的激情形成了強烈的反差，而這似乎也是丁玲自己的煩惱，出於對革命的「忠誠」和自我戰鬥的決心，她不得不強迫自己服從於煩瑣的事務工作。從「文小姐」到「武將軍」的轉變，恰恰暴露出一種身份位置的尷尬：「文學」毫無用武之地。

二、「革命加戀愛」的改寫

丁玲在 1941 年以「曉菡」的筆名發表的短篇小說《夜》，細緻的描繪了何華明這樣一個「過渡期的人物」在「農民」與「幹部」兩種身份之間的矛

〔註 86〕陳明：《西北戰地服務團第一年紀實》，《新文學史料》，1982 年第 2 期。

〔註 87〕周良沛：《丁玲傳》，北京十月文藝出版社，1993 年，第 405 頁。

〔註 88〕丁玲：《〈河內一郎〉後記》，《丁玲全集》（第九卷），第 31 頁。

〔註 89〕丁玲：《序〈到前線去〉》，《丁玲全集》（第九卷），第 103 頁。

〔註 90〕丁玲：《〈新木馬計〉演出前有感》，《丁玲全集》（第九卷），第 305 頁。

〔註 91〕陳學昭：《延安訪問記》，《陳學昭文集》（第三卷），杭州：浙江文藝出版社，1998 年，第 98 頁。

盾狀態，這種矛盾同時也被呈現爲一種「私」與「公」之間的對立。何華明
本是個沒有文化的農人，自從被選爲鄉里的指導員後，整日煩心於行政事務，
自家的生產農活也無暇顧及。爲此何華明和老婆之間沒少爭吵，面對老婆沒
完沒了的埋怨，何華明感到極度的嫌惡，儘管他將夫妻倆的這種敵對狀態表
達爲政治上的覺悟高低，罵他老婆「落後，拖尾巴」，但女人明白，是因爲自
己老了，「而他年輕，她不能滿足他，引不起他絲毫的興趣」〔註92〕。這篇小
說的一個微妙之處在於政治與性欲之間的雙重書寫。當何華明看到「發育得
很好」的清子時，他不由自主的將心中的欲望轉換爲一種政治上的審視：

> 這婦女就是落後，連一個多月的冬學都動員不去的，活該是地
> 主的女兒，他媽的，他趙培基有錢，把女兒當寶貝養到這樣大還不
> 嫁人……〔註93〕

這種政治話語的表達正是他當上指導員後所習得的，包括他罵老婆「簡直不
是個『物質基礎』」，也是他工作中學到的新名詞。正是通過這種「政治」的
方式，何華明得以在權力的快感中滿足被壓抑的欲望。在義正言辭的拒絕了
侯桂英之後，何華明並沒有感到失落，「像經過了一件大事後那樣有著應有的
鎮靜，像想著別人的事件似的想著適才的事，他覺得很滿意」〔註94〕。小說
生動的爲我們呈現了一個政治工作者是如何修正、改造自己的情感、欲望以
及語言。

　　駱賓基將何華明稱作是「四十年代到五十年代的中國歷史過渡期的人
物」，他代表了那些「背負著舊時代所給予的枷鎖，而開墾新時代的農民」，這
些人「跨著兩個時代，兩種農村社會生活，不牽就那些舊的過時的農村人民的
觀念」〔註95〕。評論家們看到了何華明在自我鬥爭中所體現出來的新人特質，
正如馮雪峰所說，「新的人民的世界和人民的新的生活意識，是切切實實地在
從變換舊的中間生長著的」〔註96〕。然而，何華明身上所體現出來的「兩個生
活意識世界的生活感情矛盾」〔註97〕，與其說是再現了一個農民是如何成長爲

〔註92〕丁玲：《夜》，《丁玲全集》（第四卷），第258頁。
〔註93〕同上，第255頁。
〔註94〕同上，第260頁。
〔註95〕駱賓基：《大風暴中的人物——評丁玲〈我在霞村的時候〉》，《抗戰文藝》第9
　　　　卷第5、6期合刊，1944年12月。
〔註96〕馮雪峰：《從〈夢珂〉到〈夜〉》，原載《中國作家》第1卷第2期，1948年1
　　　　月，《丁玲研究資料》，第298頁。
〔註97〕同上，第291頁。

政治新人，毋寧說是丁玲對自己的一次剖析。這並不僅僅是因為何華明如此豐富的內心衝突，使其更像是一名痛苦的知識分子而不是沒有文化的農民，更關鍵的地方在於小說對「政治」所表現出來的猶疑甚至厭倦。何華明的苦悶不僅是來自欲望上的不滿足，更是因為對政治工作的煩躁，「他實在被很多艱深的政治問題弄得很辛苦，而村鄉上的工作也的確繁難」〔註98〕。因為忙於公家的事，家裏的田地只能荒著，有意思的是，小說並沒有著力描寫這種私與公之間的衝突，而是將其置換成了兩種精神氣質之間的矛盾，一邊是農民對於土地的眷戀，另一邊則是一個政治新人對工作的焦慮和熱情：

> ……他只盼望著這選舉工作一結束，他便好上山去。那土地，那泥土的氣息，那強烈的陽光，那伴他的牛在呼喚著他，同他的生命都不能分離開來的。
>
> ……
>
> 他的小村是貧窮的，幾乎是這鄉里最窮的小村，然而他愛它，只要他看見那堆在張家窯外邊的柴堆，也就是村子最外邊的一堆柴，他就格外有一種親切的感覺。他並且常常以為驕傲，那就是在這只有二十戶人家的村子裏，卻有二十八個共產黨員。〔註99〕

只有在山林田野間，何華明才能感到屬於自己的世界，他甚至喜歡上了「孤獨的夜行」，那些苦難的回憶令他感到格外親切，「帶著一些甜蜜、辛酸和興奮來撫慰他」，而他對於工作的投入，也是出自一種對鄉村的天然親近和熱愛。這種充沛的情感狀態，正如他不可遏制的性欲，呈現出一種原始而飽滿的生命力，相比之下，「政治」卻彷彿是一種閹割，它將何華明帶離了那個真實可感的生活世界，取而代之的是空洞乏味，以及抽象怪異的情感表達方式。知識分子式的心理鬥爭和自我克制，使何華明看起來更像是一個失去了行動力的人，對自己也開始懷疑起來：

> 他自己是個什麼呢？他什麼也不懂，他沒有住過學，不識字，他連兒子都沒有一個，而現在他做了鄉指導員，他明天還要報告開會意義……〔註100〕

〔註98〕丁玲：《夜》，《丁玲全集》（第四卷），第256頁。
〔註99〕馮雪峰：《從〈夢珂〉到〈夜〉》，原載《中國作家》第1卷第2期，1948年1月，《丁玲研究資料》，第256～257頁。
〔註100〕丁玲：《夜》，《丁玲全集》（第四卷），第260頁。

在此我們又看到了丁玲式的「異己感」，它產生自日常生活與政治生活之間的反差，以及對新的情感經驗的陌生。

在某種程度上，《夜》可以說是沿襲了「革命加戀愛」的情節模式，但是矛盾的雙方卻變得模糊。何華明從一個普通的農民變成一個革命的「公家人」，他所遭遇的苦惱並不是眞正來自婚姻的束縛，而是對於「公家人」這一新的政治身份的難以適應。我們知道，延安初期戀愛自由的風氣盛行，離婚事件比比皆是，而陳明也因爲和丁玲的戀愛關係引發了離婚的風波。另一方面，毛澤東在二十年代撰寫的《湖南農民考察運動報告》中就指出了農村中三角關係和多角關係在貧農中普遍存在，而抗戰爆發後，戰爭對家庭的破壞以及《婚姻法》的鼓勵都加劇了農村婚姻關係的混亂。與此同時，黨員幹部的婚姻卻開始受到管束，當時有規定要求，黨員幹部結婚需要達到「6年黨齡、8年工作歷史、縣團級幹部」的條件，並須報上級黨委批准。晉察冀軍區司令員聶榮臻就曾說：「我們目前正處在最艱苦的鬥爭環境中，就是討老婆也是絕對不應該的。我們的幹部在這些地方必須以身作則」〔註101〕。但這種約束對地方上的農村幹部卻顯得寬容的多。在三、四十年代，邊區的地方黨員和幹部大部分來自農民，1943 年一份政府決議分析了當時行政幹部的成分：

> 90％的區鄉幹部是農民革命鬥爭的產物，他們是緊密聯繫群眾的積極分子。但總的來說他們文化太低，因此獨立工作能力有限。況且鄉村和家庭觀念大大限制了他們的進取心。
>
> 縣級幹部多數情況下同樣具有工人和農民背景（特別是農民）。40％受過中小學教育；80％擁有豐富的革命鬥爭經驗，由此而成爲邊區政府幹部，但他們理論水平低，文化不高，不可避免思想狹窄，經常不能適應新的複雜情況（即統一戰線）。
>
> 在邊區級，70％的幹部自戰爭以來參加過青年知識分子活動。他們有學習的動力與願望，但缺少工作和實踐經驗。〔註102〕

何華明就是這些從革命鬥爭中成長起來的農民幹部中的一員，這些人大多是文盲，缺少行政管理的專業技術，主要是憑著他們對地方狀況的熟悉和一種個人的責任感來處理行政事務。陳永發通過對抗戰期間中共在華中、華東根

〔註101〕徐進：《革命與性：晉察冀根據地村幹部「男女關係」問題的由來》，《史學月刊》，2011 年第 10 期。

〔註102〕馬克・塞爾登：《革命中的中國：延安道路》，第 145～146 頁。

據地的政治治理的研究發現，黨和農民之間在價值觀、思考問題的方式以及對未來的期待等方面都存在著巨大的差別〔註103〕。那麼對於何華明這樣的「公家人」來說，他不得不在私與公、農民與幹部所要求的兩種生活方式之間進行轉換，在這個時候，他將依靠什麼來保證利益的兼顧和生活的平衡，構成了這種政治身份認同過程中最大的問題。

在四十年代初期，由於並未實行徹底的土地革命，而主要採取的是減租減息政策，在一定程度上保留並鼓勵了農村個體經營的經濟方式，在這種情況下，農村傳統的生活習慣、倫理標準、利益分配等都相對得到了維持，而農民與國家和政黨所帶來的「政治生活」之間仍或多或少存在著隔膜。加上整風以前的相當長一段時間內，共產黨在農村展開的社會教育和幹部教育脫離了農民生活的實際需求，一味的灌輸政治話語，或強迫農民學習與日常生活無關的文化知識，也使農民們對「公家」沒有很大的興趣。甚至有不少農民不願自己的子女進學校念書，因為他們覺得學校是官辦的，「念書是替公家念」，「怕自己的娃念了書成了公家人」〔註104〕。而在幹部教育方面，一開始過於偏重政治訓練，幾乎沒有開設文化課，將農民幹部當作知識分子幹部來培訓，也造成了何華明這樣的「文盲」幹部的苦惱，政治對於他們來說變成了乾巴巴的概念術語。因此在 1940 年 1 月，《中央關於幹部學習的指示》中就強調，「凡不識字的或文化水平過低的幹部必須以學習文化課消滅文盲為主」〔註105〕。1944 年中共西北中央局在《關於冬季區鄉幹部訓練問題的指示》中更明確的指出：「訓練方針必須徹底糾正過去那種搬書本子的及缺乏群眾觀點的教條主義與包辦方式，而應該使政策思想的原則教育與檢討工作及計劃工作的具體內容結合起來」，「不能拿空洞的原則的條文去做教材」〔註106〕。

因此，作為一個脫離了生產的「公家人」，何華明感到難以適應繁難的行政工作，他總是覺得自己「什麼也不懂」。他難以滿足的欲望，實際上也暗示

〔註103〕 Yund-fa Chen, *Making Revolution: The Communist Revolution in Eastern and Central China, 1937~1945* (Berkeley: University of California Press, 1986), p.162.

〔註104〕 《陝甘寧邊區教育資料‧社會教育部分》（下），北京：教育科學出版社，1981年，第 280 頁。

〔註105〕 《中共中央文件選集》（第 12 冊），北京：中共中央黨校出版社，1991 年，第 228 頁。

〔註106〕 張國茹：《延安時期陝甘寧邊區基層政權建設研究》（中國人民大學 2009 年博士論文），第 66 頁。

了他在新的革命秩序中的無力感。何華明最爲驕傲的是，「在這只有二十戶人家的村子裏，卻有二十八個共產黨員」，然而如此高比例的黨員數量，卻與一切照常的農村生活形成了反差。小說一開始就寫到何華明請假回家是因爲家裏的牛要產仔，而何華明自始至終惦記的也是這頭牛，「他焦急的要立刻弄明白這個問題：生過了呢，還是沒有？」。「生仔」構成了各種矛盾的彙集點：公私難以兼顧，欲望不能滿足，老婆不能生育，侯桂英也以此來搭訕……何華明一邊焦急的等待牛的生仔，腦子裏同時浮現出各種公事，一直到夜晚過去，白天來臨，牛還是沒有生仔。「生仔」這一高度隱喻性的事件，暗示了何華明內心在壓抑與釋放之間的焦灼，這一事件將何華明拉回了他所嫌惡的庸常生活，同時又給他帶來了生命力的復蘇。小說的結尾無疑具有某種象徵性。「天漸漸的大亮了」，這一丁玲慣用的意象預示了矛盾終將化解，但牛未生仔卻也意味著「新生」的漫長和艱難。

何華明在道德上的高度自律，並不像韋護那樣建立在一種來自「公」的合法性基礎上。韋護爲了革命，爲了大眾而背叛了一己之私情，但是在何華明那裡，他的自我克制卻是出於一種責任感，既是對家庭的倫理責任，也是對自己幹部身份的政治責任。值得注意的是，小說並沒有將侯桂英的離婚行爲描述成「戀愛自由」的產物，反而使她對何華明的引誘遭到了來自倫理和革命紀律的雙重譴責，這一設置無疑與整篇小說所體現出來的強烈的道德感是相呼應的。

我所關心的是，爲什麼丁玲會去書寫這樣一個農村幹部的形象？正如前面所分析的，何華明的內心鬥爭無疑是知識分子式的，在某種程度上說，何華明的認同困境也是丁玲的認同困境。一方面，身爲「公家人」，丁玲一直在努力克服自己的「小資產階級性」，期待獲得政治上的認可；但另一方面，她卻身陷於繁瑣的行政事務與複雜的人事糾葛，在沉悶的政治空氣中經受情感和生命的消磨。到陝北三年多後，丁玲感慨道，「感情因爲工作的關係，變得很粗，與初來時完全兩樣」〔註107〕。政治的粗糙消耗了曾有的激情，同時也使生活變得抽象，當丁玲終於擺脫了狹小的個人世界而飛向革命的公共世界時，政治並沒有如想像般給予其充實和勇氣。革命不再是高懸的理想，而變成了實實在在的工作，政治就是庸常生活中的具體事務。

〔註107〕丁玲：《我是怎樣來陝北的》，《丁玲全集》（第五卷），第130頁。

三、從「奇觀」到「庸常」的革命想像

在很多情況下，「公家人」這個身份所要求的其實並不是「忠誠」，而更多的是處理事務的能力。周錫瑞（Joseph W. Esherick）在研究陝甘寧邊區農村幹部問題時曾經指出，雖然邊區的黨組織對於農村幹部的個人品行有所要求，但實際上他們更為關心的是這些幹部的組織、辦事能力〔註108〕。這一時期丁玲的另一篇小說《在醫院中》，小說結尾那個沒有腳的人正是以同樣的邏輯開導陸萍：

> 你的知識比他們強，你比他們更能負責，可是油鹽柴米，全是
> 事務，你能做麼？〔註109〕

在這裡，責任和能力被描述為兩種相互對立的氣質。陸萍是「熱情但不知世故的青年」，儘管她不情願的接受了婦產科的工作，但仍然傾注了自己全部的責任感，「她不特對她本身的工作，抱著服務的熱忱，而且她很願意在其他的技術上得到更多的經驗」。而與之相對的是其他人的淡漠和粗魯。在這個「麻雀雖小，五臟俱全」的醫院裏，大部分的工作人員對專業技術的提高根本不感興趣。他們的院長是「種田的出身，後來參加了革命，在軍隊裏工作很久，對醫務完全是外行」，產科室的看護們「對看護工作既沒有興趣，也沒有認識」，「醫院裏大家都很忙，成天嚷著技術上的學習，常常開會，可是為什麼大家又很閒呢……」〔註110〕。

黃子平在其《病的隱喻與文學生產》一文中精彩的分析了陸萍身上的「文學」氣質如何成為延安語境中的一種「病兆」，在革命的「社會衛生學」中，陸萍這樣一個「熱情但不知世故」的青年，只能是「驅邪清污」儀式的犧牲品。「與魯迅在絕望中仍保持啟蒙者的英勇姿態不同，這一代寫作者在覺悟到『文章無用』的同時，極易於轉向對自身疾病的診斷分析，並嚮往某種『實際解決』的前景光明的一攬子治療方案，──或許，這能解釋為什麼後來他們能夠如此虔誠地接受施於他們身上的『驅邪』治療儀式」〔註111〕。不過為

〔註108〕Joseph W. Esherick, Deconstructing the Construction of the Party-State: Gulin County in the Shaan-Gan-Ning Border Region, The China Quarterly, No.140. Dec.1994.

〔註109〕丁玲：《在醫院中》，《丁玲全集》（第四卷），第253頁。

〔註110〕同上。

〔註111〕黃子平：《病的隱喻和文學生產》，《「灰闌」中的敘述》，上海：上海文藝出版社，2001年。

黃子平所忽略的是，陸萍固然是一個充滿理想的「文學青年」，但更是一名「政治工作者」，也就是所謂的「公家人」，而這其間的身份轉換，才是陸萍的困苦所在。小說中描寫了陸萍的文學氣質在來到延安以後所發生的改變：

> 　　她自己感覺到在內在的什麼地方有些改變，她用心啃著從未接
> 觸過的一些書籍，學著在很多人面前發言。她彷彿看見了自己的將
> 來，一定是以一個活躍的政治工作者的面目出現。她很年輕，才二
> 十歲，自恃著聰明，她滿意這生活，和這生活的道路。她不會浪費
> 時間，和沒有報酬的感情。在抗大住了一年，她成了一個共產黨員。
> 〔註112〕

文學所喚起的「浪漫諦克」情感，其實正是陸萍所不願浪費的「沒有報酬的感情」，只有在政治中，青年人的才華、熱情和充沛的精力才有著施展的天地。雖然陸萍離「黨的需要」還相差很遠，身上還有著諸多尚未被規訓的「雜質」，但她已經熟悉了政治的功利主義方式，她的目標明確，對自己的前途有著充分的規劃，而她不知世故的熱情，與其說是來自文學的天真，不如說更是出於政治上的積極性。她雖然不喜歡產科主任王梭華那種「資產階級所慣有的虛偽的應付」，但樂意和他在工作上合作，她對於專業技術充滿熱情，抓住一切機會向鄭鵬學習：

> 　　她以為外科在戰爭時期是最需要的。假如萬不得已一定要她做
> 醫務工作，做一個外科醫生比做產婆好得多，那麼她可以到前方去，
> 到槍林彈雨裏奔波忙碌，她總是愛飛，總不滿於現狀。〔註113〕

在陸萍身上，我們又看到了那個「飛蛾撲火」的丁玲的影子，那種為了「一個人」而背叛了「一切親人」的決絕和勇敢。丁玲曾經說她創作這篇小說是因為她看到很多帶著抗戰的熱情來到延安的女孩子，「她們都富有理想，缺少客觀精神，所以容易失望，失望會使人消極冷淡，銳氣消磨了，精力退化了，不是感傷，便會麻木」，丁玲本來並不認同於陸萍這樣的脆弱的理想主義者，但寫著寫著卻走了樣，「這個人物是我所熟悉的，擔不是我理想的，而我卻把她作為一個理想的人物給了她太多的同情，我很自然的這樣做了，卻又不願意」〔註114〕。令陸萍感到絕望的，並非文學在頑疾面前的無效，而是個人的

〔註112〕丁玲：《在醫院中》，《丁玲全集》（第四卷），第239頁。

〔註113〕同上，第246頁。

〔註114〕王增如、李向東：《一份沒有寫完的檢查》，《書城》，2007年第11期。

政治抱負在「黨的命令」及其制度性安排下的受限。正如陳學昭在《延安訪問記》所記錄的，「青年人都忙於把時間應付一個號召又一個號召，沒有把時間用在一個有體系的有計劃的學習和工作上，而且他們經常被調來調去，很少有固定的工作，結果人人都有變成一般化的危險」〔註115〕。在苦悶中，陸萍常常會想起家鄉，南方的溫暖濕潤與北方的乾冷形成了對比，陸萍記憶中的故鄉圖景，與《田家沖》裏的田園世界非常相似，在那個世界裏，革命是充滿溫情的，自然而然的發生於人與人的情感交流中。南方和北方分別隱喻了兩種革命道路，前者其實暗示著三十年代都市化的左翼革命想像，它更多的訴諸於一種無政府主義式的反叛，如前文所分析的，這種革命想像強調個體對政治責任的承擔和遵從「本眞性」理想的道德自律；而後者則要求個體接受命名，作為「黨的工作者」被組織進體系中，它聯繫著一種現代型的黨——國政治，個體只能通過黨／組織／制度等中介形式與「政治」發生關聯。於是這裡就出現了一個有趣的悖論，當丁玲們以「現代」的姿態對環境的「封建」發出質疑時，卻反而被「現代」的政治視為是「有病」的。當陸萍以「愛」的名義同所有人鬥爭時，恰恰被認爲是「非政治」的，即「黨性不強」。

　　因此，《夜》和《在醫院中》這兩篇小說實際上提出了一個新的問題，即「服從」的問題。如果說對革命的「忠誠」是一種基於個體信念的「本眞性的倫理」（查爾斯・泰勒），那麼「服從」則來自於公共政治對其每一分子的管理要求。在整風運動以前，文化人作爲「公家人」的這種半公半私的身份位置，導致了他們從「忠誠」轉化到「服從」的困難。尤其是對於丁玲而言，「忠誠」構成了她所有情感和意志的出口，當她發現革命需要的只是一種事務性的完成時，不能不面臨在個人原則與革命意志之間的抉擇。她一方面不願認同那種事務主義的「瑣碎」和責任感的缺失，但同時也意識到個體意志的實現必須服從於「公意」，這意味著全面改造自己的情感和政治想像，將革命從「奇觀」變爲「庸常」。這一過程的發生，一開始是令人難以接受的，正如陸萍感到了現實生活「太可怕」，甚至懷疑起自己對革命的忠誠，「到底於革命有什麼用？」，「革命既然是爲著廣大的人類，爲什麼連最親近的同志卻這樣缺少愛」〔註116〕。後來丁玲回憶在警衛部和西戰團的經歷時卻充滿了感激：

〔註115〕陳學昭：《延安訪問記》，第293頁。
〔註116〕丁玲：《在醫院中》，《丁玲全集》（第四卷），第251頁。

　　　　　　這一個月，儘管我什麼也沒有做，什麼也不會做，也做不好，
　　但這一個月的經驗，卻在我以後的工作中產生了影響。我在搞土改
　　工作時，就是按照一個一個地去認識人，去瞭解人開始的。這時我
　　在感情上開始了很大的變化。〔註117〕

這種追憶固然有可能是自我改造之後的產物，但也傳達出個人的感情在事務工作中所發生的變化，即從抽象的激情轉變為對具體對象的瞭解。在這個轉變的過程中，丁玲試圖通過個體的責任感去解決個人理想與政治秩序之間的背離，使個體的政治參與不僅僅淪為一種服從的工具。韋伯在談論專業官吏（文官）與政治家的區別時說過，文官的榮譽來自對上級的完全服從，具有高度的道德立場，但這也說明他是個「不負責任的政治家」，在這個意義上看，他又是道德地位很低的政治家；而政治領袖的榮譽則在於，「他對自己的所作所為，要完全承擔起個人責任，他無法、也不可以拒絕或轉嫁這一責任」〔註118〕。那麼在丁玲身上，我們則看到了一種以服從為基礎的強烈的責任感，它更像是盧梭意義上的道德理想，自覺的選擇「公意」，放棄一己私意，同時這種選擇又是源於自我控制的自由，因而也具有了道德意義〔註119〕。

　　在公與私的矛盾面前，丁玲所理解的責任感不僅包括承擔的勇氣，也包含著服從的勇氣和自我改造的勇氣。然而丁玲對個體責任的專注，在很大程度上只是停留在情感層面，這使她始終未能超越公與私的對立結構，將這種責任感付諸政治實踐。蕭軍曾說丁玲的「一切見解等，全是停留在第一級感覺上的，她不能更高一級做哲學上的思考」，「完全是一個主觀性的人」〔註120〕。她痛苦於環境所帶來的壓迫，卻不能意識到環境同樣具有生產性。當時一篇評論文章就批評《在醫院中》反映的是個人脫離集體的進步，「作者對於她的主人公的描寫，是促其前進的，是動的；而對於環境的描寫，是靜的，不變的，沒有前途的」，丁玲的寫法是一種「舊的現實主義方法」，即站在「客

〔註117〕丁玲：《序〈到前線去〉》，《丁玲全集》（第九卷），第103頁。

〔註118〕【德】馬克斯・韋伯著：《學術與政治》，馮克利譯，北京：生活・讀書・新知三聯書店，2005年，第76頁。

〔註119〕【美】列奧・施特勞斯、【美】約瑟夫・克羅波西主編：《政治哲學史》，李洪潤等譯，北京：法律出版社，2009年，第570頁。

〔註120〕《蕭軍日記》（1940年8月15日、8月16日），《現代文學叢刊》2012年第1期。

觀主義」的立場上去描寫矛盾〔註121〕。所謂的「客觀主義」，正是源於個體與環境相割裂的「旁觀者」立場，而這種態度廣泛存在於延安的知識分子中間。來到延安的知識分子們，大多難以適應邊區艱苦落後的環境，更重要的是，縱然像丁玲那樣下了吃苦的決心，但仍然不能融入一個陝北鄉村的生活世界中。事實上，令知識分子們感到情感障礙的，倒不是「同志愛」的稀薄，更多的是農民的冷漠封閉。陳學昭觀察到，邊區的人際關係比中國任何地方好多了，「中國一向的人與人之間敵對與懷疑的根性與習慣是沒有了，但還沒有做到人與人間應更好的親密、關切」〔註122〕，然而陝北人的性格卻不易與人產生信任和友愛：

> 陝北人的舉動與話聲都非常遲緩，而他們這種安閒與懶惰，的確使人感覺到特別……
>
> 總之，在政治上，他們很快地進步了，但是在文化上，還非常落後，文化水準不比政治，這是一種公民教育，一種人情的修養，一種心理的改造與建設，不是一朝一夕所能成功的。因爲文化低落，雖然政治飛躍地進步，可是在他們的性格上或者生活習慣及別的方面，還有黑暗的一部分力量，非常自私偏狹排外、關門，也有一點原始性的殘暴。但是在他們，老百姓自己淘伴裏，有時候他們間的親切行爲，弄到會使我感動得下淚的程度。可是在日常，在對一般人，他們很少有這種人對人間起碼有的同情行爲。這些苦痛，讓文化水準較高的人去負擔罷！〔註123〕

對此陳學昭老實說，「如果不是八路軍在這裡，我一天也住不牢」〔註124〕。在知識分子們看來，農民的政治覺悟和政治熱情雖然很高，但遠沒有達到「公民」的成熟，因爲後者仍依賴於文化上的啓蒙。嚴文井談到文人們對於農民的態度時也表達了類似的輕蔑，「農民算什麼呢？他們沒有文化，啥也不懂，而且連『百分』也不會玩兒，身上只有蝨子。於是我們有的人坐在窯洞裏，就寫自己五年以前，或十年以前的愛情」〔註125〕。知識分子們關注的是自我

〔註121〕燎熒：《人……在艱苦中生長——評丁玲同志的〈在醫院中時〉》，《丁玲研究資料》，第 278 頁。
〔註122〕陳學昭：《延安訪問記》，第 113 頁。
〔註123〕同上，第 347～348 頁。
〔註124〕同上，第 345 頁。
〔註125〕艾克恩：《延安文藝運動紀實——毛主席〈在延安文藝座談會上的講話〉的前前後後》，《新文學史料》，1992 年第 3 期。

在革命事業中的價值實現，卻極少將這種目標跟環境的改變聯繫在一起。陸萍們所追求的，是一種基於個體責任的政治參與方式，包括工作的熱情、專業的技術、道德的自律以及民主自由的立場等，都體現了建立在「市民社會」基礎上的西方近代政治傳統的影響。

費約翰在其《喚醒中國》一書中指出，近代中國的一個重要課題就是喚醒民眾，使其能夠從君王的臣民變成現代民族國家的公民。在康有為那裡，民眾的覺醒訴諸於個體的倫理性自覺，由這種倫理覺醒而致民族國家，並最終實現大同世界。梁啟超則設想一種脫離地域、家庭和職業的「新民」，這些「新民」個體將直接與民族國家相連，無需中間代理者。革命家們一邊強調新的共同體應該建立在廣泛的民眾基礎上，使民眾能夠獲得行使權利的自由，但另一邊則是對於民眾的不信任，使得「理想的歷史主體」始終不能實現，而這也是五四啟蒙的困境所在。

抗戰的爆發使「人民」作為歷史行動的主體得以浮現，馬克思主義史學家翦伯贊曾經援引馬克思關於「歷史行動」的表述來強調「人民」在抗戰中的作用，「歷史的行動愈徹底，則推動這一歷史行動的群眾的力量愈廣泛」，而抗戰就是一個「最徹底的歷史行動」〔註126〕。在邊區革命與戰爭的雙重動員中，「人民」更是被賦予了充分的政治信任，他們不僅是被動員的最廣大的力量，而且完全有能力參與民主政治實踐，但正如美國記者傑克・貝爾登所觀察到的，在延安，「為民主事先訓練人民根本沒用……要是人民領導民主生活，他們的習慣自然會改變。只有通過民主實踐你才能學習民主」。邊區的大眾化民主實踐並不以塑造獨立的政治人格為目標，而是致力於通過集體的鬥爭改變鄉土社會的政治經濟關係，關於這點我們將在後文對趙樹理作品的分析中具體展開。這裡想要指出的是，革命在鄉村世界的展開，將知識分子和農民、城市和鄉村兩種「文化」同時納入了「政治」的統一體中，因此，「政治」不僅要處理客觀世界的衝突，更要處理不同身份的人們在情感、氣質、觀念以及革命想像上的矛盾，因抗戰而被喚醒的政治覺悟，不得不重新面對情感和倫理層面的問題，這關係到如何想像一種自我與共同體之間的關係。對於丁玲們來說，自我戰鬥的痛苦之所以仍然被表述為「文學」與「政治」之間的對立，邊區之所以還是一個「雜文的時代」，正是因為新的「政治」尚

〔註126〕翦伯贊：《歷史哲學教程・再版序》，北京：北京大學出版社，1990年，第7頁。

未相應的為他們提供新的情感方式和倫理體系，「政治」仍然是一種抽象的、被給定的外在關係。他們一方面追求個體的政治理性，試圖在此基礎上去想像一種普遍的共同體，另一方面卻深刻的感受到形成情感共同體的困難，最後他們只能求助於個體道德上的自律，包括忠誠、服從、責任等，以此來克服「私」與「公」之間的裂痕。而我們將會看到，毛澤東在《講話》中著重強調了「情感」的重塑在革命過程中的作用，他對於知識分子自我改造的設想，完全不同於丁玲似的個體的「道德衛生學」，而是致力於展開一場情感交流的革命，讓知識分子們首先從情感上打破與農民之間的隔閡，繼而才能獲得新的政治立場，這就顛倒了二、三十年代的「革命文學」用政治克服情感的邏輯。

第三章　在政治與生活之間

> 但以現在來看，過去走的那一條路是達到兩個目標的：一個是
> 革命，是社會主義；還有另一個，是個人主義，這個個人主義穿上
> 革命衣裳，同時也穿上頗不庸俗的英雄思想，時隱時現。但到陝北
> 來了以後，就不能走兩條路了，只能走一條路，而且只有一個目標。
> 即使是英雄主義，也只是集體的英雄主義，也只是打倒了個人英雄
> 主義以後的英雄主義。〔註1〕
>
> ——丁玲《〈陝北風光〉校後感》

第一節　情感的重塑：「大眾化」的立場

　　1942 年的文藝界整風運動對知識分子提出了一個基本的要求：立場的轉變，即從小資產階級知識分子的立場轉變到「無產階級和人民大眾的立場」，這一立場要求著文藝為工農兵大眾服務。對於如何實現這樣的轉變，毛澤東在《講話》裏強調要通過情感的改造：

> 我們知識分子出身的文藝工作者，要使自己的作品為群眾所
> 歡迎，就得把自己的思想感情來一個變化，來一番改造。沒有這
> 個變化，沒有這個改造，什麼事情都是做不好的，都是格格不入
> 的。〔註2〕

〔註 1〕 丁玲：《〈陝北風光〉校後感》，《丁玲全集》（第九卷），第 53 頁。
〔註 2〕 毛澤東：《在延安文藝座談會上的講話》，《毛澤東選集》（第三卷），第 851 頁。

簡單說，就是以「階級之愛」取代抽象的「人性愛」，這一轉變構成了《講話》建構其大眾文藝觀的先決條件。《講話》中對「大眾化」做出了定義：「什麼叫做大眾化呢？就是我們的文藝工作者的思想感情和工農兵大眾的思想感情打成一片」，改變原來的愛憎，重新培養自己的情感方式。後來周揚在其所編《馬克思主義與文藝》的序言中對《講話》的觀點進行了總結，在談到「大眾化」問題時，周揚進一步闡發了「情感」之於文藝家們的特殊意義：

> 毛澤東同志把感情的變化看做由一個階級變到另一個階級的標誌。這種感情的變化對於文藝工作者是特別地重要的。高爾基說文學者是階級的感覺器官，文學以血和肉飽和著思想。魯迅也說文人的是非要格外分明，愛憎格外熱烈。……文藝工作者是富於情感的，問題是革命的文藝工作者必須有革命的無產階級的感情。但是我們文藝工作者差不多都是知識分子出身的，他們大部分對於革命，對於無產階級的認識是抽象的，他們多少保留了個人知識分子的情感。他們有過自己特殊的趣味，愛好，他們有過自己小小的感情的世界。他們沒有體驗過什麼大的群眾鬥爭的緊張和歡喜。個人情感常常成為了一種太大的負擔。〔註3〕

在周揚的論述中，情感非但不是文人的弱點，反而能夠作為階級判斷的有力武器，只是因為文人們的情感往往局限於個人的世界，才變成了一種「惰力」。周揚敏銳的抓住了《講話》對於左翼話語傳統的突破之處。正如前面所分析的，丁玲、瞿秋白這一代左翼文人曾經深陷於情感與政治之間的衝突，他們將自我的情感世界視作是通往革命途中難以擺脫的「舊世界」。《講話》雖然強調文藝從屬於政治，但這種服從恰恰建立在情感領域更新的基礎上，在周揚看來，恰恰是利用了文藝的感性特徵，展開了一場情感的啟蒙運動。《講話》對文人的改造，不是一個從情感走向理性的過程，而是保留了知識分子的情感權利，要求他們學會運用和正確的投射自己的情感。

　　裴宜理曾經分析了中共是如何通過挖掘、鼓勵工農和幹部的情感力量以實現革命的大眾動員，「通過運用『訴苦』、『控訴』、『批評與自我批評』、『整風』和『思想改造』等一系列手段，中國共產黨無論在其新成員還是在其骨

〔註3〕周揚：《〈馬克思主義與文藝〉序言》，《馬克思主義與文藝》，新華書店，1944年，第6頁。

幹中，都強調每個黨員對情感工作所負的責任，這一點則和他們的國民黨對手完全不同。在反抗日本軍隊和鎮壓地主的運動中，這種由於『提高情緒』（emotion raising）而產生的奉獻精神同樣是一個關鍵因素。數百萬參加紅軍的人，很可能並不是由於他們與民族主義或者土地改革原則之間具有某種抽象關係而受到鼓動，而是衷心地想要投入到一種高度情感化的正義事業中去」〔註4〕。不過值得注意的是，這種情感動員和改造在農民和知識分子中所喚醒的主體認知是很不相同的。「在鼓舞群眾參與的過程中，對共產黨所領導的土地改革的描述是與加強恐懼、苦難、仇恨和報復所具有的淨化作用同時發生的。對公平觀念的訴求也被置於這一過程的中心」〔註5〕，對於農民來說，情感動員的目的在於使他們意識到反抗的合法性與正當性，因此常常借助於傳統的道德倫理觀念來引導和獲得他們的認同。但是知識分子們往往把這種情感的重塑視作是一場人格上的徹底改造，他們努力使自己對農民產生同情和友愛，以此來清除那些「非馬克思主義」的雜質，獲得一種高度純粹的革命情感。正如丁玲所說：

> 只有在群眾鬥爭生活之中，才能豐富自己的情感，提高自己的情感，才能捐棄那些個人的情感的，幻想，看來是細緻，其實是微瑣的情感，才能養成更高度的熱愛人類，熱愛無產階級事業，熱愛勞動者的偉大的熱情，對這些如不能寄於生命的最高度的情感是不能寫出感動人的偉大的作品來的。〔註6〕

這種新的情感將是與革命的理論相一致的，「愉快」、「單純」、「平凡」的情感〔註7〕，它不再是盲動的理想主義激情，而是經過了沉澱的、在理性引導下的「日常生活的感情、習慣」〔註8〕。艾青的說法更明白的表達了這種新的情感方式應當是一種日常的狀態：

> 文藝不只是從每個突發事件中，用直接的方法去刺戟群眾心理的東西（這種刺戟是不經久的）。文藝必須把比這些東西更富有深沉的感化的力量——所謂潛移默化的作用。文藝必須比這些東西更適

〔註4〕 裴宜理：《重訪中國革命——以情感的模式》，《中國學術》2001 年第 4 期。
〔註5〕 同上。
〔註6〕 丁玲：《關於立場問題我見》，《丁玲全集》（第七卷），第 68 頁。
〔註7〕 同上，第 69 頁。
〔註8〕 周揚：《王實味的文藝觀與我們的文藝觀》，《解放日報》1942 年 7 月 28 日、7 月 29 日。

合於普遍的要求，更能持久，因而必須比這些東西更需要冷靜和客觀。〔註9〕

這裡所強調的「冷靜」和「客觀」，與丁玲所謂的「生命的最高度的情感」有著相似的含義，都強調了一種超越於本能衝動的、經過了淨化的情感。很顯然，這種情感方式迥異於早期左翼文藝所推崇的「生命的偉力」和來自靈魂戰鬥的內驅力，不再是劍拔弩張，而是由平凡而至純粹，如周立波所說，「把工作的地方當作家庭，把群眾當作親人，和他們一同進退，一同悲喜，一同愛憎」〔註10〕。

1944 年審幹結束後，丁玲離開黨校一部，調到邊區文協專業創作，不再擔任行政職務。此後丁玲下農村，到工廠，走訪先進人物，積極參加大生產運動，紡得一手好線。一直到抗戰結束，丁玲都沒有再創作小說，而是致力於寫作報告文學和進行大眾化形式的實驗。在《田保霖》、《民間藝人李卜》、《袁廣發》、《記磚窯灣騾馬大會》等文章中，似乎已經看不到寫作者的面目、情感和思想，這些在藝術上乏善可陳的報告文學往往被認爲是丁玲寫作生涯中令人遺憾的轉變。包括丁玲自己，也對這種新的寫作形式缺乏自信。《田保霖》問世後，受到了毛澤東的高度稱讚，被譽爲是實現了「新寫作作風」〔註11〕，是「寫工農兵的開始」〔註12〕。然而丁玲自己對這篇文章「一點也不覺得好，一點也不滿意」〔註13〕。不過，在這些寫工農的作品中，我們卻能感受到字裏行間所流露出來的輕鬆和舒緩的心情，丁玲自己也說，「我已經不單是爲完成任務而寫作，而是帶著對人物對生活的濃厚的感情來寫作，同時我已經有意識的在寫這種短文時來練習我的文字和風格了」〔註14〕。

在丁玲的筆下，已經看不到像何華明那樣在私與公之間掙扎的農村幹部，而是全身心的投入到革命事業中的農民、工人、藝術家、士兵，「自己的

〔註9〕 艾青：《我對於目前文藝上幾個問題的意見》，《解放日報》，1942 年 5 月 15 日。

〔註10〕 周立波：《思想，生活和形式》，《解放日報》，1942 年 6 月 12 日。

〔註11〕 一同受到毛澤東讚揚的還有歐陽山的《活在新社會裏》，見毛澤東 1944 年 7 月 1 日致丁玲、歐陽山信，《毛澤東文集》（第三卷），北京：人民出版社，1993 年，第 177 頁。

〔註12〕 丁玲：《〈陝北風光〉校後感》，《丁玲全集》（第九卷），第 52 頁。

〔註13〕 同上。

〔註14〕 同上。

事，也是公家的事」〔註15〕。在1942～1944年間邊區開展的兩次大生產運動
中，農民除了需要提高自身的勞動技能，積極參加生產勞動外，更重要的是
必須重新處理個人與公家之間的關係。1943年3月6日《解放日報》發表了
一篇文章，標題爲《延安舉行生產總動員，建立革命家務》，從這個標題也可
以看到當時對公私關係的定義和宣傳。一方面，大生產運動要求農民走出家
庭，參加集體墾荒和生產協作，另一方面，這種動員又是建立在一家一戶的
基礎上，根據既有的人際關係和血緣關係來發動和組織生產。「革命家務」的
說法既意味著對個人小家庭的超越，同時又強調了勞動生產作爲「家務事」
的日常需求，使農民能夠在私人與公家之間過渡他們的認同。1944年10月初，
英國記者斯坦因和美國記者愛金生採訪了邊區勞動英雄吳滿有後不禁驚歎：
一個農民在共產黨領導下竟變成一個關心大眾利益的人了！關於「革命」與
「家務」之間的理解，我將在後文對趙樹理作品的分析中進行詳細的闡述，
這裡想要指出的是，邊區的集體性勞動不僅重塑了農民對於公私關係的認
知，而且也幫助知識分子完成了一種情感上的轉換。當時許多文人都加入了
書寫勞動英雄的隊伍中，逐漸生產出了表現「新人新事」的「新文體」。這些
作品大多滿懷熱切的讚揚，採用新舊對比的敘事結構，強調勞動英雄對革命
事業的回報。不需要通過嚴格的道德自律去克服私與公之間的矛盾，這種矛
盾已經被一種樸素的情感和倫理表述所化解，正如丁玲在《三日雜記》裏所
描寫的一位老村長：

> 他說：「勞動英雄說這是毛主席的意思。毛主席的話是好話，毛
> 主席給了咱們土地，想盡法子叫咱們過好光景，要不聽他的話可真
> 沒良心。依正人就能做正人，依歪人沒好下場。」〔註16〕

勞動不再是丁玲的《夜》中那個屬於私我的、自然的生命力體現，而變成了
革命的一種方式，它包含了情感和倫理的投射在其中。何華明曾經掙扎於勞
動與政治之間的對立，如今，無論知識分子還是農民，都通過勞動實現政治
的參與，被共同組織進革命的大家庭中。在1945年1月13日召開的邊區群
英大會上，工人、農民、幹部、知識分子等各種身份的模範人物濟濟一堂，
共同分享了「英雄」這個稱號。正如毛澤東在《組織起來》這篇講話中所指
出的，不是把大生產運動「只看作是一個用以補救財政不足的臨時手段」，而

〔註15〕丁玲：《三日雜記》，《丁玲全集》（第五卷），第162頁。
〔註16〕同上。

應「看作是一個廣大的運動，一個廣大的戰線」。從前是槍桿子和筆桿子兩支隊伍，現在是「有打仗的軍隊，又有勞動的軍隊」〔註17〕。

第二節　《太陽照在桑乾河上》：革命與私情

然而由集體性的生產勞動所喚起的「勞動的烏托邦」很快隨著抗戰的結束而分解了。雖然大生產運動在很大程度上消除了勞動的體腦差別，促進了知識分子與農民之間的融合，但它並不足以形成一種持久的政治變革的動力。在生產度荒的危機形勢下，它過於倚賴鄉土社會既有的情感和倫理話語，將個體對公共事業的奉獻描述成一種報恩的關係，而不是致力於從分配的角度去重建正義和公平的原則，實際上並未能構建出新的社會關係以實現真正的政治和情感上的共同體。儘管下鄉運動或多或少促使知識分子們改變了「做客」的心理，「放下文化人的資格，以那種工作者的資格出現」〔註18〕，但是他們所參與的和再現的，仍然是以「英雄」為主體的奇觀化的生活，它超越於日常的瑣碎事務之上，借助於集體化的「熱情」暫時掩蓋了革命與日常生活之間的複雜矛盾。當勞動不再成為組織動員的手段時，「文化人」和「農民」之間的身份區別又會凸顯出來，「大眾化」的情感動員也會因此失去現實的依託。1947 年，中共中央通過了《中國土地法大綱》，決定在解放區展開徹底的土地革命。這次土改在農村社會引發了經濟制度、人際關係、基層政權、政治認同等全方位的巨大變革，構成了一場前所未有的「暴風驟雨」似的革命。大批知識分子通過參加土改工作隊的形式再次進駐鄉村社會，宣傳土改政策，同農民一起生活，對他們進行訪貧問苦和啟發教育。1946 年的「五四指示」下達後，丁玲主動要求參加晉察冀中央局組織的土改工作隊，先到懷來縣，後來又到涿鹿縣溫泉屯參加土改。作為工作隊的成員，丁玲不僅是這場歷史變革的「旁觀者」，而且積極參加行政工作，其中一個主要的工作內容就是幫助劃分農村的階級成分。對於有些農民，按財產應該劃為地主，但丁玲看到他們一輩子都是靠自己的勞動所得，覺得他們只能算是富農；有些農民雖被劃為富農，但生活上卻顯然依舊是貧苦……「土改中什麼樣的人算富農？

〔註17〕毛澤東：《組織起來》，《毛澤東選集》（第三卷），第 929 頁。
〔註18〕凱豐：《關於文藝工作者下鄉的問題──在黨的文藝工作者會議上的講話》，《解放日報》，1943 年 3 月 28 日。

怎麼算？怎麼不算？」，政策和現實之間的種種差異，要求丁玲更加深入的去瞭解農民的生活和心理，而不僅僅是依靠情感上的接近，「土改結尾，分地分房，村裏哪塊地是水地還是旱地，那棟房是幾間，是好是壞，她比村幹部還清楚」〔註 19〕。可以說，參加土改工作，使文人的「大眾化」從情感上單純的「打成一片」進入到農民日常生活具體細微的瞭解，從「英雄」的生活轉移到了普通農民的生活，眞正開始了「一個一個地去認識人，去瞭解人」的情感體驗〔註 20〕。

丁玲後來總結《太陽照在桑乾河上》（以下簡稱《桑乾河上》）的創作經驗時一再強調自己在土改工作中與農民建立起來的深厚感情，她覺得彷彿同他們「老早就有了很深的交情」：

> 他們是在我腦子中生了根的人，許多許多熟人老遠的，甚至我幼小時所看見的一些張三李四都在他身上復活了、集中了。我愛他們，不是因爲他們有哪些優點或幾點優點才去愛他們，而是因爲我老早就愛了他們，才發現他們是如何的具有他們特有的優點的。甚至對他們的缺點，我也帶著最大的寬容。〔註 21〕

這種熟悉的情感使丁玲「墜入了另一種燃燒中」〔註 22〕，迫不及待的想要把他們寫出來。她對組織上說，「給我一張桌子吧，我需要寫作」，甚至感到這部小說「好像已經完成了，只需要寫出來」〔註 23〕。這種呼之欲出的寫作衝動彷彿是羅蘭·巴特所謂的「作品作爲意志」的體現，寫作作爲一種「傾向」，「其對象的重要性遠不如『傾向於』本身的豐富性重要，後者是一種力量，它以官能的和戲劇性的方式尋求它的作用點」〔註 24〕，在這個意義上，寫作成爲了一種「欲望的實踐」。

《桑乾河上》在創作心態上的特別之處，使這部小說不僅作爲一個「作品」在生產意義，而且其創作本身就構成了豐富的意指實踐。作爲一次歷史

〔註 19〕 《丁玲、延安、〈講話〉與我——陳明訪談錄》，《文藝理論與批評》，2002 年第 5 期。
〔註 20〕 丁玲：《序〈到前線去〉》，《丁玲全集》（第九卷），第 103 頁。
〔註 21〕 丁玲：《一點經驗》，《丁玲全集》（第七卷），第 417 頁。
〔註 22〕 同上。
〔註 23〕 同上。
〔註 24〕 【法】羅蘭·巴爾特著：《小說的準備：法蘭西學院課程和研究班講義（1978～1979，1979～1980）》，李幼蒸譯，北京：中國人民大學出版社，2010 年，第 204 頁。

敘事的嘗試，丁玲並沒有刻意追求現實主義寫作中對客觀眞實的再現，寫作不僅僅是對其工作經歷和土改這一歷史事件的記錄，更是對寫作主體在情感上的一種疏導，因而敘事行爲同時指向了內在與外在的世界：不是試圖在寫實與虛構之間建立契約關係，而是將歷史的再現與個體的情感體驗融匯在一起，後者不可避免的攪亂了前者在意義上的完滿性。丁玲自述這種寫作的欲望是「興奮，緊張，不安定，好像很不舒服，但我感到幸福」〔註25〕，它超出了主體的可控範圍，充滿了不安定的氣氛。如果說《講話》之後，丁玲一度將寫作認同爲一種公共的事業，而她自己也努力的成爲一名歷史忠實的記錄者，那麼《桑乾河上》的創作則再次喚起了她對於寫作的激情和身爲「文學家」的自我認知。下鄉以後，丁玲曾經想寫一個長篇寫陝北的革命史，她本來是計劃像《三國演義》那樣通過一個一個事件的連綴來表現人物，但最後只好作罷，因爲沒有積累那麼多的素材，而自認爲「對農村瞭解還不夠深」〔註26〕。然而對於《桑乾河上》的寫作，丁玲卻一再強調是出於對人物的深厚感情，而不是因爲有了充分的生活材料上的準備，她說，「雖然我的生活不夠深，那裡的朋友不算多，可是，就這些人已經使我捨不得離開他們了，因爲我和他們一塊戰鬥過，我滿意那裡，因爲在那裡我發現了力量」〔註27〕。如果我們還記得的話，丁玲在三十年代向「左」轉之後，就常常苦惱於不熟悉工農的生活，即使在整風之後，她寫作中的很多素材也是來自通訊報導而不是現實生活。可以說，她其實尚未找到一種合適的形式去組織和再現大眾的生活內容。而《桑乾河上》的寫作使她開始運用一種充沛的情感力量去塡補這種隔閡，使陌生的「大眾」變得熟悉親切起來。

在這部小說中，我們看到了情感的因素是如何構成了政治解放敘事的強大動力。黑妮和程仁的愛情雖然只是小說中的一條副線，但這條線索卻最突出的反映了革命如何穿行於人情網絡之間並重塑了人們的「情感結構」。土改之前，黑妮和程仁雖然出身於兩個不同的階級，但在錢文貴的家中，寄人籬下的黑妮其實和程仁處於同樣的地位。然而隨著革命政權的進入，階級的概念將黑妮和程仁劃分在了兩個敵對的陣營中。黑妮所渴望的「解放」，既不是

〔註25〕丁玲：《一點經驗》，《丁玲全集》（第七卷），第 417 頁。

〔註26〕丁玲：《生活、思想與人物——在電影劇作講習會上的講話》，《丁玲全集》（第七卷），第 425 頁。

〔註27〕同上，第 426 頁。

參加婦女識字班之類的「走出家門」，也無意於加入鬥爭錢文貴的隊伍中，而是能夠和程仁自由戀愛。與顧二姑娘相比，黑妮的內心痛苦是難以言說的，它無法用革命所給定的「矛盾」結構去表達，她所感到的壓迫，不是「封建」的宗法權力，不是性別之間的不平等。在新的社會秩序中，她的愛情竟然變成了對「公正」的威脅，但這種威脅又因屬於私人領域而無法獲得命名。丁玲在五十年代談起黑妮這個人物時是充滿了感情的，儘管她並不是小說的主要人物，但她是「作者曾經熟悉過的人物，喜歡過的感情，所以一下就被讀者所注意了」〔註 28〕：

> 我極力探求新的人，新人的內心生活。我要去寫完全是新的人，像《太陽照在桑乾河上》裏面完全是新的人，這是指從我的作品來說，這些人物在我過去的書裏是少有的。但是還是寫進了一個黑妮。
> 〔註 29〕

黑妮身上那種無法言說的情感狀態，有著莎菲和貞貞的影子，它在某種程度上消解了程仁被困於其中的公私對立矛盾。作為革命的新人，程仁「常常想要勇敢些，卻總有個東西拉著他下垂」，他因對黑妮的感情而時時拷問自己對革命的忠誠，但對於黑妮來說，恰恰是革命在公與私之間所劃定的界限導致了她的情感困境，這種情感困境其實並不是「內在」的或「個人主義」的。然而在革命的話語中，黑妮只能成為一個無處安放的影子。後來馮雪峰就批評黑妮這個人物形象的失敗，「這個人物和小說中故事的聯繫雖然是有機的，但說到以她的性格去和她的環境、事件及別的人物相聯繫，則其有機性就不夠充分和深刻」〔註 30〕。馮雪峰的批評正是看到了黑妮與周圍環境和整個社會關係之間的格格不入，不過這又未嘗不是丁玲特意保留的一個不安分的因素。可以說，丁玲借黑妮這一「舊人物」的影子，真正表現出了她對於革命戀愛公式的清算。那些幽微隱秘的情感世界，不再構成革命道路上的障礙，革命不能不回轉頭來直面它們，並藉此審視自身的焦慮。遲遲不敢面對黑妮的程仁，最後發現黑妮也加入了翻身喜慶的隊伍中，「她還那麼快樂著呢」，彷彿不曾有過什麼愛情的痛苦。黑妮的快樂無疑來自一種情感上的解放，她

〔註 28〕 丁玲：《生活、思想與人物──在電影劇作講習會上的講話》，《丁玲全集》（第七卷），第 433 頁。
〔註 29〕 同上，第 432 頁。
〔註 30〕 馮雪峰：《〈太陽照在桑乾河上〉在我們文學發展上的意義》，《丁玲研究資料》，第 331 頁。

再也不需要背負著親緣所帶來的罪名，而終於能夠加入大眾的情感世界中。

研究者往往強調土改給農民所帶來的「翻身感」，這種政治主體性的獲得被認爲是土改成功的歷史經驗所在，它將關注點從農民在經濟上的獲利轉移到了政治上階級意識的形成，正如柯魯剋夫婦所指出的，「幾乎沒有比『翻身』這個詞更能有力地表達革命過程的實質了」〔註31〕。在土改中，共產黨將憶苦訴苦、開會批鬥等權力技術與建立在階級劃分基礎上的土地分配制度相結合，塑造了一套全新的話語體系，也重構了農民的感覺結構和自我認知。就像小說中所描述的，暖水屯的農民們終於爆發出他們積壓已久的仇恨，勇敢的打倒了錢文貴，徹底的變了天。但是黑妮的出現正如這股歷史洪流中游離的、不安定分子，她所體驗的情感方式無法用階級仇恨來命名，她與錢文貴之間甚至還殘存著一絲親情。雖然黑妮的痛苦最終釋放於集體的喜悅中，但這種痛苦仍舊是無法言說的，最終消失於無形中。丁玲沒有解決這個困境，她只能將黑妮一同放在「被壓迫者」的位置上，卻無法具體的說出解放對黑妮究竟意味著什麼，最後只好求助於「快樂」這種情感化的方式，用以化解表述上的困難。五十年代中期這篇小說被批判的時候，有批評者就對黑妮的階級身份表示了質疑，認爲「把『被壓迫』『愛勞動』等憑空加在黑妮身上的字眼去掉，就可以還給黑妮的本來面目」〔註32〕。黑妮與暖水屯階級結構之間的不調和，恰恰讓我們看到了一種不同於「翻身」敘事，也不同於「革命加戀愛」模式的革命書寫的可能性。丁玲不再將變革的意義建立在某種「身份」的轉換上——在她之前的小說中我們已經看到，從「舊人」到「新人」，從私我到公共，主體的自我超克構成了歷史敘事的全部動力。但是在黑妮身上，丁玲寄託了一種新的期盼，即個人追求幸福的「正當性」，這種幸福不是要回到狹隘的私人領域，而是從政治或道德的焦慮中釋放出來，充分的享有情感表達的自由和權利。阿倫特在比較法國革命和美國革命時特別強調了「私人幸福」與「公共幸福」之間的區別，革命者往往會因爲專注於暴政現象而忽視了兩種不同的「幸福」含義。在十八世紀，公共領域被等同於政府領域，而幸福則「存在於公共領域之外」，只是私人的生活。但《獨立宣言》的創新之處在於，美國的國父們將「追求幸福」寫入了立國的原則中，儘管他們還

〔註31〕 【加】伊莎貝爾·柯魯克、【英】大衛·柯魯克著：《十里店——中國一個村莊的群眾運動》，安強、高建譯，北京：北京出版社，1982年，第1頁。
〔註32〕 竹可羽：《論〈太陽照在桑乾河上〉》，《人民文學》，1957年第10期。

沒有清晰的對「私人幸福」與「公共幸福」進行區分，但這已經意味著一種對於幸福和自由關係的全新理解。所謂的「公共幸福」其實正是一種「公共自由」，「這種自由就在於公民進入公共領域的權利，在於他對公共權力的分享」，用傑斐遜的話說即是成為「一名事務性政府的參與者」〔註33〕。對「公共幸福」的關注使美國革命從一開始就有別於法國革命，堅持以「立國」而不是「解放」為自己的使命，用阿倫特的話說，正是「在法國大革命失敗的地方美國革命大獲成功」〔註34〕。法國的革命者們嚴格的區分「公民自由」與「公共自由」，一味的追求「公共自由」而排斥私人領域，結果反而陷於「立憲」和「革命」之間的矛盾，革命的結束也意味著公共自由的終結。但美國革命則借助於「公共幸福」這一理念保障了立國的目標，擺脫了那種僅僅組建一個「好政府」以維護私人自由的革命悖論。

在阿倫特看來，美國革命和法國革命之分道揚鑣處就在於，「美國革命的方向始終是致力於以自由立國和建立持久制度」，而「法國大革命的方向幾乎從一開始就偏離了立國進程；它取決於從必然性而不是從暴政中解放的迫切要求，它被人民的無邊痛苦，以及由痛苦激發的無休無止的同情所推動」〔註35〕。由於法國革命將「人權轉化為無套褲漢的權利」，從對自由的追求轉向了對幸福的追求，「將一連串無限制的暴力釋放出來」，最終破壞了「市民社會的一切法律」〔註36〕。依照阿倫特的觀點，土改運動的傾向性無疑是接近於法國革命的，它對於農民仇恨的情感動員，使階級的反抗呈現為一種「大眾的暴政」，這種憤怒的能量在《暴風驟雨》、《桑乾河上》這些土改小說中往往構成了最具戲劇性衝突的敘事高潮。《桑乾河上》詳細描寫了鬥爭錢文貴的「決戰」，被喚起的農民們像潮水一樣湧動、聚集：

> 人們只有一個感情——報復！他們要報仇！他們要洩恨，從祖宗起就被壓迫的苦痛，這幾千年來的深仇大恨，他們把所有的怨苦都集中到他一個人身上了。他們恨不能吃了他。〔註37〕

〔註33〕　【美】漢娜・阿倫特著：《論革命》，陳周旺譯，南京：譯林出版社，2011年，第110～111頁。

〔註34〕　同上，第118頁。

〔註35〕　同上，第78頁。

〔註36〕　同上。

〔註37〕　丁玲：《太陽照在桑乾河上》，《丁玲全集》（第二卷），第267頁。

對此，唐小兵稱爲一種「暴力語言」，「通過施用暴力語言，敘述者才得以營造出行爲主體這樣一個幻覺，才得以推動故事情節的發展」〔註38〕，而它在意義上的自我循環和非人格化的宏論句式，其實恰恰取消和壓抑了主體意識〔註39〕。這種論述正是建立在阿倫特所謂的現代公民政治想像的基礎上，它所理解的「主體意識」，是以西方市民社會的政治參與模式爲參照的。但是正如前面所分析的，在中國的鄉土社會條件下，革命的目的首先是如何解決農民瀕臨破產的生存危機，而不是「進入公共領域的權利」，正如高崗所說的，「什麼是民主？首要的條件是農民有很多小米，也就是人民有吃有穿」〔註40〕。到了解放戰爭時期，土改的發動已經不僅僅是經濟利益的平衡，而更多的具有政治動員和軍事動員的意義，它作爲一場前所未有的徹底的、普遍的群眾運動，爲鄉村社會的民主政治實踐開闢了道路。土改所調動起來的群眾暴力，究竟會走向公共自由的失序，還是代表了另一種民主政治的可能性？對於土改的歷史意義和政治價值的評判，不是本文所能解決的問題。我所感興趣的是，當丁玲這樣的知識分子投入到對大眾暴力的讚美中時，她仍然不能忘記黑妮那種不爲人道的情感狀態，那麼這兩種情感之間究竟處於一種怎樣的關係？

正如前面所說，丁玲並沒有簡單的將兩種情感書寫成公與私之間的對立，如果說她在黑妮身上投射了過去的自己，那麼可以看到，那種曾經的道德焦慮已經被一種對幸福的坦然追求所取代，因爲幸福不僅是屬於私人領域的，而且也成爲公共政治的題中之義。小說中最富有感情的描寫總是體現在農民分享物質利益的場景中。在分地工作遲遲沒有進展的情況下，農會內部發生了爭論，文采主張先分地再分果實，這位「知識分子」幹部始終最關心的是革命的秩序和規則，但是農民們卻盼望能先分果實，因爲如果拖久了，果子的行情要跌。政治鬥爭與物質利益之間的矛盾，其實一直是共產黨在鄉村革命中所遭遇的首要問題，當革命試圖通過實利去調動農民的政治積極性時，往往也有可能使勝利曇花一現。所以我們會在《暴風驟雨》中看到那些具有高度政治覺悟的農民幹部，並不會熱衷於私人利益的滿足。然而丁玲在農民們分浮財的情景中看到了一種公共情感的誕生，那種集體的精神力量似

〔註38〕 唐小兵：《暴力的辯證法──重讀〈暴風驟雨〉》，唐小兵編：《再解讀：大眾文藝與意識形態》（增訂版），北京：北京大學出版社，2007年，第123頁。
〔註39〕 同上，第124頁。
〔註40〕 《解放日報》，1943年1月31日。

乎也在宣佈著追求幸福的正當性。在丁玲的筆下，暖水屯的革命鬥爭是圍繞著每個人的生活故事展開的，小說並不諱言農民們對情感和利益的斤斤計較與權衡，反而在充分允許他們追求私人幸福的基礎上，探索著公共幸福的可能性。無論是分浮財的喜悅還是鬥爭錢文貴的憤怒，都同時指向了私人領域與公共領域。與我們所熟悉的階級敘事所不同的是，錢文貴之所以成為「惡霸」，不是因為他剝奪了窮人的財產和權利，就這一點來說，錢文貴遠遠稱不上是「惡霸」。階級理論與實際生活之間的距離，曾經一度使丁玲苦惱於找不到典型。暖水屯的土改工作遲遲無法展開，就是因為這個村子裏找不到一個典型的「惡霸」，「這些人都應該被清算，分別輕重，但似乎在這之中，找出一個最典型的人來，這個人是突出的罪大惡極，是可以由於他而燃燒起群眾的怒火來的就沒有」〔註41〕。然而錢文貴的可恨之處恰恰在於這種無形的、難以被表述的權力壓迫，他的陰影出現在暖水屯每個人的生活世界裏，儘管沒有可以被實證化的經濟剝削，卻構成了對他人幸福的最大威脅。在這個意義上，黑妮的「私情」與大眾的仇恨之間又具有了某種一致性，鬥爭錢文貴，不僅是為了分享物質利益，更是為了從舊的權力網絡中解放出來，不用再瞻前顧後、小心翼翼，而是可以自己支配自己的生活。事實上，就在村民們把錢文貴確認為鬥爭對象的時候，他們已經解放了自己。

　　丁玲一再強調黑妮的特別之處，「她生活在那個階級裏，但她並不屬於那個階級」〔註42〕，她是整部小說中唯一一個無法被進行階級分類的人物，而正是這種歸屬感的缺失觸動了丁玲內心深處那個被壓抑的「舊我」。一方面，丁玲在黑妮身上傾注了極大的同情，黑妮與暖水屯的整個象徵秩序之間的不和諧，她既「是」，又「不是」地主階級的身份位置，在某種意義上重現了早期丁玲小說中那些為「異己感」所折磨的女主人公，她們皆因一種外在的命名而不由自主的成為了歷史的「零餘者」。另一方面，丁玲又試圖把黑妮重新納入這一象徵秩序中，她只能把黑妮命名為「被壓迫者」，並讓她分享了大眾的喜悅和幸福。丁玲在黑妮這個人物身上所流露出來的矛盾，也說明了她仍未徹底擺脫那種「異己感」的困擾。親身參加了階級劃分工作的丁玲，比別人更深刻的理解這一工作所包含的權力邏輯，它既要求充分的尊重「真實」的社會關係，同時又重新建構了另一種「真實」。黑妮的存在，並不能簡單的

〔註41〕丁玲：《太陽照在桑乾河上》，《丁玲全集》（第二卷），第 104 頁。
〔註42〕丁玲：《丁玲談自己的創作》，《新苑》，1980 年第 4 期。

視爲質疑了階級關係的合法性，而是啓發我們去反思抽象政治與日常生活之間的關係，去重新思考「生活」、「情感」、「幸福」這樣一些範疇在革命政治中的位置。從亭子間到根據地，丁玲一直在努力克服自己身上的「小資產階級個人主義」，而這也是幾代左翼知識分子共同的心路歷程。《講話》所提出的大眾化，其意義不僅在於教導知識分子們培養自己對工農的情感，更在於通過這種情感結構的更新，知識分子們同時也更新了他們對於「政治」的理解，使其從英雄變爲凡俗，從抽象變爲肉身，在這個意義上，革命又未嘗不可以說是一種啓蒙？我們依然要重提康德對於啓蒙的經典定義，即主體擺脫各種外在權威的束縛，「在一切事情上都有公開運用自己理性的自由」，它首先要求著每個人明確主體與自己的關係，爲自己建立一個安身立命之處。整風運動的開展，一個基本的目標就是使政治工作者和文藝工作者們從理論的權威和教條中解放出來，不是將政治狀態視爲一種物化的存在，而是在大眾的日常生活中重新喚醒自身的情感能量，進而重建一種主體意識。然而對於趙樹理所代表的另一批知識分子來說，他們並未經歷過這種抽象政治的異己感，因爲「政治」從一開始就被認同於他們的日常工作，與他們的生活經驗息息相關。趙樹理從來不會認爲自己是個「政治家」，甚至也不認爲自己是個「文學家」，他早就自覺的把自己放在一個「黨的工作者」的位置上，他關注的是農民的生活，而不是主體的自我改造。那麼在趙樹理那裡，革命和寫作又意味著什麼呢？

第四章　文藝大眾化與「新的群眾的時代」

　　1937 年以前，趙樹理一直沒有一個穩定的職業，他上學、鬧革命、做文官、當兵，乃至以算卦爲生，長期處於一種漂泊流浪的狀態。儘管他深受五四思想的啓蒙，又認眞學習過馬克思主義，但就像那些革命之後被迅速邊緣化的鄉村知識分子一樣，趙樹理並沒有機會施展自己的抱負，反而爲了生存疲於奔命。與那些念了書就離開鄉村的城市化知識分子不同，趙樹理「一無所成」的回到老家，遭到了親友們的冷嘲熱諷。對此趙樹理心想，「我本來是個學種地的孩子，中間念了幾年書，又回來種地，一點也沒有降低了身份，怎麼叫『落魄』呢？難道眞的要我入了壓迫者之夥，回來壓迫你們這些同難的父老，才是我的『出路』嗎？」〔註1〕如果說丁玲們從鄉村進入城市，成爲了城市中的「零餘者」，那麼回到了家鄉的趙樹理，同樣找不到安身立命之所。1929 年，梁漱溟在其《北遊所見記略》中寫到，「像今天這世界，還有什麼人在村裏呢？有錢的人，都避到城市都邑，或者租界……有能力的人亦不在鄉間了，因爲鄉村內養不住他，他亦不甘心埋沒在沙漠一般的鄉村，早出來了。最後可以說，好人亦不在鄉村裏了」〔註2〕。梁漱溟的觀察道出了在鄉村社會趨向破產的情況下，鄉村文化傳統的斷裂和人才的流失，而鄉村也日漸成爲中國社會中的邊緣。像趙樹理這種回到家鄉的新學知識分子，既難以用其所學知識在農村裏謀生，也無法再回到務農的狀態，只能游蕩於社會中。

〔註 1〕　戴光中：《趙樹理傳》，北京：北京十月文藝出版社，1987 年，第 62 頁。
〔註 2〕　梁漱溟：《北遊所見記略》，《梁漱溟全集》(第四卷)，山東人民出版社，1991，
　　　　第 896 頁。

　　1932 年，趙樹理在家鄉的一所高小謀得一份教職，終於能夠學以致用，同時又能回報家鄉。趙樹理在上學時就已深受陶行知改造鄉村教育主張的影響，這份工作令其找到了一個將知識與理想付諸實踐的大好機會，他不禁在詩中寫道，「唯學校是眞正樂園，勝似西方極樂天」〔註 3〕。趙樹理利用這個機會，向學生們教授新學知識，對農民們宣傳進步思想。此時他雖然已經加入共產黨，但同時也奉行著鄉村建設的改良主義思想，希望能憑藉文化知識的啓蒙改造鄉村社會。正是在這個時候，趙樹理發現了新文學與農民之間的隔閡，他把精心構思的小說《金字》念給農民聽，農民卻感到不懂和彆扭，他們感興趣的仍然是《七俠五義》、《笑林廣記》這樣的通俗故事〔註 4〕。梁漱溟在談到鄉村自救運動時就指出，既有的自救理想之所以難以成功，是因爲它們大都來自「西洋精神」的刺激，起初充滿了「向上」的興奮，結果因爲離開了「中國人的根本精神」，「每一度的向上皆更一度引入向下去，繼續不斷的向上正即是繼續不斷的下降」〔註 5〕。因此梁漱溟將鄉村建設的希望寄託在走回鄉間的知識分子身上。在山東鄒平，梁漱溟計劃中的鄉村建設研究院就是要訓練鄉村建設幹部並對他們加以指導，在年輕的知識分子中引起他們對鄉村問題的興趣，使他們回到長久被遺棄的農村社會中去。但結果在實踐中梁漱溟卻發現，「我們走上了一個站在政府一邊來改造農民，而不是站在農民一邊來改造政府的道路」〔註 6〕，結果「知識分子還是知識分子，農民還是農民」〔註 7〕。梁漱溟的困惑其實也是近代以來中國鄉村社會所面臨的一大困難。近代化所造成的城鄉對立，不僅在於政治和經濟上的急劇分化，同時也帶來了鄉村文化在自我表述上的困難。章太炎就敏銳地認識到，由於「城市自居於智識階級地位，輕視鄉村，」產生了城鄉「文化之中梗」〔註 8〕。在時髦的新學話語系統中，鄉村既有的傳統和禮俗越來越被遺忘，知識分子或者不願回到鄉村，或者只曉得用西方的文化思想去理解鄉村，結果只能是格格不入。鄉村教育和鄉村自救運動在實踐上的失敗，一個很大的原因正是來自

〔註 3〕戴光中：《趙樹理傳》，北京：北京十月文藝出版社，1987 年，第 85 頁。

〔註 4〕同上，第 88 頁。

〔註 5〕梁漱溟：《鄉村建設理論》，上海：上海人民出版社，2011 年，第 128 頁。

〔註 6〕同上，第 410 頁。

〔註 7〕梁漱溟：《兩年來餓有了那些轉變》，《大公報》，1951 年 10 月 6 日。

〔註 8〕章太炎在長沙晨光學校演說，1925 年 10 月，轉引自羅志田：《近代中國社會權勢的轉移：知識分子的邊緣化與邊緣知識分子的興起》，《開放時代》，1999 年第 4 期。

精英文化與鄉村大眾文化之間的區隔，儘管梁漱溟一再強調走向鄉間，復活鄉村的文化傳統，但如何解決作爲實踐主體的知識分子自身在文化上的準備，以及如何看待知識分子在民眾運動中的作用，始終是民國鄉村社會改造過程中難以解決的問題。

　　抗戰爆發以後，大城市與文化中心遭到戰爭的破壞，大批知識分了被迫遷往內陸腹地與鄉村，「我們沒有了城市，沒有了主要的交通大道」〔註9〕，五四後生產於城市語境中的文化形式不得不面臨陌生的鄉村經驗的挑戰。如何打破近代以來的城鄉區隔，如何擺脫西方文化的支配而重新回到鄉土中國的文化土壤，成爲四十年代抗戰文化討論中的焦點。正如艾思奇所說，舊的啓蒙運動由於沒有在政治經濟方面獲得穩固基礎的緣故，沒有能「建立起整個的中國自己的文化」，其所留下的只是零零碎碎的成績（如國故整理之類）和各式各樣的外來文化的介紹；現在，進行這種辯證綜合的時機已經成熟了：「這一個綜合是可能的。因爲它有新的基礎，那就是全民族的自覺」〔註10〕。在許多人看來，這種民族文化的自覺，首先需要建立在對鄉村文化傳統學習和重建的基礎上，因爲戰爭的爆發已經使中國進入了一個「鄉村統制城市」的歷史階段〔註11〕，這種變化一方面意味著廣大農民正在取代城市中的市民階級成爲抗戰中「歷史行動的主體」，另一方面則是指鄉村的文化經驗和形式承載了民族文化復興與更生的希望所在。但問題在於，如何在「鄉村」與「民族」之間建立一種過渡的可能性？前者所具有的「前現代」特徵，是否能夠自然轉化爲一種現代的民族國家共同體的文化，從而使「民族化」和「大眾化」統一起來，這是新的文化運動所面臨的最大問題。

第一節　農民‧民間‧民族形式

　　戰爭的爆發使趙樹理及其鄉黨們從陶行知的「教育救國論」很快轉移到了「抗日救國論」的實踐中。趙樹理加入了長治犧盟會，這是一個抗日統一戰線下的救國同盟組織，並得到了山西本地軍閥閻錫山的支持。從「教育救

〔註9〕 艾思奇：《抗戰文藝的動向》，《文藝戰線》第1期，1939年2月16日。

〔註10〕 艾思奇：《論文化與藝術》，《艾思奇文集》，北京：人民出版社，1981～1983年，第34頁。

〔註11〕 毛澤東：《論新階段》，中國人民解放軍軍事科學院編：《毛澤東軍事文選》(內部本)，北京：中國人民解放軍戰士出版社，1981年，第150頁。

國」到「抗日救國」，趙樹理開始逐漸意識到了民間文藝資源在抗戰動員中的重要性，1939 年趙樹理到長治擔任民宣科科長，一上任就著手改組舊戲班子，團結民間藝人，自己也經常利用快板等民間形式寫些通俗的傳單，深受群眾歡迎。不過這些民間形式的創作主要還是圍繞著宣傳工作展開，很難說是一種自覺的文藝大眾化實踐，其內容大多來自上級授意的具體任務，以揭露敵人的殘暴，教育敵佔區民眾爲主，也不被認爲有什麼藝術價值。抗戰進入相持階段後，八路軍克復晉東南，新聞報紙取代了小傳單成爲民宣工作的主要渠道，趙樹理才得以在這塊陣地上實現自己的「文攤文學」理想，對此他興奮的表示：

> 我便把多年的理想化爲現實──其中形式上鼓詞、快板、童謠、故事等無所不包，而總的政治內容以發動人民抗日，揭穿閻錫山反共反民主的陰謀爲範圍。……那時的小報與任何報紙的面貌都不一樣，貼在各縣城的街道上，凡認得字的都願看看，往往弄得路爲之塞。〔註12〕

不過，這些作品雖然流傳廣泛，但並不被認爲是「文學」。當時在太行文化界，趙樹理並不被認可，不少文化人都認爲「他那套東西算不得文藝，不是大眾化是『庸俗化』」〔註13〕。1941 年，長治黎城縣發生離卦道暴動，這次暴動使黨委認識到民間宗教和群眾意識被敵人利用的危險性，因此在 1942 年 1 月召開了一個大規模的太行區文化人座談會，討論如何加強群眾的文化教育工作。在這次座談會上，趙樹理「舌戰群儒」，「大聲疾呼，要求文藝通俗化」〔註14〕，以奪取封建文藝在群眾中的陣地。在閉幕式上，楊獻珍的發言支持了趙樹理的意見，但他們的觀點並沒有得到一致的認同，結果反而加深了太行區文化界內部的「門戶之見」〔註15〕。可見，雖然隨著戰事的發展，文藝通俗化的緊迫性已經得到承認，但如何認識通俗化與「文學價值」之間的關係，文化界對此仍有很大的分歧。可以看到，這一時期趙樹理對於通俗化的理解仍然比較粗淺，還只是限於「舊瓶裝新酒」的方式，而這種理解在當時圍繞著「民族形式」所展開的論爭中其實已經備受詬病。

〔註12〕戴光中：《趙樹理傳》，第 125 頁。
〔註13〕高捷等著：《趙樹理傳》，太原：山西人民出版社，1982 年，第 64 頁。
〔註14〕同上，第 65 頁。
〔註15〕同上，第 67～68 頁。

馮雪峰在 1946 年發表的《論民主革命的文藝運動》中，將「民族形式」論爭與延安文藝座談會相提並論，認爲是「抗戰期間民主主義革命文藝運動上的兩件大事」〔註16〕。雖然「民族形式」論爭沒能取得理論上的實質性突破，更沒有形成指導性的方向，然而作爲一個全國性的議題，這場論爭吸引了大後方與解放區乃至上海、香港的民主人士與中共的追隨者，使得抗戰文藝提出了超越五四新文藝與左翼文藝的命題。一般認爲，「民族形式」緣起於 1938 年毛澤東在《論新階段》中所提出的「馬克思主義中國化」的問題。在這篇文章中，毛澤東明確提出了「民族形式」的實踐方向，要求把「國際主義的內容」和「民族形式」結合起來，創造「爲中國老百姓所喜聞樂見的中國作風與中國氣派」。在關於「民族形式」的論爭中，如何利用「民間形式」成爲一個關鍵問題。論爭中的主要批判對象向林冰提出了以「民間形式」作爲「民族形式」的「中心源泉」論，在他看來，「民間形式」主要指「切合文盲大眾欣賞形態的口頭告白的文藝形式」，而五四文藝正是「缺乏口頭告白性質的『畸形發展的都市的產物』」。但事實上，向林冰並沒有對一般的「舊形式」和「民間形式」進行區分。「在民族形式的前頭，有兩種文藝形式存在著：其一，五四以來的新興文藝形式，其二，大眾所習見常聞的民間文藝形式」，前者是「外礫」的，後者才是民族自己的「舊胎」〔註17〕。可以看出，向林冰所關注的其實並非「口頭告白」的民間文藝，而是「舊形式」，之所以謂之「民間」，與大眾化和民族化的要求相關，卻沒有所指上的限定。

向林冰將他的理論基礎總結爲：「新質發生於舊質的胎內，通過了舊質的自己否定過程而成爲獨立的存在」，強調「民間形式」，其實針對的是五四文藝否定傳統的立場。正如胡風所指出的，即使是那些反對向林冰的人，也熱衷於在新文藝中尋找「舊胎」，因此，他們和向林冰之間的分歧其實是如何評價五四新文藝傳統的問題〔註18〕。郭沫若就認爲，「中國新文藝，事實上也可以說是中國舊有的兩種形式——民間形式與士大夫形式——的綜合統一」〔註

〔註16〕馮雪峰：《論民主革命的文藝運動》，《雪峰文集》（第二卷），人民文學出版社，1981 年，第 230 頁。

〔註17〕向林冰：《論「民族形式」的中心源泉》，《大公報》，1940.3.24。

〔註18〕胡風：《論民族形式問題論民族形式問題的提出和爭點——對於若干反現實主義傾向的批判提要並紀念魯迅先生逝世底四週年》，《中國抗日戰爭時期大後方文學書系》（理論‧論爭第一集），重慶出版社，1989 年，第 370 頁。

〔註19〕郭沫若：《「民族形式」商兌》，《中國文化》，第 2 卷第 1 期。

19〕，而周揚則指出，「五四的否定傳統舊形式，正是肯定民間舊形式」〔註20〕。雖然當時普遍不滿於五四新文藝的脫離大眾，但「爲著革命的內容」所創造的民族新形式，仍然要求對於五四傳統的繼承。用柯仲平的話說，「利用舊形式，其結果是否定舊形式」，「今天的民族抗戰的大眾文化運動，大眾文藝運動是對於『五四』時期的一個否定之否定。因這否定之否定，能使中國文化、文藝，達到了一個更高階段的綜合」〔註21〕。

在「新質舊胎」的問題框架中，雖然「民間形式」往往被等同於「舊形式」，但是後者的合法性卻需要借助於前者來實現。「民間」不僅指「人民」，更聯繫著以「鄉土中國」爲對象的民族話語。一方面，「民間形式」被認爲是不完善的、不成熟的，且具有濃厚的封建色彩，但同時，「民間」作爲抗戰主體的出現，使其超越了「舊形式」的意識形態限定而具有了進步的普遍性內涵。論者對於「民間形式」和「舊形式」的不加區分，困擾於新／舊，傳統／現代之間的糾纏，反而忽視了「民間」所具備的主體性可能，而這一點後來在毛澤東的《講話》中才被充分的揭示出來。

事實上，五四新文化運動以降，「民間」就一直是文學與文化革命的重要話語資源。胡適在《白話文學史》中曾經斷言，「一切新文學的來源都在民間」，在「廟堂文學」與「民間文學」對立的論述框架中，「民間」構成了「白話文學」的合法性來源。「因爲不肖古人，所以能代表當世」，「民間」與「廟堂」的對立被轉化成時間上的進化，因此「民間」非但不是「舊的」，反而是「現代的」。在這部文學史中，民間的文學作品其實很少出現，胡適關注的是如何利用「民間」的視角去完成一個文學史的進化論敘事。一個有效的方法就是將「民間」形式化。胡適在討論詩歌的發展時指出，「純粹故事詩的產生不在於文人階級而在於愛聽故事又愛說故事的民間」。因爲紳士階級跳不出抒情詩的傳統，他們「雖然也敘述故事，而主旨在於議論或抒情」，「故終不能產生故事詩」〔註22〕。通過建構「民間／敘事」與「文人／抒情」之間的對立，胡適將敘事闡述成「民間」獨有的文學能力，而長於敘事的白話也因此具有了進步的現代性。後來鄭振鐸繼承這一思路，將詩和散文明確排除在「俗文

〔註20〕 周揚：《對舊形式利用在文學上的一個看法》，《中國文化》第 1 卷第 1 期，1940年。

〔註21〕 柯仲平：《論文藝上的中國民族形式》，《文藝戰線》，第 1 卷，第 5 期。

〔註22〕 胡適：《白話文學史》，長沙：嶽麓書社，1986 年，第 77 頁。

學」也就是「民間的文學」之外。他在《中國俗文學史》中，勾畫了一條「變文－講史－話本－明清小說」的敘事文學發展線索，並認爲這是一個「平民化」的歷程〔註 23〕。五四一代文學史家們大多將明清小說視作白話文學發展的高峰，認爲《水滸傳》《西遊記》等長篇小說皆是出自民間〔註 24〕，形成了「白話」與「民間」的相互支撐，包括五四新文學重小說輕詩文的傳統，其背後正是和胡適一樣的進化論敘事。

　　五四文學並沒有實現其平民化的理想，但是它借助於「民間」的口號不僅提高了敘事文學的地位，也使得「敘事」成爲了啓蒙的形式。事實上，民間文學本身獨特的形式因素，如抒情性體裁所擅長的誇張與複沓，在「言文一致」的要求下都被遮蔽了。隨著新文學的發展，當「敘事」被視爲一種現代的表達方式時，作爲其合法性基礎的「民間」反而因爲不再具有書寫現實的能力，變成是傳統的或落後的。除了歌謠繼續受到關注外，民間故事、民間傳說等諸多民間文學體裁併沒有進入新文學的視野，而是逐漸成爲專門的民俗學研究對象。民間歌謠之所以受到重視，也是因其能夠明白曉暢的記錄生活，「從民歌裏去考見國民的思想、風俗與迷信等」〔註 25〕，而其形式上的價值並不被關注。

　　爲了打破五四新文學與民眾之間的隔閡，二、三十年代的革命文學明確提出了「文藝大眾化」的目標。在國際共運思潮的影響下，「大眾」一詞取代了「民間」、「平民」等五四詞匯。瞿秋白等人批評五四新文學是一種「新文言的文學」，「平民群眾不能夠瞭解所謂新文藝的作品，和以前的平民不能夠瞭解詩古文詞一樣」。所以，當時的文藝大眾化運動將語言視爲首要解決的問題，仍然延續了五四白話文運動的思路，只不過代之以大眾語運動，在敘事形式上並沒有實現變革。很多人認爲，大眾「完全浸在反動大眾文藝裏」，文藝大眾化的目標就是「把大眾從這些麻藥裏脫離出來」，諸如對舊形式的利用完全是爲

〔註 23〕鄭振鐸：《中國俗文學史》，北京：商務印書館，1938 年。

〔註 24〕浦安迪所作《中國敘事學》一書，反對盛行於五四的「平民集體創作」說，而是回歸明清讀書人的看法，「相信明清章回小說作爲一種新興的長篇虛構文體，是文人小說」，這些小說所代表的「奇書文體」，恰恰反映了明清讀書人的文學修養和趣味。浦安迪甚至認爲，明清章回小說「是一種在文類意義上前無古人的嶄新文體」，「在本質上完全不同於宋元的通俗話本」。參見浦安迪，《中國敘事學》，北京：北京大學出版社，1996 年。

〔註 25〕陳泳超：《周作人的民歌研究及其民眾立場》，《魯迅研究月刊》，2000 年第 9期。

了宣傳改造的目的。所以我們會發現，在三十年代的文藝大眾化運動中，「內容是革命的小調，唱本，連環圖畫，說書」並沒有得到發展，反而是「國際普洛革命文學的新的大眾形式」，如報告文學、牆頭小說、大眾朗誦詩等更爲文藝家們所重視﹝註26﹞。在這樣的視野中，民間形式或舊形式幾無可取之處，瞿秋白和茅盾甚至將其稱爲一種「形式上的形式」，比如「平鋪直敘」，並沒有多少文學上的價值，最多只是用於吸引群眾以達到宣傳教育的目的﹝註27﹞。

抗戰爆發後，「民間」再度成爲關鍵詞，並且超越了三十年代「普洛大眾」的階級限定，包含了全民／鄉村／民族等多重指稱。對於形式的機械看法此時得到了糾正，形式不再僅僅是可以剝離的工具，而是具有了認識論上的意義，學習民間形式的同時也是在「認識老中國」：「全民族是在死亡的危機前面努力爭取生存。人人深刻地感覺到要活，因此要認識現實，認識鬥爭的前途」﹝註28﹞。正如周揚所關心的，在抗戰帶來的社會劇變中，「新文藝作者所遭遇的問題，並不是如何去爭取落後讀者提高落後讀者的問題，而也是如何進一步去反映新舊交錯的現實的問題」﹝註29﹞。然而正如前面所分析的，在具體的文藝實踐中，如何對「舊形式」或「民間形式」進行揚棄以創造一種新的「民族形式」，卻一直未能落實。尤其是對於那些單純以宣傳爲目的的「舊瓶裝新酒」的創作取向，很多人都表示了不滿。如老舍等新文學作家就認爲，運用舊形式編寫通俗文藝讀物，只是動員民眾和宣傳抗戰的手段，是一種爲了抗戰而不得已犧牲藝術的權宜之計。老舍更是爲此提出應當在通俗文藝與大眾文藝之間進行區分，「以能讀白話報的人爲讀眾，那大字不識的應另有口頭的文藝，用各處土語作成」，「讀的是讀的，口誦的是口誦的，前者我呼之爲通俗文藝，後者我呼之爲大眾文藝」﹝註30﹞。而李南桌卻認爲，通俗化與大眾化的根本不同在於，前者是站在雅的立場高高在上，而後者卻是以大眾爲創造者，文人是模擬者﹝註31﹞。

﹝註26﹞ 洛揚：《論文學的大眾化》，文振庭編：《文藝大眾化問題討論資料》，上海：上海文藝出版，1987年，第68～69頁。

﹝註27﹞ 宋陽：《再論大眾文藝答止敬》，《文藝大眾化問題討論資料》，第126頁。

﹝註28﹞ 艾思奇：《抗戰文藝的動向》，《文藝戰線》第1期，1939年2月16日。

﹝註29﹞ 周揚：《對舊形式利用在文學上的一個看法》，《中國文化》第1卷第1期，1940年2月15日。

﹝註30﹞ 老舍：《談通俗文藝》，《中國抗日戰爭時期大後方文學書系（理論·論爭第一集）》，重慶出版社，1989年，第30頁。

﹝註31﹞ 南桌：《關於文藝「大眾化」》，同上，第33頁。

　　可以看到，當「民間」或「大眾」正在從客體轉變爲主體的過程中，人們在這兩種內涵之間的搖擺，事實上在很大程度上仍是以五四的啓蒙話語爲參照系的。也正因如此，趙樹理對於「民間形式」的倚重，儘管在實際的宣傳工作中效果顯著，卻仍被認爲是不登大雅之堂。趙樹理強調自己不想進「文壇」，只想做一個「文攤文學家」，然而他或許沒有意識到的是，「文攤文學」這個概念在五四新文學的話語傳統中其實並不是個合法性的存在，換句話說，這樣的作品根本不被認爲是「文學」。正如陳伯達、艾思奇等人在抗戰中倡導「新啓蒙運動」時就認爲，1937 年以前的農村是沒有「文化生活」的〔註32〕。儘管他們也聲稱，「文化的新內容和舊的民族形式結合起來，這是目前文化運動所最需要強調提出的問題，也就是新啓蒙運動與過去啓蒙運動不同的主要特點之一」〔註33〕，但是那些舊的、傳統的東西只能被歸入「形式」的範疇，並不具備「文化」的實體性內涵。

　　事實上，一直到 1946 年之前，趙樹理這種「文攤文學」的寫作姿態並沒有得到邊區文藝界的太多認可。《小二黑結婚》剛發表時，不少人認爲這只不過是「低級的通俗故事」，甚至有人將其歸爲「海派」〔註34〕。「故事」雖然通俗，能夠受到群眾的喜愛，固然滿足了文藝大眾化的要求，卻未免落入章回小說的俗套。在進步文人看來，章回小說正是通過一味追求情節的曲折離奇，滿足了封建市民階層的趣味。在關於「民族形式」問題的討論中，章回小說也是一個尷尬的存在。一方面它作爲一種流行的通俗形式有著廣泛的群眾基礎，似乎理應成爲大眾化的一種憑藉，然而很多人卻並不認可章回小說的「民間性」，原因或如艾思奇對五四文藝的批評，「並不是建立在眞正廣大的民眾基礎上的，主要的是中國的力量薄弱的市民階級的文藝運動，它並沒有向民間深入」〔註35〕。從某種程度上說，章回小說的「封建性」恰同五四新文藝一樣，面向的是市民階層的消費讀者，其形式能否再現中國內陸的鄉村經驗──這正是四十年代「走向民間」的題中之義，是令人懷疑的。另一方面，這篇作品在形式上過於簡單，彷彿只是民間故事基礎上的改寫，也難以獲得「小說」的命名。雖然它得到了彭德懷和楊獻珍等人的讚賞，並因此

〔註32〕艾思奇：《抗戰中的陝甘寧邊區文化運動》，《中國文化》1940 年創刊號。
〔註33〕《我們關於目前文化運動的意見》，《解放》第 39 期，1938 年 5 月。
〔註34〕楊獻珍：《〈小二黑結婚〉出版經過》，黃修己編：《趙樹理研究資料》，太原：北嶽文藝出版社，1985 年，第 88 頁。
〔註35〕艾思奇：《舊形式利用的基本原則》，《文藝戰線》第 8 期，1939 年 4 月 16 日。

得以出版，但彭德懷爲這篇作品的出版題詞卻是，「像這種從群眾調查研究中寫出來的通俗故事還不多見」〔註36〕，從中也可以看出它只是作爲「故事」而不是「小說」獲得認可。

　　1943 年，時任北方局宣傳部長的李大章在《華北文化》上發表文章介紹《李有才板話》，表揚趙樹理肯下工夫進行社會調查研究的同時，也指出他對馬列主義學習的不夠，因而削弱了作品的政治價值。在李大章看來，趙樹理的小說只是簡約的反映了「政治生活的橫斷面」，「距離顯示出整個根據地社會生活歷史的變化過程，還相差很遠很遠」〔註37〕。事實上，雖然《小二黑結婚》等作品頗受邊區民眾的歡迎，但「政治性」上的不足也限制了這些作品的價值。《小二黑結婚》發表後，就有人撰文批評趙樹理在當前抗日的中心任務下，卻只寫了一個簡單的男女戀愛故事，沒有什麼意義〔註38〕。因此無論是從政治價值還是藝術價值上看，趙樹理的作品在邊區都沒有受到特別的重視。需要注意的是，《小二黑結婚》等作品的流傳，很大程度上是通過地方戲劇的改編，而不是來自文藝界的推舉，並且其影響主要是在太行山區一帶，相比於延安的文化中心地位而言仍然處於邊緣。1942 年《講話》的發表雖然規定了大眾化的方向，但並沒有改變趙樹理在邊區文藝界的地位。文藝家們熱情的歌頌各種民間形式的創作實踐，但對於趙樹理卻顯得冷淡，這恐怕是因爲趙樹理既不夠徹底的民間化，又難以作爲一種「提高」的文藝形式獲得認可。丁玲在回憶《講話》前後延安文藝界的變化時曾經講到：

　　　　毛主席以他的文學天才、文學修養以及他的性格，他自然會比較欣賞那些藝術性較高的作品，他甚至也會欣賞一些藝術性高而沒有什麼政治性的東西。自然，凡是能留傳下來的藝術精品都會有一定的思想內容。但毛主席是一個偉大的政治家、革命家，他擔負著領導共產黨、指揮全國革命的重擔，他很自然的要把一切事務、一切工作都納入革命的政治軌道。在革命的進程中，責任感使他一定

〔註36〕艾思奇：《舊形式利用的基本原則》，《文藝戰線》第 8 期，1939 年 4 月 16 日。

〔註37〕李大章：《介紹〈李有才板話〉》，《華北文化》革新 2 卷 6 期，1943 年 12 月，轉引自黃修己編：《趙樹理研究資料》，太原：北嶽文藝出版社，1985 年，第 169～171 頁。

〔註38〕戴光中：《趙樹理傳》，第 167 頁。

會提倡一些什麼，甚至他所提倡的有時也不一定就是他個人最喜歡

的，但他必須提倡它。〔註39〕

丁玲對毛澤東的這種分析實際上也道出了大部分延安文人的心理，他們對於大眾文藝的態度，正如周揚在推介趙樹理時所說的那樣，「與其說是在批評甚麼，不如說是在擁護甚麼」〔註40〕。而與此同時，趙樹理在寫了《李有才板話》之後，將主要的精力轉向了農村劇運，並沒有繼續在小說的道路上發展，這也限制了他在文藝界的聲譽。對此趙樹理的朋友史紀言觀察到，在《小二黑結婚》和《李有才板話》之後，趙樹理「並未引起解放區應有的重視」，直到 1946 年後，「經過周揚同志的推薦，後又經過郭沫若先生的評價，大家的觀感才似乎為之一變」〔註41〕。

1946 年晉冀魯豫邊區文聯成立，趙樹理被列入常務理事，這才標誌其得到文藝界的公開認可。同年，《解放日報》轉載了趙樹理的《地板》並加上了推薦語，這是延安方面第一次介紹趙樹理的作品。隨後，《解放日報》又發表了馮牧的《人民文藝的傑出成果——推薦〈李有才板話〉》，這篇三年前發表的、已經「馳名全國」的小說才在延安正式刊出。在這篇文章裏馮牧談到，文藝座談會以後，秧歌劇、木刻、歌曲等藝術形式在群眾中獲得了普遍流傳，但是「在小說中也能夠獲得群眾如此喜愛的作品，實在寥寥可數。《李有才板話》的出現實在是在這種缺陷中一個極其可喜的開端，在小說中創立了一個模範」〔註42〕。《李有才板話》在出版三年後被重新提起，已經不是作為幹部工作的參考材料〔註43〕，而是作為一部「人民文藝的傑出成果」，從中也可以看出解放區文藝經典化的需求。馮牧的文章雖然援引了李大章的一些批評〔註

〔註39〕丁玲：《延安文藝座談會的前前後後》，《丁玲全集》（第十卷），第 272 頁。

〔註40〕周揚：《論趙樹理的創作》，《解放日報》，1946 年 8 月 26 日。

〔註41〕史紀言：《文藝隨筆》，《文藝雜誌》，1947 年 1 月。

〔註42〕馮牧：《人民文藝的傑出成果——推薦〈李有才板話〉》，《趙樹理研究資料》，第 172 頁。

〔註43〕《李有才板話》在整風學習、減租減息等運動中曾被列為幹部學習的參考材料，見黃修己：《趙樹理評傳》，南京：江蘇人民出版社，1981 年，第 80 頁。

〔註44〕馮牧在該文結尾才提到了《李有才板話》的不足，而這些不足大多來自李大章前文的意見：「如曾有人已指責過的，書中關於青年一代新的人物的描寫還不夠突出和深入，有些人物只不過是盡了僅能給人以模糊印象的『跑龍套』的任務；又如書中的一些章節，尤其是後半部尚嫌簡略，還可以給以展開等等」，馮牧，《人民文藝的傑出成果——推薦〈李有才板話〉》，《解放日報》，1946 年 6 月 23 日。

44〕，但對於李大章所批評的「差距」，卻表達了完全相反的意見：「他不只是寫了事，而且是寫了歷史，一部小小的然而眞實的新的農村演變史……」〔註45〕。在馮牧看來，趙樹理寫的絕不僅僅是李大章所說的「某些鄉村」、「某些角落」或「角落的某一階段」，而是一個「典型」，是「整個解放區農村的縮影」〔註46〕。1946～1947 年間，周揚、郭沫若、茅盾等文藝權威相繼撰文評價趙樹理的作品，將其推崇至「民族形式」的高度，趙樹理的創作才被賦予了普遍性的意義，而 1947 年「趙樹理方向」的提出，就已經是順理成章的了。

　　周揚在《論趙樹理的創作》這篇文章中提出了一個很有意思的說法，他認爲趙樹理的寫作不是「農民意識」而是「群眾觀點」的體現，因爲「他不但歌頌了農民的積極的前進的方面，而且批評了農民的消極的落後的方面」，而「農民」與「群眾」之間區別的標準就在於是否具有「無產階級」思想的領導〔註47〕。在周揚的理解中，從「農民」到「群眾」，正是因爲其中加入了階級覺悟，而趙樹理作爲一種「方向」被提出，無疑也是在階級文化的意義上予以考慮的。1940 年毛澤東在《新民主主義論》中首次提出了魯迅作爲「中華民族新文化的方向」，而趙樹理則是左翼文化傳統中第二位被命名爲「方向」的作家。1946～1947 年間，正值國共內戰全面展開，國共兩黨之間的意識形態之爭也隨著統一戰線的破裂日益激烈起來，在這個時候，趙樹理作爲代表《講話》的方向性作家被提出，自然是爲著中共的階級鬥爭話語服務的，也就是說應當具有「無產階級文化」的性質。周揚的這種刻意區分，恰恰說明了當時對趙樹理的評價在理論上的尷尬，而這一尷尬其實正是來自《講話》的「大眾化」論述中所包含的「階級」與「群眾」，「普及」與「提高」之間的矛盾關係。有意思的是，陳荒煤在對「趙樹理方向」的藝術特徵進行總結時，指出趙樹理的寫作「創造了一種新形式」，它既尊重民間形式，又突破了舊的藝術形式，「大眾化與藝術性是很好的結合起來了」，是眞正的「人民大

〔註45〕馮牧在該文結尾才提到了《李有才板話》的不足，而這些不足大多來自李大章前文的意見：「如曾有人已指責過的，書中關於青年一代新的人物的描寫還不夠突出和深入，有些人物只不過是盡了僅能給人以模糊印象的『跑龍套』的任務；又如書中的一些章節，尤其是後半部尚嫌簡略，還可以給以展開等等」，馮牧，《人民文藝的傑出成果──推薦〈李有才板話〉》，《解放日報》，1946 年 6 月 23 日。

〔註46〕同上。

〔註47〕周揚：《論趙樹理的創作》，《解放日報》，1946 年 8 月 26 日。

眾的藝術」〔註48〕。可以看到，「趙樹理方向」的提出，不僅是服務於《講話》的意識形態宣傳，其實也是在回應四十年代的「民族形式」問題，而它對趙樹理創作特徵的三點歸納，也都是從「形式」的角度提出的並將其歸因於民間形式的影響：一、「選擇群眾的活的語言」；二、「著重寫故事」；三、在行動中進行敘述與描寫〔註49〕。我們從周揚的評論中可以更清楚的看到這種將「民族化」與「大眾化」相結合的經典化訴求，他將趙樹理的出現稱為是「毛澤東文藝思想在創作上實踐的一個勝利」，這種勝利表現在他創造了一種「真正的新形式，民族新形式」〔註50〕。很明顯，即使在《講話》提出「工農兵方向」之後，乃至民族戰爭已經取得勝利之後，「民族形式」仍然是新文藝構想的題中之義，因此，問題在於，我們如何理解《講話》所提出的大眾文藝觀在「民族」與「階級」兩個維度上的話語構造與邏輯關係，而這也是思考趙樹理歷史意義的關鍵所在。

第二節　《講話》的大眾文藝觀

　　作為延安整風運動中的一部分，《講話》的發表主要是針對黨員作家的思想改造，但《講話》從立場、態度、對象、方法等方面對「文藝」進行了全面的闡釋，它所提出的文藝觀實際上是立足於整個邊區的文藝、以及未來的民族國家文藝。因而，《講話》對於「大眾化」的論述就包含了兩個層面的意涵：一方面「大眾化」指的是一種黨性和階級性的培養，它要求作家們轉變自己的立場，站在「無產階級和人民大眾的立場」上，從情感、態度、寫作對象、寫作方式等方面徹底改造自己的文藝觀；另一方面「大眾化」又意味著一種新的文藝形態，它屬於「新的群眾的時代」，在現階段主要「是無產階級領導的人民大眾的反帝反封建的文化」。也就是說，「大眾化」在這裡不僅具有數量上的、群體的含義，更重要的是具有了一種黨性和階級性，後者使「大眾化」超越出平民大眾、群眾、工農等這樣一些「自然」的範疇而成為一種政治性的概念。

〔註48〕陳荒煤：《向趙樹理方向邁進》，《人民日報》，1947 年 8 月 10 日。
〔註49〕同上。
〔註50〕周揚：《論趙樹理的創作》，《解放日報》，1946 年 8 月 26 日。

一、「無產階級文化」的合法性

我們可以通過對三十年代普羅文藝觀的對比來更清楚的理解《講話》賦予「大眾化」的這種特殊內涵。事實上，《講話》所提出的文藝大眾化要求，在很大程度上繼承了中國三十年代普羅文藝的論述，即創造一種革命的大眾文藝，這種文藝服務的對象是人民大眾，它將有別於小資產階級趣味的精英文藝，或那些號稱超階級的自由文藝。這一觀念受到了列寧的「兩種文化」理論的影響。列寧在 1913 年《關於民族問題的批評意見》中提出了「每一種民族文化中，都有兩種民族文化」的論斷：

> 每個民族的文化裏面，都有一些哪怕是還不大發達的民主主義和社會主義的文化成分，因爲每個民族裏面都有勞動群眾和被剝削群眾，他們的生活條件必然會產生民主主義和社會主義的思想體系。但是每個民族裏面也都有資產階級的文化（大多數的民族裏還有黑幫和教權派的文化），而且這不僅是一些成分，而是占統治地位的文化。〔註51〕

「兩種文化」分屬兩個對立的階級，一種是屬於統治階級的鼓吹剝削思想的文化，另一種是屬於勞動群眾的，有可能還不大發達的「民主主義和社會主義的文化成分」。列寧提出這一論斷，在當時是爲了反駁俄國自由資產階級、黑幫教權派和工人政黨內的機會主義者所散佈的「民族文化」統一論，所以列寧特別強調兩種文化之間的鬥爭，要求工人政黨必須從兩種文化中分離出民主主義和社會主義的文化成分，同反動階級的文化作鬥爭。當時對文藝大眾化運動作出了最系統深入闡釋的瞿秋白，正是在列寧這一理論的基礎上形成了自己對於「大眾化」的理解。瞿秋白在《大眾文藝的問題》這篇文章中指出了普羅文藝的「大眾化」應當是一場文化上的革命：

> 因此，現在決不是簡單的籠統的文藝大眾化的問題，而是創造革命的大眾文藝的問題。這是要來一個無產階級領導之下的文藝復興運動，無產階級領導之下的文化革命和文學革命……〔註52〕

「大眾化」要求無產階級文藝家們去研究大眾的喜好和需求，識別出統治階級文藝灌輸給大眾的「毒藥迷魂湯」──包括市儈主義、宗法主義、奴隸主

〔註51〕 列寧：《關於民族問題的批評意見》，《列寧全集》（第二十卷），北京：人民出版社，1985 年，第 15 頁。

〔註52〕 瞿秋白：《大眾文藝的問題》，《瞿秋白文集・文學編》（第三卷），北京：人民文學出版社，1989 年，第 13 頁。

義等,「應當在思想上,意識上,情緒上,一般文化問題上,去武裝無產階級和勞動群眾」〔註53〕,去「挖掉」大眾的「奴隸的心」〔註54〕。因此在瞿秋白看來,「大眾化」不僅僅是文藝內容和形式上的改變,更關乎無產階級文化領導權的建立:

> 無產階級應當開始有系統的鬥爭,去開闢文藝大眾化的道路。只有這種鬥爭能夠保證無產階級在文藝戰線上的領導權,也只有無產階級的領導權能夠保證新的文藝革命的勝利:打倒中國的中世紀式的文藝,取消歐化文藝和群眾的隔離狀態,肅清地主資產階級的文藝影響。〔註55〕

「大眾化」的文藝通過在思想、精神、趣味等領域與統治階級的爭奪,「在大眾之中創造出革命的大眾文藝出來,同著大眾去提高文藝的程度,一直到消滅大眾文藝和非大眾文藝之間的區別」,從而建立一種「『現代中國文』的藝術程度很高而又是大眾能夠運用的文藝」〔註56〕,實現無產階級的意識形態上的領導權地位。

可以看出,瞿秋白的「大眾化」主張關注的是「兩種文化」之間的爭奪。儘管瞿秋白批評了那種簡單的想去「化大眾」的思想,強調「文藝大眾化的運動必須是勞動群眾自己的運動,必須在無產階級領導之下。一定要領導群眾,使群眾自己創造出革命的文藝」〔註57〕,但是如何開啟大眾對文藝的創造性,首先依賴於無產階級文藝家們的引導,包括對大眾意識形態的研究甄別、利用和改造。因此,瞿秋白所說的「無產階級」在很大程度上接近於葛蘭西意義上的「有機知識分子」:

> 只有業已存在知識分子與大眾之間的統一——正如理論與實踐之間也應當有這樣的統一性,也就是說,只有知識分子已經有機地是大眾的知識分子〔註58〕。

〔註53〕瞿秋白:《普洛大眾文藝的現實問題》,《瞿秋白文集·文學編》(第一卷),1985年,第464頁

〔註54〕瞿秋白:《「懺悔」》,《瞿秋白文集·文學編》(第一卷),第492頁。

〔註55〕瞿秋白:《歐化文藝》,《瞿秋白文集·文學編》(第一卷),第493頁。

〔註56〕瞿秋白:《大眾文藝的問題》,《瞿秋白文集·文學編》(第一卷),第14頁。

〔註57〕瞿秋白:《「我們」是誰?》,《瞿秋白文集·文學編》(第一卷),第488頁。

〔註58〕Antonio Gramsci: *Culture and ideological hegemony*, ed. by J.C. Alexander and S. Seidman : *Culture and Society*.Cambridge University Press, 1990. P.52.

有機知識分子指的是那些將自己與大眾連結在一起，用無產階級的哲學去引導大眾的哲學（常識），實現理論與實踐的統一，他們才是革命的真正主體。

因此，在瞿秋白和大部分普羅文藝家們眼中，「大眾化」仍然是一種自上而下灌輸的過程，它只是無產階級奪取文化領導權的一種方式，而不是最後的目標。文化革命的目標是形成「無產階級文化」，而這種文化的階級內涵本身已經具有了先在的規定性，大眾其實只是處於一個被動接受的地位。當瞿秋白們試圖通過文藝大眾化去建立「無產階級的文化領導權」時，一個關鍵的問題在於如何定義「無產階級文化」。如果「大眾」的頭腦中充滿了被統治階級毒害的思想，那麼作為無產階級主體的「大眾」是否存在？相應的「無產階級文化」又應該從何產生出來？「無產階級文化」的問題一直是十月革命後俄共（布）黨內思想文化論爭中的一個焦點。在二十年代初，列寧就已經清算了「無產階級文化派」所謂的純粹的「無產階級文化」觀念。在列寧看來，無產階級奪取政權後，只能利用資產階級知識分子和資產階級已有的文化成果去培養和造就新的文化隊伍，「不是臆造新的無產階級文化，而是根據馬克思主義世界觀和無產階級在其專政時代的生活與鬥爭條件的觀點，去發揚現有文化的優秀典範、傳統和成果」〔註59〕。列寧認為，「無產階級文化」是未來的事業，現階段革命文化的首要任務只能是滿足群眾讀書識字等最起碼的文化需求，而無產階級必須積極的投身到「整個國民教育的事業」中。而這正是布哈林所不贊同列寧的，在布哈林看來，無產階級專政是一個相當長的歷史時期，在這個歷史時期內，無產階級必然會形成自己的文化特徵，因此無產階級文化的任務不應僅僅停留在普及性的群眾文藝上，而應該爭取自身在文化上的支配地位。可以看到，「無產階級文化」這一概念在理論上的設定，在尚未成熟的階級政治實踐中暴露出了它的尷尬。「無產階級文化」本應被設想為一種最先進、最新的文化形態，卻因為「文化」之於社會存在的滯後性，以及「無產階級」與「大眾」之間的含混關係，導致了這個概念陷入了某種「懸而未決」的狀態。

托洛茨基在 1923 年問世的《文學與革命》中系統論述了「無產階級文化」這個說法本身所包含的悖論。托洛茨基的觀點不僅極大影響了中國早期的一批左翼文學家，也成為《講話》中批判的靶子，因此我們有必要簡單的介紹

〔註59〕列寧：《關於無產階級文化‧決議草案》，《列寧全集》（第三十九卷），北京：人民出版社，1992年，第332頁。

一下他關於「無產階級文化」的闡釋。在托洛茨基看來，無產階級在革命的道路上，只能通過接管資產階級以及其他被消滅階級既有的文化傳統來建設革命的文化，「接管先前不為它服務的文化機構，如工業、學校、出版社、報社、劇院等等，並通過這樣做，為自己開闢一條通向文化的道路」。在這個過程中，「無產階級的階級關係將會減弱，因而無產階級文化的土壤也將消失」，因為在馬克思主義的設想中，「無產階級專政」只是一個短暫的過渡的時代：

> 無產階級將以主要的精力去奪取政權，並為了生存和繼續鬥爭的迫切需要而保持、鞏固和使用政權。然而，正是在這一把有計劃的文化建設擠到狹窄範圍內的革命時代中，無產階級的身心才達到最大的緊張程度，才充分地顯示出自己的階級實質。相反：新制度防止政治和軍事動亂的把握愈充分，進行文化創造的條件愈便利，無產階級就愈會消溶在社會主義的共同生活中，擺脫自己的階級特點，也就是說，無產階級將不再是無產階級。換句話說，在專政的時代，談不上新文化的創造，談不上具有巨大歷史規模的建設；再則，與過去無法比擬的文化建設，將在專政的鐵鉗已失去必要時開始，那時它就已不具階級性了。應當由此作出一個總的結論：無產階級文化不僅現在沒有，而且將來也不會有；其實，並沒有理由惋惜這一點，因為，無產階級奪取政權正是為了永遠結束階級的文化，並為人類的文化鋪平道路。我們似乎時常忘記這一點。〔註60〕

無產階級的這種自我揚棄的歷史特性，決定了在「幾十年」的短暫的革命期限中既來不及也不可能創造出屬於自己的階級文化，正是在這個意義上，托洛茨基提出：「無產階級專政不是新社會的生產和文化組織，而是為新社會而鬥爭的革命和戰鬥的秩序」。即使在革命的過程中彷彿出現了新的文化建設，如大眾的普及性的文化，但這也只能算是一種「政治的文化」，而不是自足的「藝術的文化」。

　　可以看出，托洛茨基的論述建立在對「階級性」的強調上。他認為，「文化的基本結構是通過一個階級的知識分子與這一階級之間的相互關係和相互作用而形成的」，而對於無產階級知識分子來說，目前的文化建設只能是「最具體的學文化運動，也就是讓落後的群眾有系統、有計劃、自然也是批判地

〔註60〕　【蘇】托洛茨基著：《文學與革命》，劉文飛等譯，北京：外國文學出版社，1992年，第450頁。

掌握已有文化的那些最必需的成分」，「無法背著一個階級創造這一階級的文化」。因此，「要想與階級一起、在與階級普遍的歷史熱情的緊密聯繫中創造文化，——就必須，……建成社會主義，哪怕是初步建成」，而這個過程中社會的階級特徵又會趨向模糊。

　　《講話》中把托洛茨基的文學觀歸納為一種二元論：「政治——馬克思主義的；藝術——資產階級的」〔註61〕，反對象托洛茨基那樣把藝術與和政治割裂開來。然而，這種邏輯並沒有回答托洛茨基所提出的關鍵問題，即如何想像一種「無產階級的文化」。《講話》吸收了列寧主義的觀點，肯定了「無產階級文學藝術」的合法性，並將其納入「黨」所領導的「整個革命機器」中。但常常為人們所忽視的是，《講話》對於「黨性」原則的強調，與它對於群眾文化的宣揚之間呈現出一種曖昧的立場。一方面，無產階級的文藝是整個革命機器中的「齒輪和螺絲釘」，它服從於黨的革命任務，「在黨的整個革命工作中的位置，是確定了的，擺好了的」〔註62〕，這意味著文藝必須超越於個體的自由而具有一種抽象的「黨性」。但另一方面，這種文藝又首先是「階級性」的，它是為無產階級服務的。因為「現階段的中國新文化，是無產階級領導的人民大眾的反帝反封建的文化。真正人民大眾的東西，現在一定是無產階級領導的」〔註63〕，因此毛澤東所謂的「階級性」其實指向的是「人民大眾」，是包括了工人、農民、兵士和城市小資產階級的「最廣大的人民」，具體到邊區則是指「工農兵群眾」。在這樣的邏輯中，「黨性」與「階級性」之間實際上已經包含了矛盾。在邊區以鄉村為主體的革命鬥爭場域中，「無產階級」既沒有實體性的存在，也缺乏「階級意識」的具體內涵。如果說「存在決定意識」，「階級鬥爭和民族鬥爭的客觀現實決定我們的思想感情」〔註64〕，那麼在中共領導的鄉村革命中，「階級鬥爭」主要是圍繞農民和地主之間的矛盾展開，它對農民的動員和組織，實際上並不完全以「階級主體」的詢喚為訴求，而是包含了政治鬥爭與社會改造之間的協調，後文所要分析的趙樹理寫作就充分的體現了這種革命的特殊性。在這種情況下，作為階級性集中代表的「黨」，與

〔註61〕毛澤東：《在延安文藝座談會上的講話》，《毛澤東選集》（第三卷），第866頁。
〔註62〕同上，第866頁。
〔註63〕同上，第855頁。
〔註64〕同上，第852頁。

以「工農兵群眾」爲內涵的「無產階級」之間便存在著某種錯位。在《講話》的論述體系中,「黨性」只是構成了新文藝的前提,而在具體的創作立場、方法和形式上佔據主導地位的其實是一種「群眾的文藝觀」。正如馬克・塞爾登所指出的,「中國共產主義革命一直存在著兩種對立的內在驅力:一是精英主義傾向,指向理性化的等級秩序或集權化的組織體制;一是民粹主義傾向,強調依靠覺悟的農民大眾」〔註 65〕。這一點從《講話》中也可以很清楚的看到。

可以說,《講話》僅僅是在文學藝術和政治的關係問題上援引了列寧的理論,至於列寧所強調的「黨性原則」其實並沒有構成《講話》文藝觀的核心。《講話》所試圖回答的核心問題是文學與政治之間的關係,它的全部論述都圍繞著「沒有超階級的文學藝術」這個基本觀點展開;而列寧的《黨的組織和黨的出版物》〔註 66〕卻在處理另一個問題,即無產階級政黨如何通過對文化的監管防止敵對階級的滲透,進而奪取政權的問題。

列寧的《黨的組織和黨的出版物》寫於 1905 年二月革命後,當時正值革命的高潮,沙皇政府被迫頒佈了《十月宣言》,允許多黨存在,並給予言論、出版和集會的自由。在此之前,布爾什維克的出版物都是「非法」的,無產階級沒有言論的自由,現在則是「有十分之九可以成爲,甚至可以『合法地』成爲黨的出版物」。但與此同時,「到處都看得到公開的、誠實的、直率的、徹底的黨性和秘密的、隱蔽的、「外交式的」、支吾搪塞的「合法性」之間的這種反常的結合」,孟什維克主張放棄無產階級在革命中的領導權,而立憲民主黨人又極力鼓吹「無黨性」,「革命還沒有完成。沙皇制度已經沒有力量戰勝革命,而革命也還沒有力量戰勝沙皇制度」。在這種新的環境下,列寧把寫作事業比作螺絲釘,正是爲了通過「最嚴格的集中制和最嚴格的紀律」來保證社會民主黨在思想上的純潔性,「對抗僞裝自由的、同資產階級相聯繫的文學藝術」。用列寧的話來說,即是「確定黨的觀點和反黨觀點的界限」〔註 67〕。

〔註 65〕馬克・塞爾登:《革命中的中國:延安道路》,第 204 頁。

〔註 66〕這篇文章最早由博古翻譯,題爲《黨的組織與黨的文學》,發表於 1942 年 5 月 14 日的《解放日報》副刊上。1982 年第 22 期《紅旗》雜誌上正式改譯爲《黨的組織與黨的出版物》。

〔註 67〕列寧:《黨的組織和黨的出版物》,《列寧全集》(第十二卷),北京:人民出版社,1987 年,第 420～422 頁。

因此，列寧特別提出了對於寫作「自由」的不同的理解。「言論和出版應當有充分的自由。但是結社也應當有充分的自由。爲了結社的自由，你必須給我權利同那些說這說那的人結成聯盟或者分手。黨是自願的聯盟，假如它不清洗那些宣傳反黨觀點的黨員，它就不可避免地會瓦解，首先在思想上瓦解，然後在物質上瓦解」。很明顯，作爲「螺絲釘」的寫作事業，主要是針對黨內而言的，在尚未奪取政權的情況下，一種嚴厲的敵我劃分必須在黨內徹底實行，以維護聯盟的革命性。所以，更確切的說，被納入「黨的出版物」的應當是「全部社會民主主義出版物」，而不是一般性的出版物。正是在這個意義上，列寧才強調，「對於社會主義無產階級，寫作事業不能是個人或集團的賺錢工具，而且根本不能是與無產階級總的事業無關的個人事業」。

相比之下，「黨」的問題其實並不是《講話》所要處理的重點，而且這個問題也是附屬於「大眾化」問題的。《講話》是這樣在兩個問題間進行過渡的：

> 我們的文藝既然是爲人民大眾的，那麼，我們就可以進而討論一個黨內關係問題，黨的文藝工作和黨的整個工作的關係問題，和另一個黨外關係的問題，黨的文藝工作和非黨的文藝工作的關係問題──文藝界統一戰線問題。〔註68〕

事實上，這個過渡在邏輯上是不明的，對於「大眾」和「黨」之間的關係，毛澤東並沒有加以闡釋。有意思的是，毛澤東以「大眾化」的文藝爲「無產階級」的文藝，恰恰是托洛茨基所反對的。因爲在托洛茨基看來，這種群眾性的文化還只是「革命的記錄」，而不具有無產階級的創造性。包括列寧，如前面所說，也認爲普及性的群眾文化雖然屬於無產階級文化在現階段的表現形態，但仍然主要是對已有文化成果的一種利用。

二、「新的群眾的時代」

應該看到的是，《講話》的發表，首先是服務於黨內的整風運動，其教育對象也主要是針對黨內作家。但事實上，毛澤東所試圖建構的，不僅僅是一種「黨的文學」，更是以邊區的革命實踐爲基礎的一種「新的人民的文藝」。因此，《講話》所提出的大眾文藝觀，其實包含了一組頗爲複雜特殊的矛盾關係。一方面，在抗日統一戰線的政治形勢下，新的文藝政策仍然要求盡可能的統一起黨內和黨外的知識分子，展開以動員大眾爲目標的文藝實踐活動，

〔註68〕毛澤東：《在延安文藝座談會上的講話》，《毛澤東選集》（第三卷），第 865 頁。

因此《講話》對於文藝的「黨性」問題其實並沒有過多的加以強調，而是提出「黨的文藝工作者首先應該在抗日這一點上和黨外的一切文學家藝術家（從黨的同情分子、小資產階級的文藝家到一切贊成抗日的資產階級地主階級的文藝家）團結起來」〔註69〕，尤其是「小資產階級文藝家」仍然構成了「一個重要的力量」，要「幫助他們克服缺點，爭取他們到為勞動人民服務的戰線上來」〔註70〕。《講話》所強調的是用無產階級的思想去改造小資產階級，但在邊區具體的政治和軍事環境中，「無產階級」只能被替換成「工農兵」，與之相應的文藝也是以普及為主的文藝。

這樣一來，《講話》的論述邏輯就面臨著一個關鍵的問題，即如何把「文藝為政治」與「文藝為群眾」結合起來。「政治」和「群眾」之間究竟是什麼關係？既然文藝工作應當以普及為主，為的是滿足廣大群眾的文化需求，因此新的文藝首先是一個「普遍的啓蒙運動」，使群眾「得到他們所急需的和容易接受的文化知識和文藝作品」〔註71〕。在這種情況下，文藝的「無產階級性」就可能要讓位於群眾所熟悉的舊有的文化形式和文化傳統，這也是四十年代關於「舊形式」的討論中一個難以辨明的癥結所在。對此，毛澤東重新定義了「政治」的內涵：

> 我們所說的文藝服從於政治，這政治是指階級的政治、群眾的政治，不是所謂少數政治家的政治。政治，不論革命的和反革命的，都是階級對階級的鬥爭，不是少數個人的行為。因為只有經過政治，階級和群眾的需要才能集中地表現出來。革命的政治家們，懂得革命的政治科學或政治藝術的政治專門家們，他們只是千千萬萬的群眾政治家的領袖，他們的任務在於把群眾政治家的意見集中起來，加以提煉，再使之回到群眾中去，為群眾所接受，所實踐，而不是閉門造車，自作聰明，只此一家，別無分店的那種貴族式的所謂「政治家」，——這是無產階級政治家同腐朽了的資產階級政治家的原則區別〔註72〕。

這種對「政治」的理解方式與列寧的政黨精英政治之間是有很大差異的。首先，毛澤東將「政治」定義為「階級對階級的鬥爭」，這裡的「階級」又被等

〔註69〕毛澤東：《在延安文藝座談會上的講話》，《毛澤東選集》（第三卷），第867頁。

〔註70〕同上。

〔註71〕同上，第862頁。

〔註72〕同上，第866頁。

同於「群眾」，而不是一種既定的、結構化的社會存在形式。反過來，所謂的「群眾」也不僅僅是個體的總和，他們的利益、訴求、代表等都必須經過「政治」的再現，因此「群眾」的鬥爭並非只是民粹主義的或自發性的鬥爭，而是經過了「集中」然後被「表現」出來的鬥爭。

由此，我們才可以理解《講話》所包含的另一個面向：黨的文學。論者往往將毛澤東思想中的列寧似的政黨理念和民粹主義的理想割裂開來，或是視作兩種相互對立的矛盾關係。但如果我們意識到，在毛澤東那裡，「政治」和「群眾」已經被賦予了新的內涵，就不會困惑於這種表面上的矛盾。「群眾」既構成了政治實踐的主體，同時又被政治實踐所構造，從而完成了從「自發」走向「自由」的過程。在這個過程中，「黨」就成為一種關鍵性的中介，它是群眾鬥爭的領導者，但又不僅是權力主體，而且還承擔著「集中」和「代表」群眾的任務，正如盧卡契所說，政黨乃是一種組織形式，而「組織是理論和實踐之間的中介形式」〔註 73〕。我們知道，整風運動的發起有一個重要原因即是當時邊區所面臨的惡劣環境。1941～1942 年間日本對華北根據地進行了大規模的報復性進攻，「三光」政策導致邊區大量的人口和村莊滅亡，與此同時，國民黨在 1941 年 1 月製造了皖南事變，消滅了中共在華中的主力，並大大加強了對陝甘寧邊區的封鎖，而重慶政府又取消了對八路軍和邊區政府的津貼。邊區政府在經濟上遇到了前所未有的困難，由於通貨膨脹和稅收的加重，「農民和政府之間的關係以及信仰不同的幹部之間的關係都緊張起來」，這對中共的政治綱領提出了挑戰，其中一個核心問題就是如何處理官僚政治與民眾動員之間的關係：一方面必須充分的發動群眾克服眼前的困難，另一方面這種動員又必須訴諸於強有力的領導和組織形式，這就涉及到了《講話》中所說的「集中」問題。因此，毛澤東尤為重視對黨員思想上的整頓「為要從組織上整頓，首先需要在思想上整頓，需要展開一個無產階級對非無產階級的思想鬥爭」〔註 74〕。這種思想上的整頓不是為了強調黨性的忠誠，而是在黨內發動的一場「啟蒙運動」〔註 75〕，教會黨員幹部如何分清敵我，從而形成一種「政治」的世界觀：

〔註73〕 【匈】盧卡奇著，杜章智、任立、燕宏遠譯：《歷史與階級意識──關於馬克思主義辯證法的研究》，北京：商務印書館：2009 年，第 409 頁。

〔註74〕 毛澤東：《在延安文藝座談會上的講話》，《毛澤東選集》（第三卷），第 875 頁。

〔註75〕 毛澤東：《整頓黨的作風》，《毛澤東選集》（第三卷），第 827 頁。

　　　　　為此目的，就要同志們提高嗅覺，就要同志們對於任何東西都
　　　　用鼻子嗅一嗅，鑒別其好壞，然後才決定歡迎它，或者抵制它。
因此，毛澤東指出，這種啓蒙也就是「從主觀主義、教條主義的蒙蔽中間解
放出來」，凡事 l 都要經過自己頭腦的周密思考」。只有如此，黨員才能成爲
理論和實踐之間的「中介」，才能知道如何去「集中」和「代表」群眾，而不
至於在實際工作中迷失方向：或者淪爲理論的奴隸，或者陷入事務主義〔註76〕
的泥淖中。

　　《講話》以及整風運動在「黨」和「群眾」之間建立的辯證關係，正是基
於邊區特定的歷史關係所進行的一次「馬克思主義中國化」的努力。因此，我
想強調的是，對於《講話》所闡述的新文藝觀，既不能簡單的將其理解爲一種
「黨的文學」，認爲它使文學附庸於政治而失去了自主性，也不能只看到它所
包含的民粹主義思想成分，過分誇大「群眾路線」對於官僚政治的反叛。或許
我們可以用毛澤東在《新民主主義論》中所提出的「國民文化」來更深入的理
解這種新文藝觀。毛澤東指出，新民主主義革命最大的「政治」，就是建立一
個新民主主義的民主共和國，新民主主義的文化也是朝著「國民文化」的目標
展開實踐的，毛澤東將其定義爲一種「民族的科學的大眾的」文化，就現實的
中國革命階段而言，這種文化「既不是資產階級的文化專制主義，又不是單純
的無產階級的社會主義，而是以無產階級社會主義文化思想爲領導的人民大眾
反帝反封建的新民主主義」〔註77〕。「國民文化」意味著新民主主義的文化首
先是服務於建立一個新民族國家的目標。在半封建半殖民地的中國，中國的資
產階級（大資產階級）已經同帝國主義及封建勢力結成了聯盟，階級鬥爭的目
標不僅僅是反對階級壓迫，更重要的是重新塑造一個「人民」的主體，毛澤東
將這個新的「人民」主體定義爲無產階級領導下的「一切反帝反封建的人們」。
這個主體不是「全民性」的，而是要靠專政來保證的。《新民主主義論》對於
民主國家的設想，不同於資產階級鼓吹的全民性的民主，而是強調「一切革命
的階級對於反革命漢奸們的專政，這就是我們現在所要的國家」〔註78〕。

〔註76〕毛澤東曾經在《實踐論》中批評了革命工作中的事務主義者：「庸俗的事務主
　　　　義家不是這樣，他們尊重經驗而看輕理論，因而不能通觀客觀過程的全體，
　　　　缺乏明確的方針，沒有遠大的前途，沾沾自喜於一得之功和一孔之見」，《毛
　　　　澤東選集》（第一卷），第 291 頁。
〔註77〕毛澤東：《新民主主義論》，《毛澤東選集》（第二卷），第 706 頁。
〔註78〕同上，第 676～677 頁。

　　正是基於這種對「國家」和「人民」範疇的新的理解方式，毛澤東將「群眾」和「階級」兩個維度融合在一起，試圖化解「無產階級文化」與普及性的群眾文化之間的矛盾關係。《講話》中談到普及和提高的關係，特別強調提高應當是「普及基礎上的提高」，「普及是人民的普及，提高也是人民的提高」〔註79〕，實際上是否定了那種「低級文化」與「高級文化」截然對立的區分。毛澤東在給周揚的一封信裏對普及工作進行了更具體的解釋：

　　　　此外，第十頁上「藝術應該將群眾的感情、思想、意志聯合起來」，似乎不但是指創作時「集中」起來，而且是指拿這些創做到群眾中去，使那些被經濟的、政治的、地域的、民族的原因而分散了的（社會主義國家沒有了政治原因，但其他原因仍在）「群眾的感情、思想、意志」，能借文藝的傳播而「聯合起來」，或者列寧這話的主要意思是在這裡，這就是普及工作。然後在這個基礎上，「把他們提高起來」〔註80〕。

在毛澤東的理解中，「普及」並不是單純的以某種「低級文化」的方式去滿足群眾的文化需求，而是已經包含了「集中」與「聯合」的工作，它不是自然的、未經加工的民間文化，而是經過了「代表」的再現性文化，因此能夠具有使民眾聯合起來的力量。事實上，這個「代表」的過程也就是階級政治運作的過程，在某種程度上已經具備了「階級文化」的實質。不過，這樣一種特殊的「普及」思想並未徹底的貫穿於《講話》的話語體系中，在很多時候，毛澤東仍然將「普及」僅僅視為對民眾的教育啟蒙，正如他所說，「對於人民，基本上是一個教育和提高他們的問題」〔註81〕，因而普及工作主要還是指教授民眾以文化知識。

　　總而言之，《講話》在「階級文化」、「大眾文化」與「國民文化」這幾個概念之間的含混之處，使得文藝家們在具體的實踐中並沒有真正把握住其中的辯證內涵。儘管他們轉變了自己的情感和立場，自覺的擁護大眾化文藝實踐，但仍然對某種具有「藝術價值」的提高型文化有所期待，而以「通俗故事」著稱的趙樹理，顯然也難以符合「國民文化」和「民族形式」的理想。就是趙樹理本人也承認，「農村有藝術活動，也正如有吃飯活動一樣，本來是

〔註79〕毛澤東：《在延安文藝座談會上的講話》，《毛澤東選集》（第三卷），第862頁。
〔註80〕毛澤東：《致周揚》，《延安文藝叢書・文藝理論卷》，第72頁。
〔註81〕毛澤東：《在延安文藝座談會上的講話》，《毛澤東選集》（第三卷），第872頁。

很正常的事；至於說農村的藝術活動低級一點，那也是事實，買不來肉自然也只好吃小米」〔註82〕。

因此，趙樹理的創作究竟是否符合《講話》所構想的新文藝目標，其實只能取決於具體的文化政治關係。《講話》中指出，「我們是主張社會主義的現實主義的」，這個標準對於趙樹理來說顯然不能適用，無論是他創作的民間戲劇還是「通俗故事」。但另一方面，在抗戰期間，產生更大影響的卻是「民族形式」這一命題。在「馬克思主義中國化」的需求下，蘇聯的政治與文學模式雖然具有權威性，卻也成為一種他者。新民主主義的構想以及 1942 年的延安整風，表明中共正致力於探索有別於蘇聯模式的革命道路，削弱蘇聯及共產國際在中共黨內的影響。「以前被壓抑的、但更容易為大眾所熟悉和接受的傳統民族文化作為另一種參照系開始進入左翼文藝界的視野，與外來的思潮競爭著對文學發展的影響，因此也一定程度上降低了中國對社會主義現實主義的期待視野」〔註83〕。在以普及為主的要求下，現實主義的寫作標準在某種程度上被弱化了，取而代之的是對各種民間形式的借鑒以及其他文藝體裁的使用。

延安文藝座談會之後，周揚試圖將「社會主義現實主義」與《講話》的方向結合起來，指出「現實主義應當是藝術真實性與教育性結合，也就是藝術性與革命性結合。現實主義應當以大眾文化的研究為基礎，這就是提高與普及的結合」〔註84〕。後來他又在《馬克思主義與文藝》一書的序言中總結到，「貫徹全書的一個中心思想是：文藝從群眾中來，必須到群眾中去。這同時也就是毛澤東同志講話的中心思想，而他的更大貢獻是在最正確最完全地解決了文藝如何到群眾中去的問題」〔註85〕。很顯然，周揚目的不在於對「社會主義現實主義」或經典馬克思主義做出更深入的闡釋，而是用以論證毛澤東《講話》的「正統性」。周揚所強調的只是「社會主義現實主義」中的「階級性」面向，但對於「社會主義現實主義」的核心創作方法——典型的創造

〔註82〕趙樹理：《藝術與農村》，荒煤編：《農村新文藝運動的開展》，上海：上海雜誌公司，1951 年，第 20 頁。

〔註83〕陳順馨：《社會主義現實主義理論在中國的接受與轉化》，合肥：安徽教育出版社，2000 年，第 160 頁。

〔註84〕周揚：《藝術教育的改造問題》，《周揚文集》（第一卷），人民文學出版社，1984 年，第 419 頁。

〔註85〕周揚：《〈馬克思主義與文藝〉序言》，《馬克思主義與文藝》，新華書店，1944 年，第 8 頁。

問題，卻沒有進行特別的論述。典型性問題的擱置，恰恰暴露出《講話》方向與蘇聯文藝路線和正統馬克思主義理論之間的差異。

趙樹理的長篇小說《李家莊的變遷》的問世，使解放區的文藝家們終於有可能命名一種「藝術性和大眾性」相結合的歷史敘事。作爲解放區第一部描寫階級鬥爭的長篇小說，《李家莊的變遷》承擔著更宏大的文化想像──用後來周揚的總結即是「新的人民的文藝」的出現，它必須同時滿足著「民族形式」與「大眾化」的雙重期待。不過，儘管周揚、茅盾等人表現出了將其經典化的熱切希望，但在使用「社會主義現實主義」這一評價標準上卻有所保留。在經典化的訴求下，如何闡釋《李家莊的變遷》在形式與主題上的價值，已經不能僅僅依靠《講話》的規範性話語，而是需要將其納入文學的形式邏輯中以建立關於「文學性」的論述。《李家莊的變遷》無論在形式還是主題上都比趙樹理此前的小說更接近現實主義的模式。然而對於其中的典型性問題，周揚和茅盾的論述卻出現了微妙的差異。在周揚看來，趙樹理最首要的獨創之處就在於塑造了「一定鬥爭的環境」中的「新的農民的集體的形象」，但對於這是否可以稱爲典型，周揚卻是有所保留的。周揚認爲，「創造積極人物的典型，是我們文學創作上的一個偉大而困難的任務」，趙樹理還沒有「創造出高度集中的典型」，只能說是寫了「新的人物的眞實面貌」〔註86〕。相比之下，茅盾則大力肯定了趙樹理對李家莊這一典型環境的書寫。在茅盾看來，李家莊「分明是封建勢力最強大的中國北方廣大農村的縮影」，因此具有「普遍的代表性」，但是它又代表了受壓迫最深重的山西農村，所以「在普遍性中自有特殊之處」〔註87〕。茅盾的這種分析無疑是來自現實主義典型理論的邏輯。但無論是周揚還是茅盾，最終都還是在「民族形式」的意義上肯定趙樹理，而不是按照「社會主義現實主義的標準」。

值得追問的是，這一距離是否只是階段性的、暫時的，如人們所認爲的那樣應該隨著新民主主義革命的結束而獲得解決？《講話》對「階級」與「大眾」之間關係的構造，實際上包含了中國革命在馬克思主義普遍眞理與民族歷史特殊性之間如何選擇自己道路的問題。齊澤克在討論毛澤東的《矛盾論》時指出，毛澤東對於普遍性與特殊性的理解關鍵在於：「主要的（普遍的）矛

〔註86〕周揚：《論趙樹理的創作》，《解放日報》，1946 年 8 月 26 日。
〔註87〕茅盾：《論趙樹理的小説》，原載《文革》第 2 卷第 10 期，1946 年 12 月，轉引自《趙樹理研究資料》，第 195 頁。

盾並不會被特定情況下需要特殊處理的矛盾遮蔽——普遍性就存在於特殊性之中。在每一種具體情況下，一種不同的『特殊的』矛盾是最主要的矛盾，準確地說，要獲得解決主要矛盾的鬥爭的勝利，我們必須把某種特殊的矛盾作爲最主要的矛盾來解決，所有其他的鬥爭都必須降至從屬地位。在日本佔領下的中國，共產黨想要贏得階級鬥爭，在這種條件下任何對階級鬥爭的直接關注都違背了階級鬥爭，建立抗日愛國統一戰線就是最主要的任務」〔註88〕。更進一步，對於鄉土中國而言，民族動員的主要場域是在廣大的鄉村世界，用齊澤克的話來說，鄉村就是中國革命問題中的「病症」，而只有認同於這個「病症」，才能理解中國社會眞正的矛盾結構，才能從中把握住眞理的普遍性。趙樹理在文學史上的「出現」，可以說正是這一普遍性與特殊性之間話語交鋒的產物，他與《講話》之間的關係，充分的展露了四十年代的新民主主義革命話語在農民、民間、大眾、民族等範疇之間的複雜矛盾，其中關係到如何兼顧革命與民族的時代任務，如何在大眾化的要求中又能夠超越五四新文藝的神話，如何在表達民族特殊性經驗的同時重建普遍性的話語霸權等一系列問題。他被發現與被命名的過程，其實也是政治關係顯影的過程。因此，那種試圖從民間形式的美學原則中尋找現代性轉化資源的嘗試，最終只能陷入自我循環的困境之中。只有將趙樹理的「民間性」從某種預設的結構中解放出來，既放置於五四新文化傳統的譜系中，考察其問題發生的情境與修辭方式，以及它所形成的歷史的持續刺激，同時在這種刺激——即「事件」的後果中重新提問：四十年代「民間」的凸顯，對既有的語義序列繼承或改變了什麼？它又是爲了回應怎樣的現實問題？在這種縱向與橫向的二維座標中，我們才有可能充分理解趙樹理以及《講話》所提供的「文學」經驗。

〔註88〕On Practice and Contradiction, Mao Zedong, Introduction by Slavoj Zizek, London ; New York : Verso, 2007, p.26. 譯文引自吳大可、周何：《齊澤克論毛澤東在馬克思主義發展史上的地位》，《國外理論動態》，2007 年第 26 頁。

第五章　作爲「翻譯者」的趙樹理

　　趙樹理在看到《講話》之後非常興奮，認爲是批准了自己的大眾化主張，他說「十幾年來，我和愛好文藝的熟人們爭論的、但始終沒有得到人們同意的問題，在《講話》中成了提倡的、合法的東西了」〔註1〕。不過正如前面所分析的，《講話》主要針對的對象是那些「小資產階級」文藝家，因而它首先強調的是知識分子們在「情感」上的「大眾化」，但是對於趙樹理來說，他本身就是一名駐紮在農村的知識分子，並且長期從事著文化普及的工作，那麼當「大眾化」作爲一種新文藝的方向提出時，他又將如何重新確認自己的文化身份與寫作方式？他並不需要經歷像丁玲那樣的「情感革命」，在他的小說中，我們難以辨識出作爲革命者的主體意識的存在。正如彭德懷、李大章所認爲的，趙樹理的小說更像是行政工作中產生的調查性文字，或者用趙樹理自己的話說，是爲了解決實際工作問題的「問題小說」。然而另一方面，「問題小說」的寫作又包含了與「文壇文學」對話的自覺意識，可以說，趙樹理正在嘗試一種新的文學實踐，從而將民間形式、政治宣傳、文學創作等多重訴求結合起來。因此，趙樹理把自己的寫作姿態描述爲兩種話語之間的「翻譯者」：

　　　　我既是個農民出身而又上過學校的人，自然是既不得不與農民
　　說話，又不得不與知識分子說話。〔註2〕

在趙樹理看來，通俗化寫作不僅是爲了教育動員民眾，同時也是學習將農民的生活經驗「翻譯」成文學語言的過程，既要使農民的生活爲知識分子

〔註 1〕　戴光中：《趙樹理傳》，第 174 頁。
〔註 2〕　趙樹理：《也算經驗》，《趙樹理全集》（第三卷），第 350 頁。

所理解，「也要設法把知識分子的話翻譯成他們（農民──引者注）的話來說」〔註3〕。

　　不過，如果說翻譯是從原語言到目標語言的一種轉換，那麼趙樹理的這種翻譯式寫作卻缺乏目標的指向性，而只是作爲溝通的一種中介形式。僅就其小說而言，雖然是爲著農民的欣賞趣味和文化習慣而寫，但又包含著抗衡於五四新文學的強烈針對性，後者期待的正是「文學家」們的認可。本雅明在《譯作者的任務》這篇著名的文章裏指出，翻譯行爲所追求的，並非原作的意圖，而是語言的「意向性」，「譯作呼喚原作但卻不進入原作，它尋找的是一個獨一無二的點，在這個點上，它能聽見一個回聲以自己的語言迴蕩在陌生的語言裏」〔註4〕，因此翻譯指向的其實是「語言」本身，正所謂「太初有言」，而不是傳遞意義和信息。在這個意義上，翻譯者應當充分的「讓自己的語言受到外來語言的有力影響」，回到「語言的最基本的因素中去」〔註5〕，甚至，在本雅明看來，在神聖的文本中，語言和眞理是一體的，它們之間無需經過意義的中介，語言本身就是眞理的再現。趙樹理自居於「翻譯者」的這種寫作姿態，關注的不是兩種語言之間的可譯性──這裡的「語言」具體指的是農民與知識分子不同的說話習慣、生活方式、情感狀態、文化趣味等，而是找到某種新的「語言」，也可說是「形式」，以在兩者之間形成交流的共同體。這種對新的共同「語言」的追求，正如本雅明對語言本體性的重視，它關注的是「翻譯」這一行爲過程中所產生的碰撞、衝突以致和諧，而不是語言對眞實性的反映。

　　在趙樹理的寫作實踐中，我們看不到丁玲所經歷的那種身份轉換的焦慮，這種焦慮常常表現在刻意的自我放逐以及語言形式上的改造。用丁玲的話來說，「大眾化」對她即意味著一個階級對另一個階級的繳械投降，它要求寫作者放棄自身既有的文化、語言和情感方式。正如謝覺哉所說，「非農民出身的人，不會眞正瞭解農民痛苦」〔註6〕，這種天然注定的區隔構成了知識分子自我改造的原罪意識，結果他們越是追求新的語言以表達新的生活，反而

〔註3〕　趙樹理：《也算經驗》，《趙樹理全集》（第三卷），第350頁。
〔註4〕　本雅明：《譯作者的任務》，漢娜・阿倫特編，張旭東、王斑譯：《啓迪：本雅明文選》，北京：生活・讀書・新知三聯書店，2008年，第88頁。
〔註5〕　同上，第93頁。
〔註6〕　《謝覺哉日記》（下），1947年2月25日，北京：人民出版社，1984年，第1069頁。

越是凸顯了語言的「異己性」。這或可解釋爲什麼趙樹理在寫作中很少使用方言土語，也沒有讓農民去學說革命新詞。而在周立波的《暴風驟雨》中，幹部和農民之間互相學說對方的語言，卻成爲革命成功的一種隱喻。周立波在整風中反省自己的心路歷程時特別強調了語言不應成爲「大衆化」的障礙，他說自己身爲南方人，以爲「只有北方人才適宜於寫北方，因爲他們最懂得這裡的語言。一個南方人來表現這裡的生活，首先碰到的就是語言的困難」〔註7〕。儘管他聲稱自己誇大了這種語言的困難，但正如我們後來所看到的，學習方言成爲了他「和群衆打成一片」的重要渠道，然而在《暴風驟雨》中，方言土語與標準的政治語彙之間的雜陳並置，反而使得語言變成了某種外在的形式，實際上是否認了兩種語言之間的「可譯性」。

對於趙樹理來說，鄉村不是美好的田園世界，而是集中體現了中國社會最好的一面和最壞的一面，換句話說，大衆化的寫作，不是爲了克服情感上的不安，而是一種認同「病症」的寫作，他所要再現的是鄉村世界如何在歷史的大變動中充分暴露出矛盾與危機，同時又如何因此而具備了創造一個新世界的可能性。寫作作爲一種「翻譯」行爲，實際上正是嘗試在鄉村的語境中表述革命，它不僅關係到知識分子與農民之間的溝通，而且包含了傳統鄉村秩序與現代性政治實踐之間的碰撞，地方社會與民族國家共同體之間的對話，以及文學與政治之間的轉化。

第一節　根據地政治與「地方經驗」

雖然趙樹理很少使用方言土語，但他的小說卻體現出強烈的地域性風格。除了通過對民間藝術形式的借鑒來獲得一種在地化的親近感外，趙樹理的地方性更深刻的表現在他對於地方經驗的執著，這使其往往擅於寫「小」而不是寫「大」。與那些追求全面深刻的社會主義宏大敘事不同，趙樹理坦言，「我沒有膽量在創作中更多加一點理想，我還是相信自己的眼睛」〔註8〕。他將自己的作品總結爲「問題小說」，「……我寫的小說，都是我下鄉工作時在工作中所碰到的問題，感到那個問題不解決會妨礙我們工作的進展，應該把

〔註7〕 周立波：《後悔與前瞻》，《解放日報》1943 年 4 月 3 日。
〔註8〕 趙樹理在 1964 年 1 月中國作協召開的座談會上的發言，《趙樹理研究資料》，
　　　　第 613 頁。

它提出來」〔註9〕，這些「問題」的提出，大多有著「一時一地」的具體性，其中的人物活動、社會關係以及問題的解決，都難以複製於別處。在 1940 年代的解放區，這樣一種寫法並不被視為太過拘謹，它被賦予了人民性／民族性的內涵，成為大眾文藝的代表性成果，而「趙樹理方向」的提出也證明了它之於普遍性意識形態的有效。

不過到了五六十年代，趙樹理這種基於「一時一地」的寫作方式，卻在日趨激進的革命話語下尷尬的存在於落後／進步，不真實／真實，小農意識／階級意識的夾縫中，乃至成為社會主義的異端。他對具體問題的解決卻沒能導向更為普遍的政治方向，結果被認為是「不深不大」。因為過於瑣細淺小，未能反映重大的矛盾衝突，那些來自現實生活中的問題反而失去了「真實性」，成為「文學落後於生活」的一個反面典型。一直到八十年代，趙樹理的這種地域性風格又重新得到重視，甚至被指認為一種地方性的作家流派〔註10〕。這種態度無疑是七八十年代意識形態變動的產物，即通過「地方」的具體性去對抗政治性話語的抽象。1979 年 11 月 28 日的《光明日報》上刊載了一篇題為《且說「山藥蛋派」》的文章，正式提出將以趙樹理、馬烽、西戎等為代表的「山藥蛋派」作為一個作家流派來研究，該文認為，「『山藥蛋派』小說的可貴之處正在於它們寫出了真實的人物，這些人物是生活在五十年代、六十年代或七十年代的山西某地的農民，而不是在今後的年代裏，在其他地區出現的農民」〔註11〕。趙樹理也被評價為「有泥土氣息，而沒有金碧輝煌」，在經歷了六十年代的意識形態放逐後，重新獲得了藝術上的肯定。

戴維‧哈維在分析雷蒙德‧威廉斯的文化理論時，特別關注到了威廉斯所謂的「戰鬥的特殊主義」。這一概念包含著威廉斯對於社會主義政治運動的前景和路徑的設想，即「由一個地方積極的團結經驗塑造出來的理想最終一般化和普遍化為對全體都有益的新社會形式的運行模式」〔註12〕，但事實上，

〔註 9〕 趙樹理在 1959 年 3 月山西省文聯的座談會上發言，第一次明確的將自己的小說稱作「問題小說」，參見趙樹理，《當前創作中的幾個問題》，《趙樹理文集》（第四卷），北京：人民文學出版社，第 25 頁。

〔註 10〕 在五六十年代已有「山藥蛋派」的命名，參見李國濤，《且說「山藥蛋派」》，《光明日報》，1979 年 11 月 28 日。

〔註 11〕 李國濤：《且說「山藥蛋派」》，《光明日報》，1979 年 11 月 28 日。

〔註 12〕 【美】戴維‧哈維著：《正義、自然和差異地理學》，胡大平譯，上海：上海人民出版社，2010 年，第 37 頁。

當地方經驗開始假設自己可以向更為普遍的經驗形式擴展時，經驗和抽象概念，以及不同抽象層次之間的轉化往往會背叛原初的形成於地方的「忠誠」。這種「忠誠」依賴於舊有的社會關係和共同體模式，「在一種規模、一個地方形成的忠誠和特定感覺結構，不可能輕易地保持，也不會輕易地轉化成使社會主義在其他地方或整體上成為切實可行運動所需要的那種忠誠。在轉化行動中，會丟掉某些重要的東西，留下一種具有永遠不可克服之張力的痛苦殘餘」〔註 13〕。如何在這種兩難的處境中進行選擇，如何使在地化的情感經驗與批判的距離相協調，對馬克思主義的理論和政治實踐提出了一個難題。

　　我們在趙樹理身上同樣看到了這種基於地方的「忠誠」與革命理論之間的緊張。一方面，在趙樹理的文學實踐中，「地方」只是構成了他的出發點，同時也是他表述革命經驗的一種方法或形式。他並沒有刻意在作品中表現出對「地方」的留戀，相反，他總是試圖並相信能夠通過這種具體性去獲得更普遍的意義，而這也是社會主義現實主義的典型性理論所依據的。但另一方面，他又難以擺脫對環境的依賴，這使他常常為經驗的陌生感到焦慮。在 1949 年，面對新的政治局勢，趙樹理對周揚表達了他在兩種前途之間的選擇：是繼續深入農村，「甘心當個專寫農民的寫作者」；還是調轉向城市去瞭解真正的「無產階級」，成為一個專業作家。有意思的是，趙樹理並沒有將「無產階級」視作某種抽象的革命意識，而是只能存在於城市環境中的、具體的「生活」。「一個無產階級的寫作工作者不瞭解真正『無產階級』——產業工人的生活如何是好？這似乎應轉向城市了。可是放下自己比較熟悉的對象去一個陌生的環境中探索又有什麼把握呢？這樣想來似乎又是不必住城市好」〔註 14〕，最後趙樹理選擇了留在農村。趙樹理的選擇及其命運促使我們不得不思考，在社會主義的階級敘事中，如何處理那些具體時空中所生成的經驗，對於革命來說，是否需要確定鬥爭的邊界或地點？

一、「根據地」：在地方與國家之間

　　1938 年，毛澤東在中共六中全會上所作的報告《論新階段》中指出，「大多數民眾尚無組織的，這是中國的特點，西洋各國與此不同，所以是一個缺

〔註13〕【美】戴維‧哈維著：《正義、自然和差異地理學》，胡大平譯，上海：上海人民出版社，2010 年，第 39～40 頁。

〔註14〕趙樹理：《致周揚》，《趙樹理全集》（第三卷），第 326～327 頁。

點，使得統一戰線缺乏現成有組織的民眾基礎。但同時，各黨之間可以分工地去組織民眾，不須擠在一塊老是磨擦，因爲有的是尚無組織的民眾，正待組織起來以應抗戰之急需」。根據地的建立正是基於這樣一種戰略需要，成爲共產黨組織民眾展開游擊戰爭的行政區域，「它是游擊戰爭賴以執行自己的戰略任務，達到保存和發展自己、消滅和驅逐敵人之目的的戰略基地」〔註15〕。與國民黨政府的後方戰場不同，共產黨所領導的游擊戰爭其實是一種「無後方作戰」，「是同國家的總後方脫離的」，但是在毛澤東看來，缺乏根據地的依託，只能使游擊戰爭重蹈「流寇主義的農民戰爭」的覆轍。根據地的建立需要具備三個條件，即「建立了抗日的武裝部隊、戰勝了敵人、發動了民眾」〔註16〕，其中，游擊區轉化成根據地的關鍵就在於是否建立了穩固的抗日民主政權。可以看到，在毛澤東的設想中，根據地的建立不僅是爲軍事鬥爭提供長期的支持，同時也是爲了使共產黨所領導的革命能夠落實到政權建設的層面，從而避免歷史上農民起義失敗的命運。

毛澤東在1927年發表的《湖南農民運動考察報告》中曾經預言了一條從鄉村／地方擴展至全國的國民革命道路，並因此號召黨的幹部們重視地方農協所動員起來的鬥爭力量。這一方案後來在蘇維埃時期得到了實踐。在三十年代，中國共產黨建立了以農村爲根據地展開游擊戰的革命戰略，紅軍在控制地方軍事和政治的同時，對當地農民開展政治教育，建立民兵組織，盡可能加強黨與當地農民的聯繫。不過，蘇維埃政權仍然沒有直接深入到地方基層去取代地方精英〔註17〕。一直到抗日民主根據地的建立，共產黨才逐漸形成了一套嚴密有效的基層政權組織，使地方行政制度日益完善起來。在根據地，共產黨建立了村、縣、邊區三級行政區劃，而陝甘寧邊區對於其他邊區來說又處於領袖地位〔註18〕。對於中共而言，根據地的治理包含著雙向任務，一方面要求「把軍事鬥爭與農村社會經濟問題聯繫起來，滲透到每一個村莊、每一戶家庭甚至每個個人」〔註19〕，充分調

〔註15〕毛澤東：《抗日游擊戰爭的戰略問題》，《毛澤東選集》（第二卷），第418頁。

〔註16〕同上，第424頁。

〔註17〕【美】西達·斯考切波著：《國家與社會革命：對法國、俄國和中國的比較分析》，何俊志、王學東譯，上海：上海世紀出版集團，2007年，第307頁。

〔註18〕李金龍：《中國共產黨領導創建的地方行政制度研究》，上海：上海人民出版社，2009年，第191頁。

〔註19〕馬克·塞爾登：《革命中的中國——延安道路》，第46頁。

動農民革命和參戰的積極性，重新組建農村社會結構；另一方面，這種基於根據地的治理模式，又承擔著國家政權想像的功能，它必須回應以下問題：根據地模式是否具有全國範圍的普遍性？如何在根據地那些孤立封閉的鄉村之間建立聯繫，將地方動員與以黨爲中心的權力組織結合起來，使之有效的進入革命的宏觀話語中？

辛亥革命之後，中央與地方的脫節構成了民國政治的一大問題。杜贊奇通過對華北地方政權建設的研究指出，民國政府一方面試圖將地方政權納入現代化的制度性管理中，但國家政權向基層社會的擴張，不僅沒能增強對地方的控制，反而培養了以土豪劣紳爲代表的「贏利型經紀人」。這一中介性勢力借國家政權的榨取中飽私囊，「在內卷化的國家政權增長過程中，鄉村社會中的非正式團體代替過去的鄉級政權組織成爲一支不可控制的力量」〔註20〕。民國時期一直未能形成統一強大的現代化政權體系，而對於鄉村社會來說，「社會舊秩序（法律制度習慣教條等）已失，而新秩序未立，於此際也，多數謹願者莫知所憑循，最易受欺，而少數奸猾乃大得乘機取巧縱肆橫行之便」〔註21〕，秩序的破壞與經濟的掠奪已經把農村推向了破產的邊緣。正如梁漱溟所認識到的，鄉村問題的解決，「歸根是一個政治問題」，需要「鄉村以外的一大力量來救濟鄉村」，也就是一個統一有力的政府。但在「沒有惟一最高的國權」的民國，內憂外患只能使鄉村淪爲被犧牲的地位〔註22〕。因爲「尋不出一個超於鄉村而能救顧他的力量」〔註23〕，所以梁漱溟只能求助於鄉村自救的方式。民國時期各種地方性自治的政治實踐，也有著相仿的初衷，希望通過一鄉一省的實驗，進而影響全國範圍的政治經濟革新。不過，這些「民本政治」或「村本政治」的方案，大多強調鄉土社會的傳統倫理與現代政治經濟形態的共同作用，主要還是依賴於本地的政治精英或鄉紳階層，並沒有眞正改變地方鄉村的權力格局。

正如布蘭特利·沃馬克所指出的，「除非農村問題被整合到全國政治活動的領域當中，否則農村對新社會而言仍將處於外部，正如它處於舊社會的外

〔註20〕 【美】杜贊奇著：《文化、權力與國家：1900～1942年的華北農村》，王福明譯，南京：江蘇人民出版社，2008年，第51頁。
〔註21〕 梁漱溟：《鄉村建設理論》，第249頁。
〔註22〕 同上，第14頁。
〔註23〕 同上。

部一樣。要把農民政治活動全國化，必須要有現代政治領導的地方化」〔註
24〕。在根據地，地方與中央政權之間進入了一種新的關係。地方既是一個個
具體的村縣社會，又是現代性政治關係實踐的場域。因爲隱喻著「民間」、「農
民」等範疇，地方被賦予了政治上的進步含義，它構成了知識分子或幹部自
我改造的地點，保證著革命話語的「發言權」。同時，地方也是被改造的對象，
它在政權的整體性規劃中被重新發現和定義，甚至成爲一種他者性的存在。
這種雙重性同樣體現在《講話》所規定的文藝路線中。延安整風之後，大批
知識分子被派往基層鄉村，「過去是搞文藝工作，現在是去搞地方工作」〔註
25〕。下鄉的政策要求作家們打破「做客」的觀念，從外來的知識分子變成當
地的工作人員，創作活動也相應的從主體的思想行爲變成調查研究的實踐總
結。毛澤東著重對知識分子們「抽象」的文藝觀進行了清算，提出了「生活
是創作的唯一源泉」這一論斷，即創作必須因時因地來源於具體的生活。這
裡的「生活」不是一般化的日常生活，而是在調查研究或行政工作中所獲得
的經驗。《講話》要求作家既是生活的觀察者，也是生活的參與者，前者實際
上暗示了「生活」的界限，它只能是政治視野中的「生活」，有待於被敘事所
再現的「生活」，而後者則意味著「文學」的生產方式和表現形式都應該內在
於實際的工作生活中，只有在這一基礎上，文藝的兩個標準——政治標準和
藝術標準才能統一起來。

　　《講話》重新定義了文學的形態和功能，打破了文學的虛構性並使其成
爲現實的一部分。但問題也隨之而來，文學如何使自己區分於生活，它又如
何克服因時因地的局限而成爲「人民的文藝」？《講話》認爲，雖然文藝和
生活都是美，「但是文藝作品中反映出來的生活卻可以而且應該比普通的實際
生活更高，更強烈，更有集中性，更典型，更理想，因此就更帶普遍性」。有
意思的是，《講話》中對於文藝的這種「典型化」功能，與它對政治的理解有
著相同的邏輯。什麼是政治？政治是「階級的政治、群眾的政治」，「只有經
過政治，階級和群眾的需要才能集中地表現出來」。由此毛澤東提出了「政治
專門家」的任務，如同他對「文藝專門家」的要求，「他們的任務在於把群眾

〔註24〕　【美】布蘭特利·沃馬克著，霍偉岸：《毛澤東政治思想的基礎（1917～1935）》，
　　　　　劉晨譯，北京：中國人民大學出版社，2006 年，第 139 頁。
〔註25〕　凱豐：《關於文藝工作者下鄉的問題——在黨的文藝工作者會議上的講話》，
　　　　　《解放日報》，1943 年 3 月 28 日。

政治家的意見集中起來，加以提煉，再使之回到群眾中去，爲群眾所接受，所實踐」。然而，在「普及工作的任務更爲迫切」的情況下，文藝或政治究竟如何實現這種「集中」並使自己高於生活經驗的自然狀態，這一問題並沒有受到重視。因此，正如前面所分析的，雖然《講話》規定了解放區文藝實踐的方向，但這一方向其實包含著某種含混性，並導致了《講話》及其實踐者之間的分歧。可以看出，《講話》所構想的文學實踐模式，實際上與當時的根據地政治密切相關。這種政治實踐致力於將基於特定地點的行政治理與普遍性的政治話語結合起來，初步形成了「行政分權」與「政治集權」的革命政治方案，改變了近代以來地方與中央之間的長期對立關係。相應的，文學成爲日常生活經驗與「黨的組織」之間的某種「中介」，在這種形態中，「文藝專門家」們既要通過對具體地方的調查研究來獲得材料，同時也要重新想像地方與普遍性政治之間的關係，而這種寫作經驗是此前的五四新文學與左翼文學所未能提供的。

二、寫實與虛構：在小說中「講故事」

如果說寫實小說所追求的是虛構的似眞性，那麼趙樹理的小說在形式和意圖上卻要複雜得多。趙樹理的小說並不符合嚴格意義上的現實主義，而他自己也更願意將其稱爲「故事」。「群眾愛聽故事，咱就增強故事性；愛聽連貫的，咱就不要因爲講求剪裁而常把故事割斷了……」〔註26〕，這種「講故事」的特點後來也成爲「趙樹理方向」的內涵之一〔註27〕。趙樹理的小說常常以「xx 地有個 xx 人」這樣的句式開頭，雖然敘事視點限制在一個村莊中，但這些村莊往往不具有眞實的地域性。趙樹理很少去描寫故事發生的環境，甚至是有意將其虛化，並且通過故事講述者的現身和對讀者「聽故事」的提醒，達到一種寓言的效果。這種虛構的寫法在很大程度上借鑒了民間故事的講述傳統。民間故事並不拘泥於具體的時間地點，事件的眞實可信不是講故事者追求的目標，他無意於去講述一個地方的歷史或確立某一紀念物的權威，而是盡力暗示其普遍性和虛構性，所以也被稱作「瞎話」〔註28〕。以《小二黑結婚》爲例，這篇小說取材於眞實的新聞事件，但在趙樹理的改寫下，

〔註26〕 趙樹理：《也算經驗》，《趙樹理全集》（第三卷），第 350 頁。
〔註27〕 陳荒煤：《向趙樹理方向邁進》。
〔註28〕 可參見鍾敬文：《民俗學概論》，上海：上海文藝出版社，1998 年，第 246 頁。

更像是一個傳奇故事。小說以小芹和小二黑的戀愛為主線，情節簡單明快，矛盾的各方有著明確的情節功能，而現實中的悲劇也被特意修改成大團圓結局，小說的意義具有了某種超越時空的完滿性。正如本雅明所說，「許多實際生活中我們不為所動之事一搬上戲臺，我們看了便為之觸動」〔註 29〕。戲劇化的改寫農民喜愛趙樹理的小說，因為他們在其中看到了自己，意識到原來自己和身邊的普通人也能夠被寫入小說中。

因此，在趙樹理的寫作中實際上包含了一種有趣的反諷。一方面，這些「問題小說」緊緊貼著日常生活，淺顯直白的敘事彷彿現實未經加工的呈現，這種白描式的寫法被讚揚是寫出了農民的「本來面目」：「一切都是自然的，簡單明瞭的……只消幾個動作，幾句語言，就將農民的真實的情緒、面貌勾畫出來了」〔註 30〕。但另一方面，這種敘事的透明又被寓言故事的傳奇風格所打破，趙樹理似乎在有意凸顯一種對真實性的反動。正如日本學者洲之內徹所看到的，「戲劇性的恰當安排是趙樹理文學的特色。一切都被有意識地簡單化了。因而是明確的，沒有朦朧或者曖昧不清的東西，是可知的，而且很少有傷感的東西」〔註 31〕。可以說，趙樹理的小說具有一種新穎的現實感，這種現實感不是建立在小說與現實之間的透明性之上，反而是在故事特定的形式規則中，通過故事的現實化與現實的故事化而獲得的辯證的效果。

不少研究者都注意到了趙樹理寫作中強烈的「講故事」風格，並將其視作對民間敘事情境的模擬，藉以營造某種基於民間傳統秩序之上的共同體「氛圍」。本雅明關於「講故事者」的理論在趙樹理身上得到了有效的實踐，正是通過講故事，趙樹理的寫作改變了新文學的作者──讀者關係，創造了一種不分你我的共在關係，克服了主體與客體的對立，也就是周揚所謂的群眾性視角。

但問題在於，趙樹理並沒有真正回到民間講故事的傳統，而只是小說的一種敘事模倣。當趙樹理在小說中講故事時，由口頭表演所營造的「氛圍」只能通過書面語言來實現。如果說小說和故事分別代表著兩種不同的美學規範的話，那麼趙樹理在二者之間的迴旋，在某種程度上具有了朱迪·巴特勒所謂的「表演性」（performativity）特徵，如其自己所言，「既不得不與農民說

〔註 29〕 本雅明：《講故事的人》，《啟迪》，第 102 頁。

〔註 30〕 周揚：《論趙樹理的創作》，《解放日報》，1946 年 8 月 26 日。

〔註 31〕 【日】洲之內徹：《趙樹理文學的特色》，《趙樹理研究資料》，第 459 頁。

話，又不得不與知識分子說話」〔註32〕。那麼，當趙樹理同時引述並認同這兩種秩序時，是鞏固了其間的差異，還是成功的實現了調和？表演的結果是確認了某種秩序的霸權，還是暴露出了認同的困境？

在小說中講故事的手法，其實可以追溯至古典白話小說的傳統。韓南曾經指出，中國古典小說存在一種「虛擬的說書情境（simulated context）」，即白話小說對於說書人口吻的模倣〔註33〕，這已經形成了宋元以後白話小說的固定模式。對於這種敘事模式，浦安迪認爲並不能說明文人小說與民間文藝之間的淵源關係，反而是文人精心製造的一種反諷的修辭。「有詩爲證」的頻頻出現，恰恰是在提醒讀者，在讀者和故事之間始終存在著一個講故事的人〔註34〕。

有意思的是，在《李有才板話》中，趙樹理製造了兩個講故事的人，他用「快板」取代了敘述者的現身，形成了一種在小說／故事中講故事的結構。民間藝人李有才既是閻家山故事中的人物，同時又是閻家山故事的另一個講述者，而講故事的人有兩個，一個是小說的敘述者，一個是板人李有才。小說的敘述者隱藏起來借助李有才的快板發表議論，郭沫若認爲這種形式接近於舊小說的「有詩爲證」，然而他說讀章回小說的時候一看到「有詩爲證」就跳過不看〔註35〕，對於趙樹理在小說中運用「板話」的形式卻非常讚賞。〔註36〕正如普實克所說，穿插其間的快板「已經不只是純粹起樂曲作用的詩歌，不是在完整的結構以外加上插頁而已，而是作爲故事主人翁、人民歌手李有才的創作自然地編入書中。這種詩歌已經不是像在舊式敘述中那樣純粹的抒情詩，而完全是諷刺詩。從純粹的描寫性詩歌變爲進攻的武器……」〔註37〕。李有才的快板大多用於評論人物或對每一個小故事進行總結，直接參與敘事的進程。因此，李有才和他的快板並沒有產生古典白話小說的那種反諷效果，講故事的人雖然在場，但講述行爲卻因爲構成了敘事的一部分而被人所忽略。

〔註32〕趙樹理：《也算經驗》，《趙樹理研究資料》，第98頁。

〔註33〕韓南：《韓南中國小說論集》，北京：北京大學出版社，2008年。

〔註34〕浦安迪：《中國敘事學》，北京：北京大學出版社，1996年，第101頁。

〔註35〕郭沫若：《讀了〈李家莊的變遷〉》，《趙樹理研究資料》，第190頁。

〔註36〕郭沫若：《〈板話〉及其他》，《趙樹理研究資料》，第175頁。

〔註37〕【捷】普實克：《寫在趙樹理〈李有才板話〉後面》，《趙樹理研究資料》，第523頁。

事實上，小說中的大多數快板都是採用轉述的方式出現，即通過旁人的傳唱而不是李有才自己的演唱。在小說的第二節，趙樹理描寫了小字輩們聚在李有才家裏開「晚會」閒聊的情景。「到了冷凍天氣──有才好像一爐火──只要他一回來，愛取笑的人們就圍到他這土窯裏來閒談，談起話來也沒有什麼題目，扯到哪裏算哪裏」〔註 38〕，但類似於「講故事」的那種氛圍並沒有營造出來，李有才的講唱屢次被打斷，穿插其中的是對於鄉村生活現實的議論和諷刺。作者無意於塑造一個優秀的民間藝人，也沒有流露出像本雅明那樣的對於古老傳統的懷念。作者甚至安排了李有才的被驅逐，因爲快板的流傳已經威脅到了恆元等人的勢力。李有才的歸來不是意味著快板演唱的復蘇──快板恰恰因爲脫離了原有的生產情境而自始至終在流傳，蔣暉將其稱爲一種「反形式」的特徵〔註 39〕，而李有才最終變成了一個「民眾夜校教員」，從說書人到教育者的轉變，使得本已不斷被現實侵入的故事最終向「生活的意義」開放。

在趙樹理四十年代的中短篇小說中，我們都可以看到這樣一種開放的故事性敘事。《李有才板話》循「詩話」之例將小說命名爲「板話」（「說作快板的話」），既提醒讀者意識到小說敘述者的存在，同時通過對「詩」與「歌」關係的謔仿，暗示了以「說話」代替「書寫」的寫作姿態。但有意思的是，小說的結尾並沒有提示故事講述行爲的結束，而是隨著故事本身的「中止」而「終止」：

> 談了一小會，區幹部回區上去了，老楊同志還暫留在這一帶突擊秋收工作，同時在工作中健全各救會組織〔註 40〕。

其實李有才最後的板話反而更像是對故事的總結。《李有才板話》並沒有體現出故事的那種自我完成的封閉性，或者說故事的虛構性最終消解在了綿延不絕的現實生活中。而在《孟祥英翻身》中，儘管故事的形式有了更爲完整的體現，但是講述行爲的首尾呼應卻是以書寫的自覺爲前提：

> 有人問：你對牛差差和孟祥英的婆婆、丈夫，都寫得好像有點不恭敬，難道不許人家以後再轉變嗎？

〔註 38〕 趙樹理：《李有才板話》，《趙樹理全集》（第二卷），第 253～254 頁。
〔註 39〕 蔣暉：《〈李有才板話〉的政治美學》，《文藝理論與批評》，2006 年第 6 期。
〔註 40〕 趙樹理：《李有才板話》，《趙樹理全集》（第二卷），第 304 頁。

答：孟祥英今年才二十三歲，以後每年開勞動英雄會都要續寫

一回，誰變好誰變壞，你怕明年續寫不上去嗎？〔註41〕

書寫行為的延續指涉著現實關係的變動。如果說在《李有才板話》中，故事的講述無法完全包容生活在時間範疇內的前行，那麼《孟祥英翻身》則傳達出了一種對於書寫行為的自信，寫作者自我身份的明晰，確認了通過寫作抵達意義中心的有效性。可以說，在趙樹理那裡，儘管口頭言說被賦予了重要的價值，但這種價值只能在與書面寫作的關係中界定。當趙樹理在民間的意義上強調講故事的大眾性時，並沒有懷疑小說寫作對於現實的再現功能，事實上，那些脫離了表演情境的故事，反而證明了寫作和說話一樣，能夠「真實」的再現民間經驗。

薩義德曾經借用本雅明的理論，在分析康拉德的小說時指出，康拉德擁有一種曖昧不明的雙重性，即「作為社團性技藝（communal art）的故事講述」與「作為本質化了的（essentialized）孤獨藝術的小說書寫」之間的糾葛〔註42〕。在康拉德的敘事中，言說總是失敗的，「語詞向言說者和聽取者彼此所傳達的東西，是他們的在場，而不是一種〔他們〕相互之間的理解」〔註43〕。因此，康拉德從一個失敗的言說者轉換成了「沉思的作家」，「書寫之於康拉德，只是構成──對於它自身，對於它所涉及事物之──否定的一種活動，也是一種口頭的和重複的活動」〔註44〕，這種不斷在自我否定與重構中循環的書寫方式，被康拉德用以反覆肯定自己的作者身份。

有意思的是，與趙樹理相反，康拉德小說中的講故事者從不平鋪直敘。在《黑暗的心》中，馬羅誇張含混的故事講述方式使聽眾和讀者「強烈地感覺到他所表現的並不完全與事情的真相或表象一致」，交流的受阻構成了現代主義的自我反諷。講故事（言說）的失敗意味著舊帝國的中心主義不再能夠壟斷整個表現體系，19 世紀末的現實主義正在喪失歷史的特權，康拉德在講故事與寫小說之間的焦慮，實際上表徵了 20 世紀初帝國主義話語中普遍存在的矛盾。但是在趙樹理那裡，我們並沒有看到這種意義的含混與解體，與其

〔註41〕趙樹理：《孟祥英翻身》，《趙樹理全集》（第二卷），第 392 頁。
〔註42〕【美】愛德華・W・薩義德著：《康拉德：敘事的表徵》，《世界・文本・批評家》，李自修譯，北京：生活・讀書・新知三聯書店，2009 年，第 179 頁。
〔註43〕同上，第 185 頁。
〔註44〕同上，第 195 頁。

說他那種簡潔直白的語言風格是為了模擬農民口語，不如說更像是為五四白話體所規定的一種敘事風格，即對於言文一致的追求。在言文一致的目標下，即使是民間的口語也需要被摒棄其蕪雜多義性，以求能夠透明的再現那個陌生的大眾世界，再次被確認的，正是書寫的特權。趙樹理在小說中講故事的方式面臨著兩難處境。當他試圖通過故事性去吸引讀者的時候，他必須盡可能的調動各種修辭，誇張戲謔的比喻，活潑生動的語言，扣人心弦的情節，故事的講述過程也就是在文本中表演的過程。然而作為一個小說家，他又要遵守五四以來的新小說規範，拒絕矯飾和繁複，追求寫實的敘事文體。儘管五四小說在三十年代以後飽受批評，但這種規範卻被文藝大眾化的要求所內在化。大眾文藝或人民文藝所想像的民間是一個平實、質樸的前現代空間，文藝則是對這個空間的忠實的再現。茅盾曾經指出，民間形式最可稱道之處並非在其敘事的淺白，反而是抒情的真摯，「民間文藝雖然少有心理描寫，少有細膩的人物的動作的描寫，然而並不缺乏抒情成分」〔註45〕。他以當時創作的新鼓詞《八百好漢死守閘北》為例，批評大眾文藝往往因為急於追求敘事上的完成，忽略了抒情性因素，導致人物死板平淡〔註46〕。在很多民間文學研究者們看來，民歌較之民間故事和民間戲劇是一種更自然、更樸素的民間形式，「具有更濃厚的勞動人民的特點，更直接地反映了勞動人民的生活和思想，願望和要求」。延安的話劇不如平劇受歡迎，一個原因就是群眾「更喜歡有歌唱的戲」。周揚曾經批評舊秧歌中「丑角戲謔」和「男女騷情」的成分使「趣味掩蓋主題」〔註47〕，這裡的「趣味」與「主題」的區分對立，其實也是抒情與敘事之間的對立。因此我們會看到，延安時期大大削弱了舊秧歌的「舞」和「鬧」，添加了大量敘事性成分，將其改造成了以講述生產故事為主的「秧歌劇」。有意思的是，在大眾化的新文藝實踐中，抒情之所以被認為是多餘，恰恰是因為它太「民間」。只有不斷的去除抒情成分，才能夠發展敘事這一現代形式，實現對民間形式的超越，而這種觀念與前面說提到的胡適在《白話文學史》中的立場是非常接近的。

〔註45〕茅盾：《關於大眾文藝》，《中國抗日戰爭時期大後方文學書系》（理論‧論爭第一集），第3～4頁。

〔註46〕同上，第4頁。

〔註47〕周揚：《表現新的群眾的時代──看了春節秧歌之後》，《周揚文集》（第一卷），北京：人民文學出版社，1984年，第441頁。

因此，趙樹理的平鋪直敘，在某種程度上來說並不必然是民間形式的延續，反而是在某種程度上回應了新文學的詢喚。在這個意義上，趙樹理對於方言土語的謹愼，既是五四言文一致的延續，又包含了某種反動。在趙樹理的小說中，語言以「說話」的方式呈現出來，也就是說，發生意義的並不是語言本身，而是「說話」這一行爲。這裡就出現了趙樹理身上的一個悖論：一方面，趙樹理的小說以「聽／說」結構取代了五四新文學建立在閱讀關係基礎上的寫作方式，正如倪文尖對於《邪不壓正》的分析中所談到的，「小說中的『話』卻使得環境『實』起來：通過這些話語，帶出村莊的每一個時刻的『情境』；『話』的背後又總是存在著說話人，這樣，『人』的存在也通過言說被揭示出來了。」〔註48〕在這樣一個由「說話」所聯結起來的鄉村社會中，人物既是說話者，又同時是言說的對象，聲音的無限傳遞得以擺脫主體的在場，而不需要借助他者的建構以完成意義的表達。所以我們會看到，趙樹理對於「舊人」的描寫往往更生動，正是因爲「舊人」總是在傳言或議論的氛圍中被呈現，隨之被帶出的是一個在眾聲喧嘩的「交往」中形成的意義網絡。但另一方面，在趙樹理的小說中，書寫行爲又最終佔據了支配性的地位，口頭語言實際上已經經過了書面語的改造與表述，這表現在表達情境的缺失以及「說話」在獲取意義本質上的缺陷。趙樹理在口語表達與書面敘事之間的這種特別的寫作經驗，再現了邊區的大眾化實踐對於「五四」與「民間」兩種文化傳統的繼承與改寫。問題的關鍵不在於趙樹理的寫作是否眞的超越了這兩種文化傳統，創造了新的「形式」，而在於通過揭示兩種文化之間的碰撞，能夠看到趙樹理是如何實踐其作爲「翻譯者」的寫作身份。這種翻譯行爲事實上也構成了邊區文化政治實踐的一種象徵。在邊區，多種文化傳統與話語力量匯聚於一個狹小的空間中，文化的膨脹與地域空間的封閉落後形成了巨大的反差，這在二十世紀中國革命的文化政治史上是前所未有的。在這種情況下，如何建設一種文化的共同體，革命的烏托邦是否能夠繼續被想像，構成了新民主主義文化政治實踐最大的困難。「翻譯」行爲之所以如此重要，就在於它打破了那種建立在資本主義現代性的同質化想像，不再將烏托邦寄託於差異的消解和抽象的普遍性之上，而是通過充分的呈現差異，在「翻譯」的過程中去抵達矛盾的內核——這個「翻譯」的過程其實也就是《講話》中所講到的「政治鬥爭」的過程。

〔註48〕倪文尖：《如何著手研讀趙樹理——以〈邪不壓正〉爲例》，《文學評論》，2009，第5期。

三、地方干部與「問題小說」

正如前面所談到的，在 1942 年以前，趙樹理在太行區所從事的主要是小報的編輯工作，他的大多數作品也都是泛泛的抗戰宣傳。一直到 1942 年 7 月，趙樹理被調到華北黨校政策研究室，開始下鄉搞調查工作，他的創作才發生了比較大的轉變。《小二黑結婚》就是這種轉變的最初成果。這篇小說寫於 1943 年趙樹理在遼縣作農村調查的時候，小說的素材來自當時村裏發生的眞實案件，趙樹理也參加了這個案件的調查審理工作。此後，趙樹理常常駐紮在農村參加減租減息工作，如《李有才板話》、《地板》、《福貴》、《邪不壓正》等作品，都產生於他在各個村縣的調查訪問，這才逐漸形成了「問題小說」的寫作模式。

對於地方性調查研究的強調，實際上與當時根據地的政權改造運動緊密相關。1940～1942 年間，全國範圍內的軍事失利，加上邊區封鎖加劇，根據地面臨極大的生存困難，這也導致了政府和農民之間矛盾的升級。爲了把黨的綱領和政策滲透到基層，快速的組織動員地方群眾、發展生產，首先就要建立一套有效的基層管理體制。1942 年 1 月，《關於抗日根據地土地政策的決定》公佈，農村實行減租減息路線，除了在經濟上對農村的階級關係進行調整外，更重要的是改造村政權，使黨的幹部取代舊有的鄉村經紀人。除了減租減息政策的實行，邊區還實行了雙重領導的幹部體制，加強了縣長的領導權和地方行政的自主權〔註 49〕。「在雙重領導體制下，政府各部門的幹部不再只是簡單地執行上級下達的指示，他們必須因地制宜地執行這些指示，特別是在政務會議上說服別人接受其做法」，這也對地方干部提出了新的要求，他們必須「既全面地熟悉當地情況而又有能力從總體上把握各種政策的分寸」〔註 50〕。行政制度的變革，重新塑造了地方社會的政治關係與文化認同，使「地方」成爲了新民主主義政治實踐展開的基點。

趙樹理的「翻譯者」身份在某種程度上很像是新行政制度下的地方干部。他不僅僅是政令的傳達者，更是地方的治理者，他必須能夠因地制宜的在二者之間完成轉化。所以在趙樹理的小說中，問題的焦點往往不是來自農民和地主之間的階級矛盾，而是來自地方代理人的行政權力，其中既有像李如珍那樣的傳統土豪劣紳，也有像章工作員那樣的新式地方干部，還有一個不可

〔註 49〕馬克・塞爾登：《革命中的中國──延安道路》，第 210 頁。
〔註 50〕同上，第 213 頁。

忽視的階層，即小喜、春喜等混跡於新舊政權之間的投機分子。這些代理人掌握著地方與中央之間的溝通，他們的「翻譯」決定著地方社會改造的效果。1949 年，趙樹理在給周揚的信中曾經談到中央意圖和地方工作之間的關係，「我們的宣傳工作，從上下級的關係看來，好像一系列用沙土做成的水渠，越到下邊水越細，中央的意圖與村支部的瞭解對得上頭的地方太細了，不獨戲劇工作爲然」〔註 51〕。基於這種觀念，趙樹理特別看重行政工作中具體的事務和經驗，而不是一種宏觀性的政治話語的傳達，正如有研究者指出的，趙樹理其實更像是一名「老楊式的幹部」〔註 52〕而不是一名「文學家」。

　　在《太陽照在桑乾河上》這樣的小說中，雖然也描寫了外來幹部和本地人之間的矛盾，但這種矛盾無關乎政權的治理，只構成了一種象徵性的話語結構。也就是說，眞正的矛盾並不在於具體的政策執行過程中，而是來自知識分子／幹部和農民之間預設的一種對立狀態。用當時劉少奇的話說，「土地問題今天實際上是群眾在解決，中央只有一個一九四二年土地政策的決定，已經落在群眾後面了」〔註 53〕，而在 1946 年通過的「五四指示」中也將土改的基本原則表述爲黨對群眾要求的服從：

　　　　在廣大群眾要求下，我黨應堅決擁護群眾從反奸、清算、減息、退租、退息等鬥爭中，從地主手中獲得土地，實現耕者有其田。〔註 54〕

在這種指導思想下，農民的自發性鬥爭被賦予了絕對的合法性。因此知識分子／幹部在執行政策過程中的錯誤，就被描述爲理論上的教條主義以及對農民生活的缺乏瞭解，而不涉及行政權力對抗的問題。不僅是土改時期，事實上經過整風運動之後，那種對「行政」權力的質疑和拷問就已經從知識分子的「大眾化」敘事中消失了，取而代之的是話語層面的「政治」衝突，它關注的是整體性意識形態的表達，而前者關心的是具體的執行手段。

　　毛澤東曾經在《實踐論》中批評了所謂「庸俗的事務主義家」，「他們尊重經驗而看輕理論，因而不能通觀客觀過程的全體，缺乏明確的方針，沒有

〔註 51〕趙樹理：《致周揚》，《趙樹理全集》（第三卷），第 327 頁。
〔註 52〕戴光中：《趙樹理傳》，第 221 頁。
〔註 53〕劉少奇在中共中央會議上的發言記錄，1946 年 5 月 4 日，轉引自金沖及：《轉折的年代》，北京：生活・讀書・新知三聯書店，2002 年，第 378 頁。
〔註 54〕金沖及：《轉折的年代：中國的 1947 年》，第 379 頁。

遠大的前途，沾沾自喜於一得之功和一孔之見」〔註55〕。在延安高漲的革命激情下，事務主義也常常成爲人們批評的對象，包括前面談到的丁玲對於事務性工作的厭煩，其實正是出於這樣一種經驗和理論之間的對立。謝覺哉說，事務主義是想的障礙：東拉拉，西扯扯，從早忙到晚，勞作時間侵佔了想的時間，看來做了不少的事，實則事事象亂麻，「日計有餘，月計不足」，正是因爲缺乏思想的時間〔註56〕。不過，趙樹理對行政問題的關注卻很難說是這樣一種事務主義的體現。在趙樹理的小說中，那些瑣細的問題恰恰反映出了宏觀政治與農民日常生活之間最尖銳的矛盾所在。《小二黑結婚》雖然是爲了宣傳新婚姻法而寫，但眞正阻礙小芹和小二黑戀愛自由的並非「封建勢力」，而恰恰是地方政權的新幹部金旺兄弟。金旺兄弟本是村裏的惡霸，戰爭和革命所帶來的社會巨變卻並沒有動搖他們在村裏的地位，在新政權下，他們仍然是村裏的實際掌權者，「村裏別的幹部雖然調換了幾個，而他兩個卻好像鐵桶江山」〔註57〕。儘管在1941年，依據邊區中央局關於徹底實行三三制的選舉運動指示，全邊區實行了普選，自下而上建立了三三制民主政權，但是對於農民來說，選舉權的實現並不意味著政治上的眞正翻身。在土地革命尚未充分展開的條件下，「民主」仍然是一種空頭支票。在不少人看來，「民主是好的，但人民文化低，粗魯簡單，解決不了問題，最好還是家裏可以些的人出來吧」〔註58〕。很多農民對土豪劣紳仍然充滿畏懼，不敢眞正行使選舉的權利。因此，新政權中很少有貧農的參與，更不用說領導權的掌握，農村中的舊勢力如士紳、地主、惡霸繼續把持著新政權。就像錢文貴一樣，這些地方代理人的權力深入到農民生活的方方面面，除了經濟和政治上的欺壓，也包括《小二黑結婚》裏所描寫的對戀愛的阻撓。在這種情況下，趙樹理所講述的戀愛故事就不只是某種「海派」傳奇的團圓劇，而是農村政治變革在日常生活領域的再現。《孟祥英翻身》雖然是爲了寫一個婦女翻身的政治性敘事〔註59〕，卻從孟祥英和她婆婆的關係娓娓道來，家長里短的瑣事佔據了這篇

〔註55〕毛澤東：《實踐論》，《毛澤東選集》（第一卷），第291頁。

〔註56〕《謝覺哉日記》（上），1943年3月9日，北京：人民出版社，1084年，第421頁。

〔註57〕趙樹理：《小二黑結婚》，《趙樹理全集》（第二卷），第218頁。

〔註58〕林伯渠：《陝甘寧邊區三三制的選舉》，《延安民主模式資料選編》，第122頁。

〔註59〕1943年11月，太行區召開了第一屆群英大會和生產戰績展覽會，趙樹理在大會期間採訪了當時太行區的婦女英雄孟祥英並創作了《孟祥英翻身》，出版時

文章的大部分篇幅。然而恰恰是在對婆媳關係的細緻剖析中，我們看到了革命、生產與倫理三者之間複雜而微妙的矛盾〔註60〕。

　　杜贊奇在研究中發現，事實上減租減息不足以動員農民參加革命和戰爭，農民眞正爲之所苦的是賦稅、土豪和貪污腐敗〔註 61〕。共產黨之所以能夠在華北點燃「燎原」之火，並不是利用村內的階級鬥爭，「如果要將其歸納爲一條，這就是共產黨能夠瞭解民間疾苦：從毆打妻子到隱瞞土地，無所不知，從而動員群眾的革命激情」〔註 62〕。換句話說，地主與農民之間的階級矛盾只是農村革命實踐中的一種「表達性現實」，而不是「客觀性現實」〔註63〕，它是農民日常生活中各種各樣的苦難和矛盾的集中性表述，是一種從具體到普遍的「翻譯」。在杜贊奇看來，共產黨的鄉村革命終結了晚清以降日益嚴峻的國家政權「內卷化」趨勢，國家與地方的分離得以克服。趙樹理對地方事務的關注，在某種程度上可以說是這一變化的表徵性寫作。那些戀愛婚姻、婆媳關係、勞動生產等生活問題的再現，將具體的鄉村社會關係納入了國家政權建設的表達，同時又將革命的普遍性敘事具體化爲日常生活中的「故事」，這一過程實現了在國家與地方之間的「翻譯」，也是政治與文學之間的「翻譯」。儘管趙樹理很少直接書寫公共性的議題或「重大題材」，也不擅長表現從「舊人」到「新人」的階級意識的獲得，但他所致力於的這種「翻譯」實踐，恰恰打破了私與公，地方與國家，文學與政治之間截然的對立，因爲這種新型的公共政治無意於將自己抽離於日常生活的世界而變成一種外在的抽象。正如毛澤東在《組織起來》一文中形象的表述，有的幹部「只知道向他們要救國公糧，而不知道首先用百分之九十的精力去幫助群眾解決他們『救

題後標明是「現實故事」。在這篇文章前趙樹理寫了個「小序」，說明關於孟祥英生產度荒的英雄事蹟已經有很多報導，而這篇作品想寫的是「一個人從不英雄怎樣變成英雄」，《趙樹理全集》（第二卷），第 375 頁。

〔註60〕董麗敏在《「勞動」：婦女解放及其限度——以趙樹理小說爲個案的考察》這篇文章中對《孟祥英翻身》進行了解讀，指出雖然孟祥英因爲生產度荒而「影響出了村」，但是否因此而改變了婆媳關係卻是趙樹理在文本中迴避的問題，由此進一步討論了「生產勞動」與「婦女解放」議題之間的複雜關係。見《中國現代文學研究叢刊》，2010 年第 3 期。

〔註61〕【美】杜贊奇著：《文化、權力與國家：1900～1942 年的華北農村》，王福明譯，南京：江蘇人民出版社，2008 年，第 183 頁。

〔註62〕同上。

〔註63〕黃宗智：《中國革命中的農村階級鬥爭：從土改到文革時期的表達性現實與客觀性現實》，《中國鄉村研究》第二輯，2003 年。

民私糧』的問題，然後僅僅用百分之十的精力就可以解決救國公糧的問題」〔註64〕。正是基於這樣一種私與公之間的辯證關係，邊區的地方行政治理才有可能將農民的日常生活與民族國家的公共政治結合起來。

第二節　鄉村、時空與烏托邦敘事

對於「抗戰建國」這樣的時代主題，趙樹理很少在小說中直接進行表現，「地方」作爲經驗性的空間構成了民族國家等抽象話語的對立面，在這個時候，趙樹理的寫作獲得了某種「具體的普遍性」意義。不過，邊區政治語境下的「地方」還具有另一種涵義，即作爲全國性政治的「縮影」，在文學範疇內則體現爲一種「典型」性話語。正如前面所分析的，趙樹理所書寫的「地方」經驗，究竟只是一種當時當地的特殊性，還是具備了「典型」的象徵意義，實際上是現實主義文學評論中令人躊躇不定的尷尬所在。問題在於，如果說趙樹理對於經驗層面的執著再現了「具體的普遍性」的話，那麼其中的「普遍性」範疇究竟指向了什麼？對於新民主主義文化政治而言，當權宜性和現時性構成了其運動的方式時，是否意味著不再需要一種超驗的烏托邦想像？

一、「想像的共同體」：時間的政治

對於近代中國而言，建設一個強大的現代國家構成了最大的烏托邦想像。建立在線性時間觀基礎上的「革命」，將小說這一文類推上了新文學的中心舞臺，並且以西方寫實小說的體裁、結構、語言等爲典範，樂觀的相信小說對於建設國族共同體之功用。本·安德森在討論民族國家的想像時，富有啓發性的指出了這種共同體想像與現代小說之間的關係。伴隨 18 世紀印刷資本主義的發展，小說和報紙在讀者那裡喚起了一種對於「同時」〔註 65〕（meanwhile）（注意，不是 simultaneity 的「同時性」）的感受，讀者可以在同一時間看著小說中互相不知道彼此存在的人物在活動，「這些多半互不相識的行爲者，在由時鐘與日曆所界定的同一個時間，做所有這些動作，而這一事

〔註64〕毛澤東：《組織起來》，《毛澤東選集》（第三卷），第 933 頁。
〔註65〕中文譯本譯作「其時」，大概是爲了避免與「同時性」混淆，但是「其時」不是漢語裏習慣性的表達法。

實則顯示了這個由作者在讀者心中喚起的想像的世界的新穎與史無前例」〔註66〕。小說之所以能夠喚起「同時」的感受，與線性時間意識的發生息息相關。這是一種由機械鐘和日曆所創造的「同質的，空洞的時間」，也是所謂的「資產階級時間」。從中世紀的「彌賽亞時間」進入「同質的，空洞的時間」，人們理解世界的方式發生了根本的變化，「這個變化，才是讓『思考』民族這個行爲變得可能的最重要因素」〔註67〕。

　　「想像的共同體」所建構的基於主體意識之上的理論模型，實際上是認爲世界各個地方的人共享了「一種」時間，並且共享了由這種同質時間所凝固成的民族國家形式〔註68〕。但問題在於，對於不曾有過基督教傳統的近代中國來說，如果存在新的共同體想像的話，那麼這種想像是以什麼爲其基礎的？當晚清新小說的出現被認爲是現代性視域的發生時，它又是在何種意義上帶來了所謂「理解世界的方式」的轉變？李楊在對晚清文學進行研究時就發現，「對於晚清的中國人來說，『現代』根本不是我們今天理解的『時間』概念，而是一個不折不扣的『空間』範疇」〔註69〕。文學革命對於過去的否棄，急急躍入歷史終結的烏托邦，卻一再遭逢那些被排除於時間之外、充滿破碎與差異的現實經驗的捉弄。革命不僅沒能實現其烏托邦理想，反而暴露出歷史時間的分裂與混亂。正如魯迅的《阿Q正傳》，阿Q眼中的世界是一個沒有「行狀」（歷史）的世界，它總是在召喚一個新的自我，卻只能依靠不斷的遺忘以獲取自我的認同。然而小說的敘事者，卻彷彿在歷史的時間中記錄了阿Q「從中興到陌路」的一生，並以「正傳」的言詞證明了歷史的在場。結果，旁觀者的時間與阿Q的時間處處分裂，直到革命的時間出場——「宣統三年九月十四日」，二者皆進入「正史」，本以爲那個佔有全部時間的歷史主體即將誕生，卻反而是「睡了一覺又覺得樣樣照舊」。最後，阿Q在革命中迎來了死亡，恰恰在臨死的瞬間，記憶頑固的復蘇。鬼火一樣的狼眼睛，使有限的肉身恐懼與驅之不散的歷史鬼魅形成了極大的反諷。小說的時間隨肉體

〔註66〕【美】本尼迪克特・安德森著：《想像的共同體：民族主義的起源與散佈》，吳叡人譯，上海：上海人民出版社，2005年，第24頁。

〔註67〕同上，第21頁。

〔註68〕【美】卡爾・瑞貝卡著：《世界大舞臺：十九、二十世紀之交中國的民族主義》，高瑾等譯，北京：生活・讀書・新知三聯書店，2008年，第9頁。

〔註69〕李楊：《「以晚清爲方法」——與陳平原先生談現代文學研究中的晚清文學問題》，《渤海大學學報（哲學社會科學版）》，2007年，29卷2期。

的消亡而終結，歷史卻依然如幽靈般徘徊，「革命，革革命，革革革命，革革革革命……」，在革命咒語似的循環中，那個想像的烏托邦始終沒有到來。

馬克思將資本積累的邏輯歸納爲「通過時間消滅空間」，他在《共產黨宣言》中描述了資本如何通過雇傭勞動和市場交換，最終形成了一個凌駕於地理差異之上的全球化同質性時間。對同質性時間的想像實際上也構成了西方現代性話語的本體論基礎，即使在馬克思那裡，他所構想的解放政治也沒能避免這樣一種普遍主義歷史觀，他將共產主義的烏托邦設想爲一種歷史的終極狀態，這在德里達看來只是一種「前解構」（pre-deconstructive）的時間觀，包括那些構成政治和人權的基礎性話語（法律、自由、勞動時間、權力等），都是建立在這種目的論的時間觀念之上〔註 70〕。後現代哲學的注意力從時間轉移到空間上，將空間作爲一種微觀分析的場所，致力於從空間的差異性和多元化中挖掘反抗同質性權力安排的資源。在這樣的視野中，任何整體性的烏托邦話語都可能遭到空間化的破壞，當然也包括馬克思主義。德里達拒絕將反抗訴諸於一個理想的目的，因爲它將取消歷史並使其化約爲一項可以計算的「計劃」〔註 71〕。「人的徹底自主的烏托邦以及對無限完善的希望，可能是迄今爲止所創造出來的最爲有效的自殺工具」〔註 72〕，蘇聯式社會主義模式的失敗，使得 20 世紀的烏托邦理念被認爲是一種「危險的幻覺」。隨著解構實踐的興起，進步主義的歷史決定論越來越遭到多元主義話語的批判，而對於左翼知識分子來說，卻難以如此輕易的拋棄對於社會的整體性解釋和安排，解放政治是否還需要一個烏托邦的想像，革命究竟如何可能，又如何能夠創造一種新的時空關係，成爲了對左翼政治想像力的最大考驗。

強調邊區的政治實踐對於地方和空間因素的倚賴，並不是爲了消解革命的烏托邦敘事的可能性，而是促使我們去思考一種基於具體空間的政治實踐是如何被再現爲普遍性的歷史敘事。毛澤東在《講話》中曾經談到，有些知識分子覺得在根據地的寫作缺乏「全國意義」，但在毛澤東看來，「愈是爲革命根據地的群眾而寫的作品，才愈有全國意義」〔註 73〕，因爲根據地不僅是

〔註 70〕 Pheng Cheah, *Derrida and the time of the political*, Durham : Duke University Press, 2009.p14.

〔註 71〕 *Derrida and the time of the political*, p14.

〔註 72〕 Kolakowski, *Modernity On Endless Trial*, p.73，轉引自劉擎：《懸而未決的時刻：現代性論域中的西方思想》，北京：新星出版社，2006 年，第 225 頁。

〔註 73〕 毛澤東：《在延安文藝座談會上的講話》，《毛澤東選集》（第三卷），第 876 頁。

一個地理概念，而且指向了一個新的時代——「新的群眾的時代」。「從亭子間到革命根據地，不但是經歷了兩種地區，而且是經歷了兩個歷史時代」，正是通過這樣的邏輯，鄉村、根據地、延安等空間得以被組織進歷史時間之中，那些基於村莊的寫作，也就有可能擺脫狹隘的經驗主義而被轉化爲具有「全國意義」的整體性敘事，實現時間與空間的統一。對此，毛澤東舉了法捷耶夫的《毀滅》作爲例子，稱這部作品雖然「只寫了一支很小的游擊隊」，「但是卻產生了全世界的影響」〔註74〕。《毀滅》在 1931 年由魯迅翻譯出版後，幾乎成爲一代革命青年的教科書，魯迅高度稱讚這部小說刻畫了「鐵的人物和血的戰鬥」〔註75〕，堪稱「新文學中的一個大炬火」〔註76〕。《毀滅》的革命樂觀主義精神，似可呼應根據地「領導中國前進」的「時代精神」，而這正是毛澤東對於「全國意義」的判斷，也反映出新民主主義構想中所包含的烏托邦政治理想。

　　然而事實上，這種時空之間轉換的邏輯並未能順利的實踐於根據地的現實條件中。戰時的環境決定了邊區的革命政治不能不帶有某種權宜性，馬克·塞爾登稱其爲一種「運動型的政治」，它傾向於「集中力量來解決迫在眉睫的問題」〔註77〕，隨時根據形勢的變化來調整政策。在這種政治形態中，非正規化的領導體制和相對溫和的土地政策，也尚未能徹底摧毀鄉村的傳統權力結構，邊區政府還只限於地方性聯合政府的性質。這些狀況都表明，基於地方／鄉村的邊區政治治理與現代型國家政治之間仍然存在著一定的距離，這使得作爲革命「地點」的地方並沒有自然而然的轉化成作爲「典型」的地方，《講話》中所設想的「具有全國意義」的整體性敘事也沒有在創作上得到實現。換句話說，現代革命所期待的同質性的時間共同體仍然沒有實現，相反，地方／空間的問題卻變得重要起來。因此對於趙樹理來說，面對破碎的時間和充滿異質性的空間環境，他將如何去設想一種普遍性敘事的可能？如果「大眾化」不是意味著一種鄉愁似的情感認同，鄉村並不夠成彼岸的田園世界，那麼他將在何處安放革命的烏托邦想像？

〔註74〕 毛澤東：《在延安文藝座談會上的講話》，《毛澤東選集》（第三卷），第 876 頁。
〔註75〕 魯迅：《關於翻譯的通信》，《文學月報》第 1 卷第 1 號，1932 年 6 月，《魯迅全集》（第四卷），北京：人民文學出版社，1998 年，第 385 頁。
〔註76〕 魯迅：《三閒書屋校印書籍》，《魯迅全集》（第八卷），北京：人民文學出版社，1998 年，第 446 頁。
〔註77〕 馬克·塞爾登：《革命中的中國——延安道路》，第 210 頁。

二、「說理」與「活的時間」

在趙樹理的小說中，革命總是以說理的方式進行，而說理的過程也就是賦予世界以因果關係的過程。我們知道，西方現代小說以因果關係取代了古典小說對於情節的偶然安排，但這一因果關係總是以自然時間的面目出現，歷史的邏輯因而變成了外在於人的、不可抗拒的抽象之力，由此出現了所謂的主體與客體之間的鴻溝。但是趙樹理的小說，時間被再現爲馬克思所說的「活的時間」，它由人的社會活動所創造。那些具體的歷史關係構成了眞實的因果律，革命話語對於歷史時間的佔有，也就是對於這種社會因果邏輯的改寫。因此，以「理」的時間而不是自然時間去敘述現實，意味著不僅描寫事件「怎麼樣」，更要講述它的「爲什麼」。在趙樹理筆下，革命所述之「理」，可能表現爲傳統的倫理或「天理」，也包含了勞動分配、資本計算的邏輯，更催生了新的政治理念。敘事的動機就在於通過說理將過去與現在統一起來，使歷史成爲主人公可以認識的對象，從而實現革命主體性的想像。

這種「說理」的敘事方式最集中的體現在了《地板》這篇小說中。趙樹理曾經談起《地板》的創作緣於一次說理會上的辯論，辯論的內容就是小說的主題〔註 78〕。這篇小說講述了在減租減息運動中，地主王老四始終想不通擁有「地板」（土地）的自己爲什麼應該少拿些租，因爲在王老四看來，沒有他所提供的土地──生產資料，佃戶就沒處去種出糧食。對此曾經也是地主的王老三以自己的經歷試圖說服王老四：糧食是通過勞動得來的，「地板什麼也不能換」。令人關心的是，這篇說理小說的邏輯關係究竟是否成立，它又是以怎樣的小說修辭形式完成了這個論證過程？

〔註 78〕趙樹理在《回憶歷史 認識自己》這篇文章中談到了《地板》的創作動因：「在一次說理會上，某地主說他收的租是拿地板（即土地面積）換的。當時在場的佃戶們對勞動產生價值的道理是剛學來的，雖然也說出沒有我們的勞力，地板什麼東西也不會產生，可是當地主又問出：『沒有我的地板，你的勞力能從空中生產出糧食來嗎？』便遲遲回答不出。當時，我們協助工作的幹部插話說：『地板不過是被你霸佔了的，難道是你造出來的？』這樣一來，群眾也跟著喊，才把一個冷下來的場面重新扭向熱潮。散會之後，仍有一些群眾竊竊私議，以爲地主拿出土地來，出租也不純是剝削。爲了糾正舊制度給人們造成的這種錯誤觀念，我才寫了這一篇很短的小說。故事是借一個因災荒餓死了佃戶而破了產的地主之口來說明土地不能產生東西的道理。」《趙樹理文集》（第四卷），第 344 頁。

1946 年 6 月 9 日，延安的《解放日報》轉載了這篇已在太行山區發表的小說，這是延安第一次介紹趙樹理的作品。《解放日報》在發表時加了一個「編者前記」：

> 「現在發表的這篇《地板》，是一個用了非常深刻動人的事例來說明只有勞動才能產生財富，才能產生價值這一眞理的短篇。……這篇作品，粉碎了像王老四這樣的地主以爲土地本身可以產生財富的剝削階級的反動思想，它極其深刻的揭露了封建剝削的本質，同時，又深刻的說明了一切都是由人——由勞動者創造這個萬古不易的眞理。」〔註79〕（黑體爲筆者所加）

在編者的介紹中，小說的主旨被歸納爲一些抽象的概念，勞動、財富、價值、剝削階級等，而小說的「深刻」就在於它將這些概念組織成了一個「眞理」：「只有勞動才能產生財富，才能產生價值」。這裡使用了「價值」這一範疇，很顯然是與「財富」同義，在小說中則具體指「糧食」。我們知道，馬克思將「價值」分爲「使用價值」和「交換價值」，前者是物的自然屬性，通常所說的「財富」就是這種物的堆積，而後則者揭示了物的社會屬性，它只能在交換中產生。馬克思主義主義經濟學的奧秘就隱藏在「交換價值」的概念中，因爲這個概念揭示了人與商品的關係實際上是人與人的關係的物化。

可見，無論在小說還是這篇「前記」中，對於勞動所產生的「價值」都理解爲是一種「使用價值」。因此而批評這種誤讀歪曲了馬克思主義是毫無意義的，我所關心的是爲何會發生這種誤讀，以及這種誤讀形成了怎樣的烏托邦敘事。《地板》中王老三的第一人稱敘事構成了小說的主體，這顯然是以現身說法的方式增強說服力。由歷史所帶來的思想和行動的變化，重塑了講述者的主體身份。王老三按照時間順序講述了自己從地主變爲勞動者的過程，同時也是一個「打通思想」的過程，後者構成了整篇小說主要的敘事動力。有不少論者曾經指出，趙樹理的小說中的人物總是處於行動之中，鮮有心理活動的表現，並且很少正面描寫人物，這種寫法後來被總結爲「趙樹理方向」的一個形式特徵。在四十年代關於「民族形式」的討論中，心理描寫往往被視爲文學大眾化的一個障礙，而這個障礙源於五四新文學對於西方小說的模倣。「長篇的體裁，複雜性格心理的描寫，瑣細情節的描繪，這些不容易爲大

〔註79〕趙樹理：《地板》，《解放日報》，1946 年 6 月 9 日。

眾所接受，但在藝術上卻不成為缺點，且往往是構成大藝術作品所必需的」〔註80〕。在文藝家們看來，民眾習慣於直白的敘事和完整流暢的故事情節，冗長的心理描寫將會破壞作品的淺白與可聽性。然而趙樹理在《地板》中卻一反以往作品中以行動表垷人物的簡潔明快，而代之以第一人稱的長篇自述，將「大眾化」的訴求建立在說理教育的方式上。

　　在大多數革命小說中，言說的主體總是受剝削壓迫的農民，革命動員的重要機制就是向他們提供「訴苦」的機會，「訴苦」不僅使農民的憤怒得以宣洩，同時通過輔以「挖窮根」和算帳的方式，農民的革命意識被喚醒。周立波的《暴風驟雨》就完整的表達了這一讓農民「學說話」的過程。但是趙樹理在此罕見的讓地主發聲，使地主完全佔據了說話者的位置，自是認可了地主被改造為革命主體的可能性，改造的途徑即是勞動，而新的主體則是作為勞動者的王老三。然而，當王老三將內心的覺醒「說」出來時，自白的內在性被外化成了對話：

　　　　老四！再不要提地板！不提地板不生氣！

　　　　老弟！我把這事情小看了，誰知道種地真不是件簡單的事！

　　　　老弟！你不要笑！你猜她怎麼樣？

　　　　老弟！這麼細細給你說，三天三夜也說不完，還是粗枝大葉告

　　訴你吧！〔註81〕

小說不斷提醒著我們對話關係的存在，但我們卻完全看不到王老四的回應，說——聽結構的失衡使得「說」的合法性變得可疑起來。如果王老四擁有了說話的權利，那麼他將說給誰聽？又是否說服了對方？他在文本中絕對的支配地位，反而消解了辯論的形式，「真理」的權威性建構只能來自那個隱藏的小說敘述者。

　　以獨白的方式進行說理無疑充滿風險，更何況獨白的主體是一個地主。因此有評論者就批評王老三的話語與其身份不符，「王老三是一個封建地主出身的知識分子，語言卻十分通俗流暢，具有大眾化的風格，為參加革命多年的知識分子所難以企及，這也是不真實的。總之，王老三的形象從思想到語

〔註80〕周揚：《對舊形式利用在文學上的一個看法》，《中國文化》第 1 卷第 1 期，1940年。

〔註81〕趙樹理：《地板》，《趙樹理全集》（第二卷），第 407～408 頁。

言，都不太符合人物身份，他不過是充當了某種思想的傳聲筒而已」〔註82〕。然而，正如《地板》所表現出來的，重要的是，改造後的王老三是「眞實」的，這種「眞實」來自「勞動者」這一身份的內在合法性。勞動喚醒了肉身的體驗，將具體的生存問題與抽象的革命理念結合起來，使得「現身說法」因為「身體」的復蘇而打通了「思想」。

因此，與其說《地板》講述的是王老三從地主到勞動者的覺醒，不如說是敘述者通過歷史記憶重構了一個新的王老三。「借用自傳的敘事模式也可能是質詢、競爭以及重構歷史、記憶、文化以及權力的機會」〔註83〕，因為並不存在一個前後一致的「自我」身份，每一次的自我表述都是對過去的重新修訂和編排。王老三的自白從「大前年」講起，「日本人和姬鎭魁的土匪部隊擾亂，又遭了大旱災」，時間的起點同時也是因果邏輯的起點，天災人禍的突然降臨破壞了原有的租佃契約關係，由此才得以開始一種新的建立在時間關係中的敘事。在這裡，年月的順序不僅提示著同質性歷史時間的流逝，更重要的是表現為一種勞動——生產的時序。生產的荒廢，糧食的消耗，作物的生長，歷史大事的逐漸隱去凸顯了在勞動中組織起來的時間結構，時間因此而更像是某種不可抗拒的自然規律：因為糧食的缺乏不得不開始勞動，因為勞動而又獲得了糧食。主體的覺醒緣自每一次「不得不」的選擇，勞動的意義呈現於這樣一個簡單直觀的邏輯中，並且因為這種簡單直觀而無可辯駁。

我們知道，馬克思將勞動與一種「活的時間」形式聯繫起來，強調從勞動出發思考物質與時間的問題。正是在勞動的過程中，物質轉化為生產的要素，「勞動是活的、塑造形象的火；是物的易逝性，物的暫時性，這種易逝性和暫時性表現為這些物通過活的時間而被賦予形式」〔註84〕。與抽象的自然時間（natural time）相對，「活的時間」是勞動中的時間，它以人的生產活動為起點，顯現為人的存在條件，「對於馬克思來說，勞動是時間

〔註82〕黃修已：《趙樹理評傳》，南京：江蘇人民出版社，1981年，第83頁。

〔註83〕西多尼·史密斯，朱莉亞·沃森：《自傳的麻煩：向敘事理論家提出的告誡》，【美】Peter J·Rabinowitz主編，申丹等譯：《當代敘事理論指南》，北京：北京大學出版社，2007年，第422頁。

〔註84〕《政治經濟學批判（1857～1858年手稿）》，《馬克思恩格斯全集》（第三十卷），北京：人民出版社，1995年，第329頁。

的起源──既是人類時間意識的起源，又是對時間進行客觀測量的起源」
〔註85〕。

　　馬克思將時間與人的對象化活動聯繫起來，而不是像傳統哲學那樣把時間視作獨立於人的客觀實在，將其絕對化與抽象化。《地板》非常清晰的詮釋了勞動對於時間的這種對象化活動，勞動的迫切性開啓了王老三對於時間的感知，大前年──前年──去年──今年的時間提示方式，實際上確認了此時的作爲勞動者的王老三對於敘事時間的佔有。如果說在西方現代小說裏，主人公通過與外在時間（歷史）的對立來獲得自我意識，那麼在《地板》中，時間卻成爲人物的實踐對象（勞動時間），它的展開已經包含了人物對於世界的認識，同時人物又在這個實踐的過程中認識了自己（成爲勞動者）。

　　王老三終於「成長」爲一個勞動者，不過值得追問的是，勞動究竟是在什麼意義上賦予主體以新的身份和認同的？蔡翔曾經通過《地板》對革命所喚醒的「勞動」因素作出分析，認爲勞動生產糧食的道理其實是一種「早已存在著的自然眞實」，革命只是要把這一被遮蔽的眞實（「情理」）解放出來並使其制度化（「法令」），不過，因爲「勞動」的合理性來自傳統的情理，所以革命對「勞動」的徵引，也將會導致「現代性」和「傳統」之間的進一步衝突〔註86〕。的確，正如我們所看到的，王老三的覺醒並不來自對革命理念的認知，而是建立在一種基本的生存需求之上。很顯然，王老三所理解的勞動是一種謀生的「本領」：

　　　　老弟！你看看人家這本領大不大？我雖是四十多的人了，這本
　　　領我非學不可！今年村裏給學校撥了二畝公地，叫學生們每天練習
　　　了一會兒生產啦！我也參加到學生組裏，跟小孩們學習學習。我覺
　　　著這才是走遍天下餓不死的眞正本領啦！〔註87〕

我不認爲這種對勞動的理解方式是「傳統」的，因爲並不存在一個一以貫之的、內在一致的傳統，把「自食其力」描述爲一種「早已存在的自然眞實」，實際上仍然是在革命話語的邏輯中所設定的「應當存在」。衝突並不來自「現代」（革命）與「傳統」之間，而是產生於革命的表述方式本身。前面所談到

〔註85〕　【美】卡羅爾‧C‧古爾德著，王虎學譯：《馬克思的社會本體論：馬克思社
　　　　　會實在理論中的個性和共同體》，北京：北京師範大學出版社，2009 年，第
　　　　　14 頁。
〔註86〕　蔡翔：《革命／敘述》，第 228～229 頁。
〔註87〕　趙樹理：《地板》，第 409 頁。

的對於「價值」這個概念的誤讀，恰恰與王老三將勞動視作謀生手段的認識是一致的。當「價值」被等同於「糧食」時，「價值」所可能包含的社會性因素被抽空了，「價值」的實現不再來自人與人之間關係的變更，而純粹變成了物對人的一種滿足。這樣一來，以個體勞動爲中心的時間仍然只是一種謀生的時間，它缺乏轉變爲「社會時間」的契機。

馬克思認爲，在前資本主義階段，勞動只是按照物品的使用價值的差異來測量，只有到了資本主義階段，「時間作爲勞動的測量工具的可能性才產生出來」〔註 88〕，馬克思由此發現了「社會必要勞動時間」這一範疇，進而揭示了「剩餘價值」的秘密。在馬克思看來，只有將人從物化的、作爲勞動測量工具的時間中解放出來，改變資本家通過佔有剩餘時間以佔有財富的方式，用人的自由發展的時間取代謀生的時間，才能使人走向自由的必然王國，即共產主義的解放。因此，悖論就在於，王老三的自白一方面包含了新的敘事組織形式，使得以勞動爲中心的「活的」歷史初具雛形，但另一方面，因爲小說的邏輯性仍然依賴於自然時間中的因果律，勞動的價值被縮減爲一種生存本能，歷史仍然被排除在了敘事之外。

值得追問的是，爲什麼《地板》會形成這樣一種勞動敘事──它使勞動變成了一個超越歷史的田園烏托邦？無論是王老三的自白還是《解放日報》所加的「編者前記」，都旨在強調價值是勞動創造的而非地板創造的，但事實上，王老四所想不通的是，如果沒有他提供地板（生產資料），勞動生產就無從進行：

> 他拿勞力換，叫他把我的地板交回來，他們到空中生產去！你
> 們是提倡思想自由的，我這麼想是我的自由，一千年也不能跟你們
> 思想打通！〔註 89〕

王老三所擁有的正是對生產資料的支配權，也就是所謂的財產權，在他看來，生產資料和勞動力一樣都能夠換取財富，二者在生產過程中應該是等價的。面對這個問題，王老三的自白並沒有給出回答，而這其實是受制於當時減租減息政策的理念。1942 年頒佈的《中央委員會關於根據地土地政策的決議》確定了減租減息的性質，並不是要消滅封建剝削，而是要同時保證地主和農民的「人權、政權、地權、財權」〔註 90〕。對於個體財產的尊重實際上迴避

〔註 88〕古爾德：《馬克思的社會本體論》，第 64 頁。
〔註 89〕趙樹理：《地板》，第 407 頁。
〔註 90〕轉引自馬克·塞爾登：《革命中的中國：延安道路》，第 220 頁。

了「封建剝削」的社會根源，同時也決定了對勞動的倡導只能指向一種自食其力的個人性敘事，反而可能強化了小農生產，而後者恰恰是革命所要克服的「封建性」。在現實中也的確存在這種趨勢，因此毛澤東在 1943 年的一次演講中強調，只有從個體勞動轉移到集體勞動的生產方式，生產力才能得到進一步的發展〔註 91〕。雖然在《地板》的最後，王老三加入了互助組，但那還只是「建立在個體經濟基礎上（私有財產基礎上）的集體勞動組織」〔註 92〕。一直到 1956 年合作化運動以後，財產權（主要指土地）才不再與勞動產品的分配掛鉤。

趙樹理更爲關注的顯然是勞動的倫理道德價值，以至於王老三最後的身份變成了小學教員而不是勞動者。在《地板》中，革命只作爲小說的緣起存在，並沒有參與進王老三的勞動敘事中。小說發生的背景是減租減息，還沒有涉及到革命最核心的土地分配問題，這個敘事前提以王老三的「荒山一處」爲隱喻──革命就是那荒山一處，它還沒有進入王家莊的生活世界中，而是暫時被擱置了。如此一來，只有三畝菜地的王老三能不能算是地主都是個問題，只有在這個前提下，統一的勞動時間才能夠進行而不會爲革命所中斷。「對馬克思來說，創造出現在的這種活勞動的活動引入了時間的現實性。這樣的現在就不是靜態的瞬間，而是過去、現在和未來的動態的統一」〔註 93〕，然而革命則宣告著斷裂或躍進，它總是要告別過去以進入一個全新的秩序，不斷地侵擾現在的穩定性。因此問題就在於，當王老三自給自足的勞動進入一個更大的革命歷史語境中時，勞動時間是否依然能夠統一起歷史的敘事？反過來，革命又將如何進入一種時間關係──如果革命能夠建立起新的時序，那麼它與勞動的時序之間又存在著怎樣的關係？王老三是否還可以佔有時間並擁有講述的權威？在《地板》中，歷史的暴力由戰爭去承擔著，革命只是被表現爲平和的「說理」，烏托邦解放的現實性來自於革命與日常情理之間的一致。然而這種圓滿勢必要遭到日益被動員起來的革命暴力的衝擊，正如我們將在《李家莊的變遷》中所看到的，當革命發展成一種集體性的暴力時，趙樹理所建構起來的那種情理世界與革命政治之間的一致性就會被破壞。因此，在戰爭、革命與勞動（歷史時間）之間想像一種解放的政治，不可避免

〔註 91〕 毛澤東：《論合作社》，《毛澤東文集》（第三卷），第 235 頁。
〔註 92〕 毛澤東：《組織起來》，《毛澤東選集》（第三卷），第 931 頁。
〔註 93〕 古爾德：《馬克思的社會本體論》，第 61 頁。

的需要處理暴力與秩序、生存與解放以及個體與公共之間錯綜複雜的關係，而這些矛盾在《地板》的「說理」中都被暫時的遮蔽了。阿倫特對於革命的概念有過一個解釋，「革命這一現代概念與這樣一種觀念是息息相關的，這種觀念認爲，歷史進程突然重新開始了，一個全新的故事，一個之前從不爲人所知、爲人所道的故事將要展開。」〔註94〕在現代性的線性時間敘事中，革命的造反總是爲了侵擾現在的穩定性，但《地板》卻是試圖在常與變的辯證關係中去維護這樣一種穩定性。

三、從「地方經驗」到「歷史敘事」

　　1945 年爲配合「上黨戰役」，趙樹理開始寫作《李家莊的變遷》。這是一部「趕任務」之作，也是趙樹理繼《盤龍峪》之後寫的第二部長篇小說〔註95〕。可以說，正是這篇小說的發表，趙樹理的創作才眞正受到了權威的肯定。在周揚、馮牧、郭沫若、茅盾等人的熱情推介中，《李家莊的變遷》被視爲趙樹理的創作走向成熟的一個標誌。周揚把《小二黑結婚》、《李有才板話》和《李家莊變遷》作爲趙樹理小說中的三個典範性文本予以讚揚，而「就作品的規模和包含的內容來說，《李家莊的變遷》自有它的爲別的兩篇作品所不可及的地方」〔註96〕。茅盾則更爲肯定的說，「用一句話來品評，就是已經做到了大眾化。……這是走向民族形式的一個里程碑」〔註97〕。在這部小說中，趙樹理顯然有著「更大的企圖」，他試圖突破「一時一地」的限制，將人物的成長與歷史的過程聯繫起來，但這一結合並不成功。相比趙樹理那些活潑生動的短篇，這部小說顯得冗長滯重，正如周揚所指出的，《李家莊的變遷》其實「還沒有達到它所應有的完成的程度，還不及《小二黑結婚》與《李有才板話》在它們各自範圍之內所完成的。它們似乎是更完整，更精練」〔註98〕。

　　在這篇小說中，趙樹理試圖直接去表述一種普遍性的革命歷史敘事，而不是像《地板》等「問題小說」那樣將普遍性的話語寄託在「情理」之中。

〔註94〕阿倫特：《論革命》，第 17 頁。
〔註95〕《盤龍峪》（1935 年）是趙樹理寫的第一部長篇小說，但只寫了第一章，並未完成，收入《趙樹理文集補遺》，中國作協山西分會，1982 年 4 月印。
〔註96〕周揚：《論趙樹理的創作》，《解放日報》，1946 年 8 月 26 日。
〔註97〕茅盾：《論趙樹理的小説》，原載《文萃》第 2 卷第 10 期，1946 年 12 月，《趙樹理研究資料》，第 196 頁。
〔註98〕周揚：《論趙樹理的創作》，《解放日報》，1946 年 8 月 26 日。

如何通過對地方性鬥爭經驗的書寫去表達更普遍的文化政治想像，尤其是如何將根植於土地與鄉里空間的農民抗爭「翻譯」爲一種新型的民主國家政治生活，這種「翻譯」的困難其實一直內在於新民主主義文化政治實踐中。《李家莊的變遷》集中體現了趙樹理及其評價者們對這一問題的表述形式和解決的方法，對這一過程的分析，將有助於我們重新理解「地方」、「農民」、「國家」等範疇被特定的歷史關係所形塑的具體內涵，從而在一種「持續的辯證關係」〔註99〕中去思考新民主主義政治的烏托邦構想。

在抗戰期間，解放區主要的文藝成果集中在秧歌劇、詩歌、戲劇和短篇小說上，一直到 1945 年《呂梁英雄傳》在報紙上連載，完整的長篇小說創作才開始出現〔註100〕。在 1945～1949 年期間，解放區迎來了長篇小說創作的一個高峰期，《李家莊的變遷》、《太陽照在桑乾河上》、《暴風驟雨》、《種穀記》、《高乾大》、《原動力》等長篇小說的出現，意味著以《講話》爲方向的解放區文學在現代小說形式上有了經典化的可能。戰爭所帶來的生活世界的破碎與迅即的變化，使作家難以對現實保持觀照的距離，也沒有充裕的時間冷靜的進行敘事組織，正如老舍所言，「抗戰中，一天有一天的特有的生活，難得從容，乃不敢輕率從事長篇」〔註101〕。1945 年以後，解放區迅速擴大，經過抗戰期間的發展，以根據地爲基礎的革命實踐已經形成了相對穩定的模式，這使得作家能夠嘗試描寫一種長期性的生活體驗。《李家莊的變遷》本來是作者在 1945 年爲配合「上黨戰役」而寫的，小說還未寫完，上黨戰役就結束了。不過，這篇小說還有另一個更爲「根本的任務」——「揭發閻錫山統治下的黑暗」，趙樹理後來回憶說，「材料早已有，但當時沒有認識到揭發的必要，直至任務提出後才寫」〔註102〕。可以推知，這篇小說所要表現的主題，與趙樹理此前所關注的「問題」有所出入，這種差異實際上是對趙樹理的寫作提出了新的要求，即從「一時一地」的工作調查轉向對歷史意義的敘事組織。

〔註99〕 戴維·哈維：《正義、自然和差異地理學》，第 52 頁。

〔註100〕 此前只有一些未完成的長篇小說或中篇小說出現，1944 年柯藍創作的新章回體小說《洋鐵桶的故事》可以認爲是中長篇寫作的一次嘗試。

〔註101〕 老舍：《我怎樣寫〈火葬〉》，黃俊英編選：《小說研究史料選》，成都：四川教育出版社，1988 年，第 301 頁。

〔註102〕 黎南：《趙樹理談「趕任務」》，《文匯報》（副刊）1951 年 2 月，《趙樹理全集》（第四卷），第 78 頁。

前面已經指出，周揚和茅盾在評價這篇小說時表現出了對人物和環境的不同側重，實則暗示了《李家莊的變遷》在形式和主題上的某種游移，這也成爲後來的評論者爭議最大的地方。比如邵荃麟就認爲，小說中的人物「雖然畫出了很清楚有力的 sketch（速寫），但是還不曾達到完整的雕塑程度」，人物的典型性不夠，內在精神生活不深入〔註103〕。然而在日本學者竹內好看來，趙樹理將主要人物進行這種「背景化」的處理，其實是克服了西方現代文學中個人與環境／整體的對立，「在創造典型的同時，還原於全體的意志」，從而實現了一種自我完成的自由〔註104〕。近年來也有不少學者強調擺脫西方現代小說以塑造人物爲中心的觀念，建立新的文學視野去閱讀趙樹理。賀桂梅在分析趙樹理文學的「現代性／反現代性」內涵時指出，在趙樹理的小說中，主體總是以一種「空間性形態」出現，這個特點突出的體現在《李家莊的變遷》中。「這部小說的敘述主體不是小說中的人物小常、鐵鎖，而是『李家莊』這一鄉村空間。小說試圖呈現的是這一空間發生革命性變動之前、之中和之後的狀況」，而這種將人物放在特定空間中，並展現其中結構性關係的書寫方式，正是社會主義文學對於現代性敘事的一種創造〔註105〕。這種解讀視野雖然有助於我們發現趙樹理文學所提供的新經驗，但僅僅依靠西方現代性作爲參照系，實際上難以回答趙樹理的「空間性」之於社會主義文化政治的含義，更無法解釋這種書寫方式後來所遭遇的困境。正如本文一開始所提出的，《李家莊的變遷》在當時意味著，趙樹理試圖突破「一時一地」的限制而轉向普遍性的歷史敘事，那麼它與那些「問題小說」的區別就在於，「歷史」應該成爲情節發展的動力，而不是地方——「空間」。所以關鍵的問題是，歧義產生於何處以及爲什麼會出現這種歧義。在這個問題視野中，我們應該恢復「地方」所包含的豐富的歷史情境，而不是直接將其固定爲理論範疇中的「空間」，由此才能理解趙樹理在「地方」與「人物」之間的選擇究竟意味著什麼。

與之前的小說經驗不同，《李家莊的變遷》所要表現的相當一部分「生活」內容都是趙樹理所不熟悉的。儘管小說的不少材料來自他的經歷：「我的叔父，正是被《李家莊的變遷》中六老爺的『八當十』高利貸逼得破了產的人，書中閻錫山的四十八師留守處，就是我當日在太原的寓所；同書中『血染龍

〔註103〕邵荃麟：《邵荃麟評論選集》，北京：人民文學出版社，1981 年，第 515 頁。
〔註104〕竹內好：《新穎的趙樹理文學》，《趙樹理研究資料》，第 491 頁。
〔註105〕賀桂梅：《趙樹理文學的現代性問題》，《歷史與現實之間》，第 254～256 頁。

王廟』之類的場合，染了我好多同事的血，連我自己也差一點染到裏邊去……」
〔註106〕，但是對於小說的主人公鐵鎖的成長過程，趙樹理卻表現得有些力不
從心。尤其是鐵鎖成為黨的幹部，開始領導李家莊的革命鬥爭後，小說就變
得鬆散無力，鐵鎖作為主人公的形象也黯然失色。後來趙樹理在總結自己的
創作時承認，在解放區時期，「其中雖然也寫到黨的領導，但寫得不夠得力，
原因是對黨的領導工作不太熟悉」〔註107〕。正如我們後來所看到的，對經驗
的過於信賴，使趙樹理在 1949 年以後的寫作陷入了困境。事實上，對趙樹理
而言，與其說「黨的領導」意味著一種陌生的經驗，不如說它更像是某種難
以把握的抽象性話語——它建構著歷史敘事的邏輯，通過該邏輯將散逸的生
活經驗改寫並重新組織起來。一方面，敘事者希望通過鐵鎖和李家莊的具體
經驗去構造一種「典型性」。正是在這篇小說中，我們更清楚的看到了趙樹理
對於地方性經驗的「忠誠」。在趙樹理的筆下，反抗的動因不會來自某個外來
幹部或知識分子，而是生發於當時當地的具體關係之中，正如邵荃麟所說，
是一種「土生土長的力量」〔註108〕，它意味著革命的烏托邦理想完全能夠在
鄉村社會中生根發芽並成為現實。生活的苦難使鐵鎖對於理想世界有了朦朧
的想像，開始質疑既存秩序的合理性，所以在小說中，我們又看到了「情理」
對於歷史主體的建構作用。「說理」構成了鐵鎖最主要的心理活動，他不明白，
「李如珍怎麼能永遠不倒？三爺那樣胡行怎麼除不辦罪還能作官？小喜春喜
那些人怎麼永遠吃得開？別人賣料子要殺頭，五爺公館怎麼沒關係？土匪頭
子來了怎麼也沒人捉還要當上等客人看待？師長怎麼能去拉土匪？……」〔註
109〕，這一連串樸素的追問，都指向了歷史的因果性範疇，所以敘事者借小常
之口表揚鐵鎖：「朋友！你真是把他們看透了！」〔註110〕。不同於我們所熟悉
的那些「訴苦」型的階級鬥爭敘事，趙樹理並沒有將革命的正義性訴諸於對
被壓迫者苦難的渲染——儘管後者成功的憑藉這種情感感召的模式在農民與
革命之間順利的建立了聯繫，而趙樹理更希望幫助農民在他們的生活世界中
體驗革命的道理，能夠自主地在事件之間建立起因果的聯繫。最典型的如《福
貴》的結尾，趙樹理沒有讓福貴在翻身大會上算經濟賬「訴苦」，而是引導村

〔註106〕趙樹理：《也算經驗》，《趙樹理全集》（第三卷），第 349～350 頁。
〔註107〕趙樹理：《回憶歷史，認識自己》，《趙樹理全集》（第五卷），第 466 頁。
〔註108〕邵荃麟：《李家莊的變遷》，《邵荃麟評論選集》，第 516 頁。
〔註109〕趙樹理：《李家莊的變遷》，《趙樹理全集》（第三卷），第 34 頁。
〔註110〕同上。

民們思考福貴爲什麼會變壞：福貴的變壞不是因爲他本人的品性，而是緣於家長老萬的剝削。通過說理，農民們認識到了在事件的表象之下所隱藏的因果關係，由此得以反觀舊有的倫理觀念與權力秩序。

但是另一方面，在鐵鎖回到李家莊之後，追求「公理」的強烈動力消失了。小常的到來意味著革命的話語終於進入了李家莊內部，然而當革命之「理」通過小常之口對村民宣講之時，它已經被村民們的日常生活需求所消解了。村民們並不關心那些革命的大道理，「大家特別聽得清楚的就是有了褲子才能抗日，有了權才願救國……」，這才是「認理」〔註111〕。王安福老漢在聽了小常對於社會主義的解釋後，雖然表示贊同，但也覺得「建設那樣個社會不是件容易事」，眼前第一要緊的是救國〔註112〕。儘管村民們理解了減租減息與抗敵救國之間的關係，但是當後者成爲壓倒性的矛盾時，階級鬥爭之於日常生活的意義則被削弱了。李如珍被徹底打垮後，村民們認爲「處理漢奸是第一要緊事」，實際上是將階級的矛盾轉換成了民族的矛盾。在《李家莊的變遷》後半部分，階級鬥爭的主題已經很模糊，雖然村政權還是由李如珍把持著，但整個李家莊的社會結構已經失序。敵我關係變成了李家莊內部與中央軍、土匪、日軍等外敵之間的軍事鬥爭，結果使得揭露閻錫山的初衷沒能貫徹下去。趙樹理又退回到了他所習慣的經驗性敘事，試圖通過鬥爭的反覆來證明一種自發性力量的生成。同樣的寫法也可以在《呂梁英雄傳》中看到，這部新章回體小說在某些地方與《李家莊的變遷》非常相似，它們都採用了一種基於地方經驗的寫作方式，以軍事鬥爭的反覆來推動敘事的發展。但是在階級矛盾未能形成強有力的統攝性話語時——這種不足實際上也指向了「黨的領導」缺席，結果往往流於繁瑣乏味，反而壓制了村民們所可能展現出的鬥爭力量。

因此，對於趙樹理來說，寫作的困難不是因爲經驗的陌生，而是在於經驗與抽象性話語之間的距離，這種距離造成了敘事上的延宕遲緩。在李家莊的村民接受了革命道義之後，小說前半部分所包含的那種歷史關係之間的複雜性和緊張感就逐漸弱化了，敘事者更關注的是如何解決「眼前的事」——這種對實幹的興趣在趙樹理後來的創作中更加強烈的凸顯出來，甚至成爲他對革命最大的「背叛」。1956年趙樹理在反思自己的思想歷程時談到，抗戰期

〔註111〕趙樹理：《李家莊的變遷》，《趙樹理全集》（第三卷），第62頁。
〔註112〕同上，第72頁。

間自己在對黨的理論的認識上有所偏頗，「其中最重要的是不瞭解民族鬥爭與階級鬥爭的關係和統一戰線中的團結與鬥爭的關係」，因此「對黨分配的具體任務往往不能全面完成而只完成其自己認爲重要的部分──例如在做抗日動員工作的時候，因爲怕妨礙統一戰線，便不敢結合著廣大群眾的階級利益來宣傳動員，而只講一些抗日救國的大道理……從這種失敗中才認識到地主階級和蔣閻匪軍在抗日陣營中的反動性，認識到群眾基礎的重要性」〔註113〕。這段自白一方面解釋了趙樹理在民族與階級之間的判斷，乃是因爲政治水平的不足，但我們也可以從另一面理解趙樹理對於階級敘事的遲疑。在像《暴風驟雨》和《太陽照在桑乾河上》這樣的階級敘事中，鄉村社會總是一個自足的世界，它有自己獨立的權力系統，壓迫和反抗都能夠在鄉村本身的社會結構中完成，此時的鄉村就是我們通常所說的「典型」或「縮影」。但是對於李家莊而言，這個權力系統深深的依賴於整個山西地方政治形態，它並不是一個象徵性的、封閉的空間。李如珍們之所以能夠「鐵釘釘住，不動了」，是因爲他們的權力形成於盤根錯節的家族性政治中。在二十世紀二三十年代的山西，閻錫山通過「村本政治」和「用民政治」的治理方式，在中央政權與地方之間搭建起了嚴密的權力網絡，一方面強調「政在民間」，鼓勵培養村莊自身的政治組織和治理能力；另一方面嚴格控制政治精英的選拔，很少任用外省人，同時對山西全省進行「編村」，這樣就在政治、宗族和文化三重力量的保證下有效的實現了政令的「上傳下達」〔註114〕。所以從犧盟會到八路軍，李如珍們一次次被打倒又捲土重來，直到閻錫山倒臺，八路軍在李家莊紮了根，李如珍的勢力才被徹底摧毀。因此，在《李家莊的變遷》中，眞正的「歷史在場」不是以革命話語或歷史事件的形式出現，而是表現爲一個勾連起村莊內外的權力網絡。

我們可以認爲，趙樹理並不寄希望於單個村莊內部的階級鬥爭能夠打破這個權力網絡，這也是爲何小說最後將解放的力量訴諸於八路軍的到來。對於李家莊的村民們來說，他們不可能對整體性的政治有所瞭解，他們最關心的只是保衛李家莊這個鄉村共同體。在這個意義上，「人物」與「地方」之間的矛盾便顯現出來。一方面，「社會主義現實主義」要求書寫具有階級本質的典型人物，而鐵鎖無疑具備了成長爲階級主體的可能。但另一方面，因爲階

〔註113〕趙樹理：《自傳》，《趙樹理全集》（第四卷），第408頁。
〔註114〕邢振基：《山西村政綱要》，山西村政處村政旬刊社，民國18年（1929年）。

級敘事的受阻與矛盾的轉移，人物的行動性被減弱了。《李家莊的變遷》在敘事形式上很接近於晚清的遊歷小說，即通過主人公見聞錄的形式來串連情節，藉以將個人的故事與歷史事件結合起來。在小說的前半部，敘事視角仍主要以鐵鎖的限制性敘事爲主，尤其在鐵鎖走出李家莊後，「外面的世界」幾乎都是鐵鎖眼中的世界。可以看出，趙樹理仍然試圖通過個人具體的經驗去進入歷史的宏觀敘事，但正如有評論家所指出的，「作品中所寫到的許多過程，只能說是一些歷史事件，而還夠不上是一種情節，即作爲人物性格發展史的那種情節」〔註115〕，李家莊外部的歷史總是以提示性時間或局勢變化的方式現身，對於這個外部世界而言，鐵鎖更像是一名旁觀者，他的變化或「成長」並不來自歷史矛盾所構成的緊張環境，而是由於小常的出現。直到返回李家莊，鐵鎖才又重新成爲鬥爭故事的參與者。不過，隨著鬥爭情節的展開，小說的敘事視角也逐漸脫離了鐵鎖而轉成全知性敘事，導致了前面所說的鬆散無力。正是因爲李家莊仍然沒有完全轉化爲作爲「典型」的地方，而是革命發生的地點或情境，我們才難以看到環境與主體生成之間的決定性關係。

當趙樹理試圖用「歷史的敘事」去包容「生活的故事」時，他更願意直接面對一個具體的「情境」，這個情境由人與人之間的關係，而不是概念與概念之間的關係所構成。在《李家莊的變遷》中我們可以看到，他最爲關注的是「外部的動力如何轉化成地方性的『感覺結構』」〔註116〕，這使他不得不面對地方經驗中那些難以被轉換成普遍性敘事的複雜和微妙之處，以使革命的講述能夠「穩穩當當地前進」〔註117〕。1946～1947 年間，「五四指示」和土地法大綱相繼發布，解放區農村開始實行徹底的土地改革，從根本上消滅封建剝削。很多人都希望趙樹理能寫出一部反映土地改革這樣偉大鬥爭的長篇小說，然而最後趙樹理卻寫出了《邪不壓正》這樣態度曖昧的小說。如果說土改試圖將農村社會完全納入階級政權組織模式的話，那麼趙樹理顯然不滿足於「翻身」敘事對這場巨變的再現方式。他所關心的仍然是地方社會作爲一個有機的整體，如何在階級話語的改造中形成新的社會關係〔註118〕。在土改運動中，地方開始轉變爲國家政權的改造對象，並開始了某種「去地方」

〔註115〕黃修己：《趙樹理評傳》，南京：江蘇人民出版社，1981 年，第 105 頁。
〔註116〕戴維‧哈維：《正義、自然和差異地理學》，第 32 頁。
〔註117〕同上，第 5 頁。
〔註118〕趙樹理：《關於〈邪不壓正〉》，《趙樹理研究資料》，第 99 頁。

的過程，取而代之的是階級性普遍敘事。在這種情況下，《邪不壓正》還堅持
以「當時當地」的經驗爲立場〔註119〕，勢必會遭到總體性視角的質疑。因此，
《邪不壓正》成爲趙樹理在這個時期引發最多爭議的作品，而其中一種強勢
的批評意見就是來自「社會主義現實主義」的標準〔註120〕。1956 年合作化運
動之後，地方與國家之間出現了「集體」這一中介性組織，雖然統一的政治
集權仍然有效控制著地方，但在某種程度上已經退出了地方社會的治理，轉
而交由集體去經營。集體的自負盈虧以及「交足國家」的保證，使得地方／
農村與國家之間的矛盾日益尖銳。所以，趙樹理在《三里灣》中總是有意無
意的去描寫上級政權對農村社會的擠壓，包括旗杆院（空間）的擁擠，以及
農業生產的時序（時間）被打亂。

　　趙樹理對於地方經驗的「忠誠」，最終使其創作陷入了困境，然而我們並
不能因此去強調這種經驗所可能產生的「背叛」，更不應該將其簡單的指斥爲
一種「農民意識」，因爲所有的問題其實都內在於社會主義革命的矛盾結構
中。趙樹理作爲一名「翻譯者」的寫作實踐，充分呈現了在新民主主義革命
階段，地方與國家之間既對立又相互轉化的關係。在以根據地爲基礎的特殊
的政治實踐中，如何將經驗的具體性與意義的普遍性相結合以形成新民主主
義的歷史敘事，如何實現趙樹理所希望的雙向溝通，這些問題並沒有得到很
好的解決。在李家莊成爲根據地後，村民們充滿自信的宣佈：「這裡的世界不
是他們的世界了！這裡的世界完全成了我們的了」。但正如我們所看到的，
1949 年以後的「無產階級」文化革命恰恰是來自於一種未完成的焦慮，農民
與國家政治之間的矛盾不再被表述爲「翻譯」行爲的困難，而變成了新舊兩
個世界之間的權力爭奪。因此，趙樹理的困境其實也是新民主主義革命話語
的困境，也正是在這樣的視野中，趙樹理的寫作才具有了作爲「方法」的意
義。

〔註119〕趙樹理在回應《邪不壓正》的批評時說，他寫《邪不壓正》的意圖是，「想寫
　　　　出當時當地土改全部過程中的各種經驗教訓，使土改中的幹部和群眾讀了知
　　　　所趨避」，而整篇回應也都在強調這些問題的提出來自「那個地方」的工作經
　　　　驗。見趙樹理，《關於〈邪不壓正〉》，第 99 頁。
〔註120〕主要的批評者竹可羽明確提出了他批評的依據，即「根據馬克思主義文學原
　　　　則，或社會主義現實主義的創作原則來提出意見」，見竹可羽：《再談談〈關
　　　　於《邪不壓正》〉》，《人民日報》，1950 年 2 月 25 日。

結　語

　　《講話》將邊區的革命命名為一個「新的群眾的時代」的展開，它既意味著一個時間上的起點，同時也包含了空間上的轉易。「中國是向前的，不是向後的，領導中國前進的是革命的根據地，不是任何落後倒退的地方」[註1]，「過去的時代，已經一去不復返了」[註2]。以延安為中心的陝甘寧邊區，只是全國十九個解放區的一個，國共之爭不僅在於意識形態之爭，也在於領土的爭奪，在這種情況下，「佔領」既具有了文化領導權上的內涵，同時更要求著在各自的領土上進行有效的政治治理。1945 年，毛澤東在《論聯合政府》中自信地宣佈，「在所有這些解放區內，實行了抗日民族統一戰線的全部必要的政策，建立了或正在建立民選的共產黨人和各抗日黨派及無黨無派的代表人物合作的政府，亦即地方性的聯合政府。解放區全體人民的力量都動員起來了」，邊區的政治實踐成為了「民主中國的模型」[註3]。這種革命樂觀主義的自信，無疑正是來自於「群眾」這一歷史主體在民族與階級兩個維度上的統一性，從而能夠將近代中國革命的雙重任務匯聚成一個目標。群眾這一歷史主體的發現，既延續了近代以來中國革命話語中的平民取向，使三民主義、民粹主義、無政府主義、馬克思主義等革命理想融合在一起，促成了民族獨立與階級革命任務的實現；同時也繼承了晚清民國地方自治以及鄉村建設的實踐傳統，將民眾的範疇具體落實到鄉省之中，使政治革命與農村地方的社會革命相結合。邊區以其最落後的政治經濟條件成為「民主中國的模

〔註 1〕　毛澤東：《在延安座談會上的講話》，《毛澤東選集》（第三卷），第 877 頁。
〔註 2〕　同上，第 876 頁。
〔註 3〕　《論聯合政府》，《毛澤東選集》（第三卷），第 1044～1045 頁。

型」，正是基於這種最徹底的群眾政治路線，既回應了近代中國革命的話語和實踐傳統，又開拓出了一種新型的民主政治模式，其被集中表述爲「延安道路」。可以說，「延安道路」是最熱情的烏托邦想像與最具體的行政治理的結合，這種結合用當時的話說即是一種「馬克思主義中國化」的實踐。所謂的「中國化」，恰恰因爲現實中民族國家政治的缺席，反而富有了開放性的內涵，它不僅包含了革命理論的「民族形式」的命題，也意味著從城市經驗到鄉村經驗的轉化，更是指向了「大眾化」的訴求。因此，《講話》對於文藝大眾化的闡述，實際上也是在回應這樣一種「中國化」的目標，它不僅僅是從精英文化到平民文化的轉移，而且必須在多種文化傳統交融的過程中獲得大眾化的形式，才能成其爲「新的人民的文藝」。

可以看到，儘管《講話》之後，「大眾化」成爲了唯一的文藝方向，但是因爲「大眾化」這一命題本身所包含的複雜性與曖昧性，在具體的文藝實踐中表現出了不同的取向。一方面，「大眾化」指向了以丁玲爲代表的「小資產階級」知識分子的自我改造，它意味著將個體的情感投入到集體的情感之中，但另一方面，「大眾化」又包含了對農民的組織和動員，這種組織和動員不僅僅需要創造情感上的共鳴，更需要使農民的日常生活得以被表述。在這種情況下，文學既是一種情感的載體，又是一種形式化的中介。知識分子們通過大眾化的寫作想像著革命與情感、倫理、生活之間的關係，同時也重新塑造了自我在公共政治中的身份位置。他們以各自的方式書寫了這場發生於鄉村世界中的革命，而敘事行爲本身也具有了組織生活並賦予意義的實踐性內涵。因此，正如新民主主義政治所包含的權宜性，這種作爲實踐的大眾化文學寫作也不可避免的只能是特定歷史條件下的產物。當政治環境與革命的目標發生變化時，這樣一種基於地方和農民的寫作實踐不可避免的會隨之改變，而丁玲和趙樹理所代表的兩支文藝隊伍也需要有新的權力話語來對其進行統合。

1948 年，丁玲在一篇日記中記錄了她與趙樹理相見的印象：

> 一清早同著家裏人去見趙樹理，我們談了一陣，內容凌亂的很。
> 這個人剛看見時，也許以爲他是一個不愛說話的人，但他是一個愛說話的，愛說他的小說，愛發表自己的意見，愛說自己主張，同所有作家一樣。但他這個人是一個容易偏狹的人，當他看見我打開我的點心包吃了半片餅乾之後又看有麵包，他驚奇地叫了一聲：「麵

包？」伯夏就趕忙分了一點給他，他卻推開說：「我沒有吃麵包的習
慣！」我幾乎笑了。〔註4〕

解放初期，丁玲領導的作協和趙樹理領導的工人出版社分別進駐北京的
東、西總布胡同，前者大多是深受五四新文學教導的作家，而後者則主要
是四十年代在太行區推動通俗化運動的一批文藝工作者。進京以後，趙樹
理等人成立了「大眾文藝創作研究會」，希望能在北京城中繼續文藝大眾化
的道路，將新的文藝「打入天橋去」。對此，丁玲卻多次提到：「我們不能
再給人民吃窩窩頭了，要給他們麵包吃。」〔註5〕東、西總布胡同之間的紛
爭成爲建國初期北京文藝界政治與文化語境變動的一個表徵，當革命從鄉
村轉入城市，從新民主主義革命過渡到社會主義革命階段，文藝在「普及」
與「提高」之間的矛盾隨之充分暴露，更重要的是那種在「大眾化」的統
一目標下被化解的知識分子與革命、國家與地方、城市與農村等矛盾也逐
漸顯現。五十年代中期以後，趙樹理的寫作最終走向了困境，丁玲也遭到
文藝鬥爭的清洗，而他們被排斥爲他者的理由，恰恰是曾經因「大眾化」
而消除了的那些異質性因素。

　　竹內好曾經評價魯迅是一個永遠的革命者，因爲魯迅清醒地意識到，革
命不應止於至善，革命所追求的烏托邦社會也不應害怕再次的變革。莫里斯·
邁斯納在評價毛澤東時也曾說，「毛澤東主義烏托邦不僅考慮到變化，而且要
求變化，同時還預言了一種未來的烏托邦，它依然同鬥爭、同現在世界上人
類經歷的憂患相聯繫，這是一個仍然充滿著危險和不確定性、依然要考慮人
類勇氣和英雄主義的未來。」〔註6〕當「新的群眾的時代」終於到來時，這種
自信之中也包含著危險，歷史時間是否眞的完成，革命的烏托邦話語是否眞
的充分佔有了統一的時間？齊澤克不無苛刻的指出，「從 1917 年開始的（或
更準確地是從 1924 年斯大林宣佈在一國建設社會主義的目標開始）整個蘇聯
社會主義時代是建立在借來的時間上的，是「負債於未來」的，因此最終的

〔註4〕　丁玲：《從正定到哈爾濱》，1948 年 6 月 26 日，《丁玲全集》（第十一卷），第
　　　　345 頁。
〔註5〕　蘇春生：《從通俗化研究會到大眾文藝創作研究會——兼及東西總布胡同之
　　　　爭》，《現代文學研究叢刊》，2003 年第 2 期。
〔註6〕　【美】莫里斯·邁斯納著，張寧、陳銘康等譯：《馬克思主義、毛澤東主義與
　　　　烏托邦主義》，北京：中國人民大學出版社，2005 年，第 186 頁。

失敗反過來褫奪了他們的早期時代」〔註7〕。那麼對於四十年代的新民主主義革命而言，烏托邦理想的實現顯得如此切近，又是否不可避免的同樣「負債於未來」呢？

〔註 7〕 齊澤克著，薛羽譯：《視差之見》，《國外理論動態》，2005 年第 9 期。

參考文獻

期　刊

1. 《解放日報》
2. 《解放》
3. 《中國文化》
4. 《文藝戰線》
5. 《紅色中華》

作家文集

1. 《艾思奇文集》，北京：人民出版社，1981〜1983年。
2. 《陳學昭文集》，杭州：浙江文藝出版社，1998年。
3. 《丁玲全集》，石家莊：河北人民出版社，2001年。
4. 《何其芳全集》，石家莊：河北人民出版社，2000年。
5. 《列寧全集》，北京：人民出版社，1984〜1990年。
6. 《魯迅全集》，北京：人民文學出版社，1981年。
7. 《馬克思恩格斯全集》，北京：人民出版社，1986年。
8. 《毛澤東選集》，北京：人民出版社，1991年。
9. 《毛澤東文集》，北京：人民出版社，1992〜1999年。
10. 《瞿秋白文集》，北京：人民文學出版社，1985〜1989年。
11. 《趙樹理全集》，北京：大眾文藝出版社，2006年。
12. 《周揚文集》，北京：人民文學出版社，1984年。

研究資料

1. 江西省檔案館，江西省委黨校黨史教研室編，《中央革命根據地史料選編》（下冊），江西：江西人民出版社，1982 年。

2. 《延安文藝叢書》編委會編，《延安文藝叢書・文藝理論卷》，長沙：湖南人民出版社，1984 年。

3. 鍾敬之、金紫光主編，《延安文藝叢書・文藝史料卷》，長沙：湖南人民出版社，1987 年。

4. 延安民主模式研究課題組編，《延安民主模式研究資料選編》，西安：西北大學出版社，2004 年。

5. 中華全國文學藝術工作者代表大會宣傳處編，《中華全國文學藝術工作者代表大會紀念文集》，北京：新華書店，1950 年。

6. 中國趙樹理研究會編，《趙樹理研究文集》，北京：中國文聯出版公司，1996 年。

7. 黃修己編，《趙樹理研究資料》，太原：北嶽文藝出版社，1985 年。

8. 袁良駿編，《丁玲研究資料》，天津：天津人民出版社，1982 年。

9. 孫瑞珍、王中忱編，《丁玲研究在國外》，長沙：湖南人民出版社，1985 年。

10. 劉增傑等編，《抗日戰爭時期延安及各抗日民主根據地文學運動資料》，北京：知識產權出版社，2010 年。

11. 《延安整風運動（資料選輯)》，中共中央黨校出版社，1984 年。

12. 《中共中央文件選集》，北京：中共中央黨校出版社，1991 年。

13. 《中國抗日戰爭時期大後方文學書系》，重慶出版社，1989 年。

14. 文振庭編，《文藝大眾化問題討論資料》，上海：上海文藝出版，1987 年。

15. 徐迺翔編，《文學的「民族形式」討論資料》，北京：知識產權出版社，2010 年。

專　著

1. 【法】弗朗索瓦・傅勒著，孟明譯，《思考法國大革命》，北京：生活・讀書・新知三聯書店，2005 年。

2. 黃宗智，《經驗與理論：中國社會，經濟與法律的實踐歷史研究》，北京：中國人民大學出版社，2011 年。

3. 【美】馬克・塞爾登著，魏曉明、馮崇義譯，《革命中的中國：延安道路》，北京：社會科學文獻出版社，2002 年。

4. 【美】弗里曼、畢克偉、賽爾登著，陶鶴山譯，《中國鄉村，社會主義國家》，北京：社會科學文獻出版社，2002 年。

5. 【美】西達・斯考切波著，何俊志、王學東譯，《國家與社會革命：對法國，俄國和中國的比較分析》，上海：上海世紀出版集團，2007 年。

6. 陳翰笙、薛暮橋、馮和法編，《解放前的中國農村》，北京：中國展望出版社，1985 年。

7. 張亮，《階級，文化與民族傳統：愛德華・P・湯普森的歷史唯物主義思想研究》，南京：江蘇人民出版社，2008 年。

8. 楊奎松，《毛澤東與莫斯科的恩恩怨怨》，南昌：江西人民出版社，2005 年

9. 李潔非、楊劼著，《解讀延安——文學，知識分子和文化》，北京：當代中國出版社，2010 年。

10. 【英】雷蒙德・威廉斯著，高曉玲譯，《文化與社會：1780～1950》，吉林出版集團有限責任公司，2011 年。

11. 【英】雷蒙德・威廉斯著，王爾勃，周莉譯，《馬克思主義與文學》，鄭州：河南大學出版社，2008 年。

12. 賀桂梅，《轉折的時代——40～50 年代作家研究》，濟南：山東教育出版社，2003 年。

13. 賀桂梅，《歷史與現實之間》，濟南：山東文藝出版社，2008 年。

14. 黃子平，《沉思的老樹的精靈》，杭州：浙江文藝出版社，1986 年。

15. 黃子平，《「灰闌」中的敘述》，上海：上海文藝出版社，2001 年。

16. 王德威，《寫實主義的虛構：茅盾・老舍・沈從文》，上海：復旦大學出版社，2011 年。

17. 蔡翔，《革命／敘述：中國社會主義文學——文化想像（1949～1966）》，北京：北京大學出版社，2010 年。

18. 【日】溝口雄三著，鄭靜譯，《中國的公與私・公私》，北京：生活・讀書・新知三聯書店，2011 年。

19. 汪暉，陳燕谷主編，《文化與公共性》，北京：生活・讀書・新知三聯書店，2005 年。

20. 【日】望月清司著，韓立新譯，《馬克思歷史理論的研究》，北京師範大學出版社，2009 年。

21. 周立波，《亭子間裏》，長沙：湖南人民出版社，1963 年。

22. 上海社會科學院文學研究所編，《三十年代在上海的「左聯」作家》，上海：上海社會科學院出版社，1988 年。

23. 李劍青，《北平的大學教育與文學生產：1928～1937》，北京：北京大學出版社，2011 年。

24. 陳建華，《革命與形式——茅盾早期小說的現代性展開（1927～1930）》，上海：復旦大學出版社，2007 年。

25. 孟悅、戴錦華，《浮出歷史地表：現代婦女文學研究》，鄭州：河南人民出版社，1989 年。

26. 丁言昭，《丁玲傳》，上海：復旦大學出版社，2011 年。

27. 丸山升，《魯迅‧革命‧歷史——丸山升現代中國文學論集》，北京：北京大學出版社，2005 年。

28. 【美】阿里夫‧德里克著，孫宜學譯，《中國革命中的無政府主義》，桂林：廣西師範大學出版社，2006 年。

29. 曠新年，《1928：革命文學》，濟南：山東教育出版社，1998 年。

30. 李書磊，《1942：走向民間》，濟南：山東教育出版社，1998 年。

31. 錢理群，《1948：天地玄黃》，濟南：山東教育出版社，1998 年。

32. 茅盾，《我走過的道路》，北京：人民文學出版社，1981 年。

33. 【德】馬克斯‧韋伯著，馮克利譯，《學術與政治》，北京：生活‧讀書‧新知三聯書店，2005 年。

34. 朱鴻召，《延河邊的文人們》，上海：東方出版中心，2010 年。

35. 王培元，《延安魯藝風雲錄》，桂林：廣西師範大學出版社，2005 年。

36. 高華，《革命年代》，廣州：廣東人民出版社，2010 年。

37. 高華，《紅太陽是怎樣升起的——延安整風運動的來龍去脈》，香港：香港中文大學，2000 年。

38. 周良沛，《丁玲傳》，北京：北京十月文藝出版社，1993 年。

39. 趙超構，《延安一月》，上海：上海書店，1992 年。

40. 韋君宜，《思痛錄》，北京：十月文藝出版社，1998 年。

41. 艾克恩主編，《延安文藝史》，石家莊：河北教育出版社，2009 年。

42. 艾克恩編，《延安文藝運動紀盛》北京：文化藝術出版社，1987 年。

43. 程光煒主編，《文人集團與中國現當代文學》，北京：人民文學出版社，2005 年。

44. 陳永發，《延安的陰影》，臺北：中央研究院近代史研究所，民國 79 年〔1990〕。

45. 【美】列奧‧施特勞斯，【美】約瑟夫‧克羅波西主編，李洪潤等譯，《政治哲學史》，北京：法律出版社，2009 年。

46. 【美】G·斯坦因著，李鳳鳴譯，《紅色中國的挑戰》，上海：希望書店，1980 年。

47. 【美】埃德加·斯諾著，董樂山譯，《紅星照耀中國》，北京：作家出版社，2008 年。

48. 【美】傑克·貝爾登著，邱應覺等譯，《中國震撼世界》，北京：北京出版社，1980 年。

49. 沈霞，《延安四年》，鄭州：大象出版社，2009 年。

50. 【加】伊莎貝爾·柯魯克，【英】大衛·柯魯克著，安強，高建譯：《十里店——中國一個村莊的群眾運動》，北京，北京出版社，1982 年。

51. 戴光中，《趙樹理傳》，北京：北京十月文藝出版社，1987 年。

52. 王奇生，《革命與反革命：社會文化視野下的民國政治》，北京：社會科學文獻出版社，2010 年。

53. 梁漱溟，《鄉村建設理論》，上海：上海人民出版社，2011 年。

54. 高捷等著，《趙樹理傳》，太原：山西人民出版社，1982 年。

55. 黃修己，《趙樹理評傳》，南京：江蘇人民出版社，1981 年。

56. 胡適，《白話文學史》，長沙：嶽麓書社，1986 年。

57. 鄭振鐸，《中國俗文學史》，北京：商務印書館，1938 年。

58. 浦安迪，《中國敘事學》，北京：北京大學出版社，1996 年。

59. 【匈】盧卡奇著，杜章智、任立、燕宏遠譯，《歷史與階級意識——關於馬克思主義辯證法的研究》，北京：商務印書館，2009 年。

60. 荒煤編，《農村新文藝運動的開展》，上海：上海雜誌公司，1951 年。

61. 陳順馨，《社會主義現實主義理論在中國的接受與轉化》，合肥：安徽教育出版社，2000 年。

62. 【美】魏斐德，《歷史與意志：毛澤東思想的哲學透視》，李君如等譯，北京：中國人民大學出版社，2006 年。

63. 胡喬木，《胡喬木回憶毛澤東》，北京：人民出版社，2003 年。

64. 【加】查爾斯·泰勒著，程煉譯，《本真性的倫理》，上海三聯書店，2012 年

65. 謝覺哉，《謝覺哉日記》，北京：人民出版社，1984 年。

66. 【美】戴維·哈維著，胡大平譯，《正義，自然和差異地理學》，上海：上海人民出版社，2010 年。

67. 李金龍，《中國共產黨領導創建的地方行政制度研究》，上海：上海人民出版社，2009 年。

68. 【美】杜贊奇著，王福明譯，《文化，權力與國家：1900～1942 年的華北農村》，南京：江蘇人民出版社，2008 年。

69. 【美】布蘭特利・沃馬克著，霍偉岸，劉晨譯，《毛澤東政治思想的基礎（1917～1935）》，北京：中國人民大學出版社，2006 年。

70. 【美】愛德華・W・薩義德著，李自修譯，《世界・文本・批評家》，北京：生活・讀書・新知三聯書店，2009 年。

71. 金沖及，《轉折的年代：中國的 1947 年》，北京：生活・讀書・新知三聯書店，2002 年。

72. 【美】本尼迪克特・安德森著，吳叡人譯，《想像的共同體：民族主義的起源與散佈》，上海：上海人民出版社，2005 年。

73. 【美】卡爾・瑞貝卡著，高瑾等譯，《世界大舞臺：十九，二十世紀之交中國的民族主義》，北京：生活・讀書・新知三聯書店，2008 年。

74. 【美】韓丁著，韓倞等譯，《翻身：中國一個村莊的革命紀實》，北京：北京出版社，1980 年。

75. 【美】卡羅爾・C・古爾德著，王虎學譯，《馬克思的社會本體論：馬克思社會實在理論中的個性和共同體》，北京：北京師範大學出版社，2009 年。

76. 蔡翔，《革命／敘述：中國社會主義文學──文化想像（1949～1966）》，北京：北京大學出版社，2010 年。

77. 【美】莫里斯・邁斯納著，張寧，陳銘康等譯，《馬克思主義，毛澤東主義與烏托邦主義》，北京：中國人民大學出版社，2005 年。

78. 【美】費約翰著，李恭忠等譯，《喚醒中國：國民革命中的政治，文化與階級》，北京：三聯書店，2004 年。

79. 【美】顏海平著，季劍青譯，《中國現代女性作家與中國革命 1905～1948》，北京：北京大學出版社，2011 年。

80. Lee, Haiyan, *Revolution of the heart: a genealogy of love in China, 1900~1950*, Stanford, Calif. : Stanford University Press, 2007.

81. David E. Apter, Tony Saich, *Revolutionary discourse in Mao's Republic*, Cambridge, Mass. : Harvard University Press, 1994.

82. Yi-Tsi Mei Feuerwerker, *Ding Ling's Fiction: Ideology and Narrative in Modern Chinese Literature*, Harvard University Press, 1982.

83. Raymond Williams, *The Long Revolution*, Harper Torchbooks, 1966.

84. Yund-fa Chen, *Making Revolution: The Communist Revolution in Eastern and Central China, 1937~1945*, Berkeley: University of California Press, 1986.

論文（擇要列舉）

1. 【日】長堀祐造，《魯迅革命文學論中的托洛茨基文藝理論》，《現代中文學刊》，2011 年第 3 期。

2. 黃宗智，《中國革命中的農村階級鬥爭：從土改到文革時期的表達性現實與客觀性現實》，《中國鄉村研究》第二輯，2003 年。

3. 羅志田，《近代中國社會權勢的轉移：知識分子的邊緣化與邊緣知識分子的興起》，《開放時代》，1999 年第 4 期。

4. 裴宜理，《重訪中國革命——以情感的模式》，《中國學術》，2001 年第 4 期。

5. 汪暉，《文化與政治的變奏——戰爭、革命與 1910 年代的「思想戰」》，《中國社會科學》，2009 年第四期。

6. 汪暉，《地方形式、方言土語與抗日戰爭時期「民族形式」的論爭》，《學人》，1996 年第十輯。

7. Joseph W. Esherick, Deconstructing the Construction of the Party-State: Gulin County in the Shaan-Gan-Ning Border Region, The China Quarterly, No.140.Dec.1994.

後　記

　　本書原爲我的博士畢業論文。論文寫完時，適逢紀念《講話》發表 70 週年。當年郭沫若曾對《講話》表達過這樣的意見：「凡事有經有權」，對此毛澤東非常欣賞。然而何爲「經」，何爲「權」，二者之間的關係如何處理，這些問題卻隨著中國革命的勝利而被遺忘了。當紀念碑史學與政治陰謀論式的研究成爲今天談論「延安道路」的兩種相互對抗的主要聲音時，我們如何能夠眞正做到重返歷史並直面「延安道路」所包含的內在矛盾，這構成了我寫作這篇論文的最初衝動，同時也是感到最爲困難的地方。延安所提供的歷史經驗，既是四十年代戰爭語境中的特殊產物，又集中回應了二十世紀中國革命那些最爲關鍵的命題，它的成功並不意味著這些命題的終結，而它所遺留的矛盾或危機，同樣不能被輕易地用來否定革命。

　　隨著一個一個問題的展開，我才漸漸意識到這種重新講述歷史的「突圍」的艱難，及至論文完成，也並未重拾幾分自信。在論文的寫作過程中，我的導師李楊教授給予了我充分的自由，儘管他並不完全認同於我進入歷史的方式。我非常感謝他對我的寬容與信任，讓我能夠「頑固」的按照自己的方式走下去並發現其中的可行性與危險性。對於我那些宏大而又凌亂的思路，他總是盡力去理解並幫助我釐清。兩年內一次又一次的討論，才讓我眞正瞭解了自己所面對的是怎樣的問題。他也是最爲嚴格的老師。常常是我沾沾自喜的論文，到他手中不免「慘遭厄運」。過後自己重看，卻是眞正感激他的當頭棒喝，使我一點一點除去浮躁之氣。而學術之外，另有各種瑣事勞他操心，實在慚愧。

　　求學十一年，最幸運的是遇到了那麼多好老師。賀桂梅老師，倪文尖老師，羅崗老師，他們不僅是我的導師，更是可以交心的朋友。他們對學生所傾注的心力，常常令我們感到無以爲報。還有孫民樂老師和曠新年老師，參與我們的課程，幫助我調整選題和思路；蔣暉老師，在我論文想法最爲混亂的時候耐心的幫我梳理；張煉紅老師，與我分享她當年寫作博士論文的種種，使我在沮喪的日子裏重新振作起來；藍旭老師，像兄長一樣不厭其煩地解答我的各種困惑。更要感謝北大中文系當代教研室的諸位老師，陳曉明老師，曹文軒老師，韓毓海老師，張頤武老師，從開題到預答辯，幫助我的論文思路逐漸成型。

　　還要感謝我的朋友們，你們的相伴與幫助，是我所珍視的。畢紅霞、卓敏、袁一丹、徐剛、程祥鈺，以及我的同門師弟師妹們，同輩之間的相互砥礪，使求學之路充滿了興奮與樂趣。

　　最後要感謝我的父母，他們的支持與愛護，在這裡是難以言表的。

2018-03-28 於臺北萬隆